谋杀者小夜曲

康奈尔·伍里奇黑色悬疑小说系列

[美]康奈尔·伍里奇 著

刘敏霞 译

上海文艺出版社
Shanghai Literature & Art Publishing House
上海故事会文化传媒有限公司

康奈尔·伍里奇黑色悬疑小说系列（全18种）

编委会

总策划 夏一鸣

主　编 黄禄善

副主编 高　健

编辑成员（按姓氏拼音为序）

蔡美凤　高　健　洪圣兰　胡　捷

黄禄善　吴　艳　夏一鸣　杨怡君　朱鉴滢

序　言

　　你见过妻子为丈夫的情妇洗冤吗？见过杀手恋上自己的谋杀目标吗？还有弃妇嫁给死人、员工携带老板爱妻逃亡、富豪邮购致命新娘，等等。所有这些令人心颤的诡谲事件，或者说，诞生在西方资本主义世界的怪胎，都来自康奈尔·伍里奇（Cornell Woolrich, 1903—1968）的黑色悬疑小说。黑色悬疑小说，又称心理惊险小说，是西方犯罪小说的一个分支。它成形于20世纪40年代，在50年代和60年代最为流行。同硬派私人侦探小说一样，这类小说也有犯罪，有调查，然而它关注的重点不是侦破疑案和惩治罪犯，而是剖析案情的扑朔迷离背景和犯罪心理状态。作品的叙事角度也不是依据侦探，而是依据与某个神秘事件有关的当事人或案犯本身。伴随着男女主角因人性缺陷或病态驱使，陷入越来越可怕的犯罪境地，故事情节的神秘和悬疑也越来越强，从而激起了读者的极大兴趣。

　　康奈尔·伍里奇被公认是西方黑色悬疑小说的鼻祖。他出生于美国纽约,幼年即遭遇父母离异的不幸。在前往父亲工作的墨西哥生活了一段时期之后,他回到了出生地,同母亲相依为命。1921年,他进入了哥伦比亚大学,但不多时,即对平淡的学习生活感到厌倦,并于一场大病之后退学,开始了向往已久的职业创作生涯。1926年,他出版了长篇处女作《服务费》,接下来又以极快的速度出版了《曼哈顿恋歌》等五部长篇小说。这些小说均被誉为"爵士时代小说"的杰作,尤其是《里兹的孩子》,为他赢得了《大学幽默》杂志举办的原创作品大奖,并得以受邀来到好莱坞,将小说改编成电影剧本。1930年,"事业蒸蒸日上"的康奈尔·伍里奇与电影制片商的女儿结婚,但这段婚姻只维持了几个星期便因他本人的恋母情结和同性恋倾向而告终。此后,康奈尔·伍里奇一度意志消沉,创作也连连受挫。一怒之下,他销毁了全部严肃小说手稿,转向通俗小说创作。1940年,他的第一部黑色悬疑小说《黑衣新娘》问世,顿时引起轰动,他由此被称为"20世纪的爱伦·坡"和"犯罪文学界的卡夫卡"。紧接着,他又以自己的本名和笔名陆续出版了17部国际畅销书,其中的《黑色帷帘》《黑色罪证》《黑夜天使》《黑色恐惧之路》《黑色幽会》同《黑衣新娘》一道,构成了著名的"黑色六部曲"。其余的《幻影女郎》《黎明死亡线》《华尔兹终曲》《我嫁给了一个死人》,等等,也承继了同样的黑色悬疑风格,颇受好评。与此同时,他也在《黑色面具》等十几家通俗杂志刊发了大量的中、短篇黑色悬疑小说。这些小说同样受欢迎,被反复结集出版。然而，巨额稿费收入并没有给他带来精神愉悦。他依旧"像一只倒扣在玻璃瓶中的可怜小昆虫",徒劳挣扎,郁郁寡欢。自50年代起,因酗酒过度,加之母亲逝世的沉重打击,康奈尔·伍里奇的健康急剧恶化,他的一条腿因感染未及时医治而被截除。1968年,康奈尔·伍里奇在孤独中逝世,死前倾其所有财产,以母亲名义为母校哥伦比亚大学设立了一项教育基金。

康奈尔·伍里奇的黑色悬疑小说引起了众多作家的模仿。最先获得成功的是吉姆·汤普森(Jim Thompson, 1906—1977)。他的《我心中的杀手》等小说以破案解谜为线索,表现罪犯的犯罪心理,从多个层面反映小人物的重压。稍后,霍勒斯·麦考伊(Horace McCoy, 1897—1955)和戴维·古迪斯(David Goodis, 1917—1967)又以一系列具有类似特征的作品赢得了人们的瞩目。20世纪50年代至60年代,黑色悬疑小说层出不穷,代表作家有查尔斯·威廉姆斯(Charles Williams, 1909—1975)、哈里·惠廷顿(Harry Whittington, 1915—1989),等等。同康奈尔·伍里奇和吉姆·汤普森一样,这些作家注重塑造处在社会底层、具有人性弱点或生理缺陷的反英雄,但各自有着独特的创作手法和成就。

康奈尔·伍里奇的黑色悬疑小说还引发了战后西方黑色电影浪潮。自1937年起,依据康奈尔·伍里奇的长、中、短篇黑色悬疑小说改编的电影即频频出现在美国各大影院,并进一步成为好莱坞电影制作的主要来源,尤其是1954年,阿尔弗雷德·希区柯克(Alfred Hitchcock, 1899—1980)执导的电影《后窗》赢得了爱伦·坡奖,将这种改编推向了高潮。据不完全统计,20世纪40年代至60年代,共有35部康奈尔·伍里奇的作品被改编成电影,其数目远远超过达希尔·哈米特(Dashiell Hammett, 1894—1961)和雷蒙德·钱德勒(Raymond Chandler, 1888—1959)。不久,这股康奈尔·伍里奇作品改编热又延伸到了南美、德国、意大利、土耳其、日本、印度,尤其是《黑衣新娘》和《华尔兹终曲》,在法国持续引起轰动。80年代和90年代,康奈尔·伍里奇作品又被西方各大媒体争先恐后改编成电视连续剧、广播剧。与此同时,新一波电影改编热又悄然兴起。直至2001年,美国著名影视剧作家迈克尔·克里斯托弗(Michael Cristofer, 1954—)还将《华尔兹终曲》改编成了电影《原罪》,广受好评。2012年,《后窗》又被改编成百老汇音乐剧。2015年至2019年,作为好莱坞经典保留剧目,电影《后窗》再次在美国各大影院上映,引起轰动。

　　这套丛书汇集了康奈尔·伍里奇的18部黑色悬疑小说,包括16部长篇和2部中短篇,是迄今国内译介康奈尔·伍里奇的品种最齐全、内容最丰富的一个系列。这些小说既有爱伦·坡和卡夫卡的印记,又有硬汉派侦探小说的风格,但最大特色是制造了紧张的恐怖悬念。作品大多数以美国经济萧条时期的大都市为背景,着力表现人性的阴暗面和人生的残忍、污秽、挫败以及虚无。譬如《黑衣新娘》,描述一个神秘女子伪装成不同的身份和外表对多个男性疯狂复仇，起因是多年前那些人枪杀了她的丈夫，从那时起，她就誓言血债血偿，其手段之残忍，令人咋舌。而《黑色幽会》则描述一个男子的未婚妻被五名男子的空中抛物致死，其心灵被疯狂滋长的复仇欲望所扭曲，并渐至迷失本性。在难以言状的病态心理驱使下，他将这五名男子最心爱的女人一个个杀死。与此同时，他也成为可悲的社会牺牲品。

同这类以罪犯为男女主角的小说相映衬的是另一类以受到陷害、孤立无援的无辜者为男女主角的作品。《黑色帷帘》和《幻影女郎》堪称这方面的代表作。在《黑色帷帘》中，男主角脑部遭受重击丧失记忆力，过去的生活片段如梦魇般在内心煎熬。他渐渐回忆起自己曾被人陷害，是一起谋杀案的疑犯。而要洗清嫌疑，他必须恢复记忆。伴随着支离破碎的回忆，他极度害怕自己就是真凶。无独有偶，《幻影女郎》中的男主角与妻子吵架负气出门，在与陌生女郎约会之后，发现妻子被杀，自己则被控告行凶，判处死刑。本可以证明他清白的神秘女郎，却仿佛人间蒸发一般，而那晚所有见过他的人，都不记得他曾与女郎在一起。随着行刑日期接近，所有寻找女郎的努力都以失败告终。即便他本人也开始怀疑，是否真有这样一位女郎存在。

为了增加作品的悬疑，特别是中、短篇小说中的悬疑，康奈尔·伍里奇也会仿效一些传统侦探小说的写法，描述一些出人意料的谋杀奇案。如《死亡预演》描写身穿宫廷裙服的女演员突然被烧死，警方必须弄清楚罪犯（伴舞者中的一个）如何在一大群伴舞者中放火杀人。而《自动售货机谋杀案》要解决的则是罪犯如何利用自动售货机毒杀三明治购买者。除了一些常见的布局手法，暗示超自然力量的存在也是康奈尔·伍里奇解释某些罪案发生的方法之一。《眼镜蛇之吻》述说一个离奇的印第安妇女能将毒蛇的毒液转移至其他物品。《疯狂灰色调》描述一个坚持要解读出"乌顿"（一种巫术）秘密的乐师。《向我轻语死亡》则以一个先知谶语来展开叙述。面对通灵师预言女孩的叔叔将在两天后被雄狮咬死，警察该如何阻止这场事先张扬且没有罪犯的命案？被预言逼得精神失常的叔叔又该如何保护自己？所有人是否能在死亡期限之前揭开阴谋面纱？诸如此类的谜底，将在"康奈尔·伍里奇黑色悬疑小说系列"中一一找到答案。

黄禄善

Contents

暗夜惊叫 /1
神秘哨声 /32
初次交锋 /64
夜杀之宴 /93
会是他吗 /124
拯救·谋杀 /156
绝命诱伏 /188
生死时速 /221
离别之曲 /253

暗夜惊叫

站在狭窄的木质站台上,看着自己刚刚乘坐的火车车厢通廊越来越窄,普雷斯科特有点后悔下车。远去的列车似乎带走了所有的声音和动静,周围只剩下一片死寂。普雷斯科特像处于真空中一样,孤零零地看着空无一人的站台。

普雷斯科特身材高挑,体型瘦削,从空荡荡的衣服可以看出,他应该不是一直如此瘦削。以前应该也很高,但没这么瘦。除此以外,他看上去并不像需要休养的人。医院里的日光灯把他的皮肤照成棕色,像被太阳晒黑了。看着眼前的约瑟夫葡萄园,普雷斯科特确信,在这个地方休养不会治愈,只会"致郁"。

"都是该死的韦斯特法尔！"普雷斯科特低声咒骂道。韦斯特法尔是他在纽约的顶头上司，是他把普雷斯科特从警察局赶走，逼着他请假休养。

"还有医院里那帮卖药的，都该死！就为了取出一颗子弹，居然要三次手术、四次输血！最该死的还是把子弹射进去的维克纳！"骂到这儿，普雷斯科特才想起维克纳已经被处决，或许正在奔赴地狱的路上，根本不需要任何人的诅咒了。于是，他接着骂道："真他妈倒霉！原本应该是我在先！"

待在这个鬼地方他会疯的，一看样子就知道。四周？四个小时他都不知道怎么熬！

周围没有人可以问路，事实上，根本没什么可问的：从火车站出来只有一条路，要么往北，要么往南。往南只有远处一片狭长的海滩和更远处海水如玻璃一般平静的海湾；往北不远处能看到一二栋房子的屋顶。那就是往北了。

普雷斯科特沮丧地把帽子往后一推，推到耳朵后面，拎起破旧的小手提箱，往北走去。

在点缀着小花的绿草地上走了二十分钟，普雷斯科特好奇地想：这儿的人为什么不把火车站修到村里，或者以火车站为中心修建村子。穿过草地的小径早就向右转，消失得无影无踪，而先前看到的房子在正前方，再多走几步就到了。"眨一下眼，"普雷斯科特不满地自言自语，"我就有可能错过这个地方！"事实上，在他的医生看来，普雷斯科特处处感到不满，恰恰说明他亟须休养。但他可不这样想。

不远处有个人向普雷斯科特走来，摇摇晃晃，一副懒散的样子。在他看来，这人走路的样子可没怎么给他将要在此度过四周[1]的地方加分。此人看上去三十来岁，走路拖着脚，一副痴呆相。他手里拿着一根柳枝，一边从路的一侧晃晃悠悠到另一侧，一边用柳枝狠狠地抽打路边草丛中的小花，发出"咝咝"的声音，被"斩首"的小花应声落地。那人一直吹着口哨，吹的是《扬基·杜德尔》[2]。等走到普雷斯科特跟前时，那人不仅止住口哨，还停下手中的"斩首"行动，傻傻地皱起脸来，然后热情而友好地打招呼："你好啊！"

普雷斯科特一下子还不适应乡下这种对碰到的所有外来者——不管认识不认识——都热情招呼这一风俗，但眼下还是决定借此机会打探一番，于是问道："你知道霍普金斯家在哪儿吗？"

"知道啊。"那人下巴"咔嗒"一声，确定地答道。

普雷斯科特满怀期待地等他继续往下说，但那人再也没说什

---

1 原文是"两周"（fortnight），根据后文，应该是"四周"。——译者注
2 《扬基·杜德尔》("Yankee Doodle")，又叫《扬基歌》《扬基曲》，或《扬基小调》，是美国独立战争时期流行起来的歌曲，被认为是美国非正式的第二国歌，在美国家喻户晓，而且是广受喜爱的儿歌。该歌曲的开头几句是："扬基·杜德尔进城，骑着一匹小马；他帽子上插着翎毛，被人叫纨绔子弟。"("Yankee Doodle went to town riding a pony, stuck a feather in his hat and call it macaroni.")

么。普雷斯科特只好提高嗓门:"我等着你告诉我怎么走到那儿呢!"

"哦,我以为你揪(就)问我知不知道它在哪儿。"那人圆睁着陶瓷一样湛蓝的眼睛,看上去很无辜,又像是受了惊吓。

"你是在搞笑吗?"普雷斯科特真想把那人推到他刚才还在糟蹋的草丛中,他好不容易才按下这个冲动。

"谋(没),我谋啊,"那人抗议道,"我一次揪能回答一个问题,我的记忆力谋那么好。你一次问我俩问题,我铁定忘了第二个。"在普雷斯科特这个纽约客看来,那人说这话时不无自豪,就好像记忆力不好是他异于他人的优点一样。

"好吧,那你现在能告诉我霍普金斯家怎么走了吗?你是不是已经忘了这第二个问题了?"

要不是普雷斯科特在医院里住了两个月,又刚刚坐火车穿越三个州,他一定会对自己问路而引发的算术问题感到好笑。可事实上,他发现真的一点都不好笑。

站在他面前的那人开始伸出手指,边数边自言自语:"让我数数啊,第一个是蒂尔登家,第二个是——,呃呃呃,第三个是——,呃呃呃,"他突然抬起头,得意扬扬地说,"你沿着这条路走过去的第四家,一,二,三,四。"

"好的,我知道了,就是三和五之间的那个。"普雷斯科特语带讥讽地边说边往前走。

"你要在那儿住吗？"那个糟践花草的人在他身后喊道。

"是的。"

"呃，那你今晚可谋饭吃了。"身后传来低沉的警告。

听到那人最后一句话，普雷斯科特转过身来问他："我今晚没有饭吃，你什么意思啊？"

"她们晚上要忙着吊呢。"

普雷斯科特以为他说的是洗衣服、挂衣服之类的。说好听点，他面前这个人有点缺陷，所以他也就没再浪费时间追问下去。给他指路的人又继续左摇右摆，懒懒散散地往前走了，边走边吹口哨，不停地重复吹《扬基·杜德尔》的前四句，直到口哨声渐行渐远，消失在远处乡村特有的异常安静的空气中。

普雷斯科特摇了摇头，好奇地想，这个地方的人是不是都像这个家伙一样，然后继续往前走。

然而，他遇到的下一个人极大地提高了他对当地人的预期。这人是个年轻女性，二十八九岁的样子（和他年龄相仿），既没有左摇右摆地走路，也没有肆虐路边的花草。她走起路来像城里人一样行色匆匆，胳膊下夹着一把折椅、一副画架、画纸和染料盒，深棕色的头发像波浪一样，不施粉黛，连唇膏都没涂。素面朝天的女人他有好多年没有看到了。

按照乡下风俗，她先跟他打招呼。这一次，普雷斯科特高兴多了。她笑着说："我看得出来，肯定是隆·巴尔德斯利手里拿着利剑在我前面从这条路上走过去了。"她指的是路上散落的花瓣。

普雷斯科特停下来向她脱帽致意,想借此让她也停下来。看来是输血对他起了作用。"你说的肯定是我刚才碰到的那个人,我搞不懂他。"

"他脑子缺根筋——我猜就是城里人所说的乡下傻瓜吧。但他并不是真的傻,只是太小孩子气而已。事实上,我都不太确定他很大一部分是不是故意伪装的,我一直都怀疑他比看上去要聪明很多。"她看着眼前的路,继续说,"就算这样,我也不希望在海滩上遇到他,不然他会追着我问东问西,问得我根本没办法画画,我想趁着夕阳西下前把这日落美景画下来。"

"呃,你是画家。"普雷斯科特这样说可显得不太聪明,因为从她随身携带的东西一眼便知,但他还是决定介绍一下自己,"我叫钱斌·普雷斯科特。"

"呃,你就是他们说的那个要来休养一段时间的人。我叫苏珊·马洛。我想你会喜欢这里的。"几分钟前要是有人这样对他说,他肯定会和对方唇枪舌剑一番,而此刻,他发现自己竟然有些同意她的看法。"我也是从纽约来的,"她继续说,"一年前我来到这里,边休养边画画,一直待到现在。这里地儿不大,但确实是休养的好地方,既没有大城市的喧嚣,也没有什么违法乱纪的行为。这里家家都不锁门的。"她眯着眼看了看西边的天空,说:"好啦,我要是想把它画下来,就得赶快行动了,夕阳和刚才的已经不一样了。再见，普雷斯科特先生！"说着，她友好地冲他点了点头，接着往前走了。

普雷斯科特也继续赶路，边走边想：这地方还真不赖。让他感到好笑的是，自己也太容易看一眼就对这个地方误下判断了。

霍普金斯家就是他要住的地方，正如那个缺根筋的人告诉他的那样，沿这条路的第四家。房子不大，但外观漂亮，白色的墙，绿色的百叶窗和门廊。房前的篱笆上扒着一个女人，他往这边走时，她一直焦急地望着他走过来的那条路，但显然让她着急的人并不是他，因为他都已经走得很近了她还在焦急地左右张望。她戴着无框眼镜，浅色的头发挽在脑后。一想到这就是他未来几周的房东，普雷斯科特有种不祥的预感，因为她看上去可不清闲。他停在她面前时听到她咒骂："可恶的家伙！"

"我是钱斌·普雷斯科特。"他自报家门。

显然他自报家门并没有多大作用。"什么钱斌？"房东心不在焉地突然问道，眼睛还一直盯着那条路。

"你在纽约的报纸上登广告招租房客，我就是那个要租房的人。"普雷斯科特叹了口气，耐心地说。他对约瑟夫葡萄园的预期又下降了。

她看了他一眼。"哦，对啊！我都忘了，实在太着急了。进来，进来！"她推开一扇刷成白色的小门，示意他进来，但显然那条路依然占据着她大部分的注意力。"雅典娜！"她尖声喊道。

一个非裔女人蹒跚着来到门廊下,这是普雷斯科特见过的最胖的女人。她好像一下子塞满了整个门廊,至少视觉效果如此。"怎么了,小姐?"她闷闷不乐地问。

"那个从纽约来的人到了,你带他去他的房间。"她的女主人吩咐道。普雷斯科特跟着胖女人向屋里走去,而女主人依然靠着篱笆往路上张望。为了视野开阔,她甚至还把一只脚放在另一只脚后面,让身子倾斜到都快和篱笆平行了。普雷斯科特想,不管她急着找的人是谁,她确实找得很急。

到屋里后上楼梯可真够慢的,因为雅典娜在前面带路,而她走路的速度简直和毛毛虫的蠕动差不多。上到二楼后,她走得快多了。她打开房间门,示意道:"这就戏(是)了,普雷斯科特先生。你有什么需要,就喊我。你要是贴(听)到'吭吭'响,意戏就戏开饭了。"她一边转身离去,一边阴郁地摇了摇头,"我们傍晚发泄(发现)她的另一个房客庞申先生不见了。我炸了那么长时间的鸡,看来没人吃了。"

"她在找的人是谁?"普雷斯科特一边问,一边脱掉外套,打开手提箱的锁。

"她可秀(受)够了。他一整天都不见个影儿了,我从坐(昨)晚上到现在也没看到他,他可(肯)定是在大家都起床之前就起来了。"

雅典娜说到做到。普雷斯科特才用冷水洗了把脸,换上一件干净的衬衣,就听到楼梯上传来"嘣嘣"的声响,接着飘来一股炸鸡、烤玉米和西红柿的香味,甚是诱人。他套上外套,快速到一楼去。

桌子上摆着三副餐具,她和霍普金斯小姐落座后还有一把椅子空着。显而易见,她满脑子想的是那个不见了的老房客,而不是眼前这个新房客。她用手指不安地敲打着餐桌边沿。"他以前可从来没有这样过……你别客气,普雷斯科特先生……他中午没出来吃午饭,我还没觉得怎样,但我知道,除非出了什么事,否则他是不会错过晚餐的。"她把自己的餐盘推到一边,"我太焦急了,实在吃不下。我就是觉得肯定出事了。"

直到这一刻,普雷斯科特才意识到,原来在这个女人内心有柔软的地方。再次证明自己结论下得过于草率了。

坐在他背后的雅典娜好像也乐以随时加入聊天,说:"我知道他昨晚上是睡在他自己的闯(床)上的,因为闯还没有收拾。"

霍普金斯小姐突然下决心似的两手拍在桌子上,说:"如果晚饭结束时他还没回来,那我就给治安官本森打电话,请他让美杜布鲁克[1]派人来搜寻。庞申先生有可能在树林里掉进陷阱了。老实说吧,我可不喜欢这种可能性。"

"我也不喜欢,"雅典娜表示赞同,"坐晚上我听到房子外头有蟋蟀叫,你知道那戏什么意思嘛!"说到这儿,雅典娜转了一下

---

[1] 根据下文,美杜布鲁克(Meadow brook)是县政府所在地。

眼珠,用眼神暗示那是凶兆。

"不会吧,到底是什么意思?"普雷斯科特这个初来乍到的城里人,满怀好奇地追问。

"那是不祥之兆,是非常明显的凶兆,"雅典娜降低嗓门,对普雷斯科特几乎耳语道,"有人要去另一个世界了。这样的不祥之兆很灵验,从来没有失误过!我还是赶快把耳朵堵起来吧,蟋蟀的叫声已经传来一次了。"

霍普金斯小姐禁不住打了个寒战,依然一脸担忧。"咱们这儿哪有蟋蟀,老虎都把它们吃光了。"

普雷斯科特看得出来,眼前这两女人都越来越紧张,紧张得简直要发狂了,只好安慰她们说:"他有可能就是走远了,忘了看时间,走得太远——"

"他不像你这么年轻,"霍普金斯小姐打断他说,"他有动脉硬化!"

"呃,那有没有可能是去钓鱼了?他经常钓鱼吗?"

"在我家住的这五年里,从来没有过。如果要去船上之类的,他会带着午餐。想起来了,他确实有一根钓竿。雅典娜,去阁楼上找找看,看鱼竿还在那儿,还是被他拿走了。"

"那儿已经黑咕隆咚了,戏吧?"雅典娜不置可否。

"那就带盏灯上去,别像个胆小鬼!"霍普金斯小姐不管不顾地说,"活动一下还会减轻你的吨位呢。"

"我就戏容易害怕呀,珠儿小姐!小姐呀!"雅典娜痛苦地说,"你知道我是这样的人。"嘴上这么说,还是站起来上去了。

雅典娜往楼上走去查看阁楼时,普雷斯科特开始吃盘子里的玉米。也许是意识到自己对这位新房客一直都不够热情,霍普金斯小姐这时说:"从纽约来到这儿,我想你会觉得这里生活节奏非常缓慢。"

普雷斯科特这会儿满脑子想的都是苏珊·马洛小姐,听到霍普金斯的话,正准备说"慢有慢的好处"时,突然听到楼上传来刺耳的叫声,像小提琴的 E 弦发出的声音一样高。紧接着就是一阵特殊的震动,好像整栋房子连同地基都在摇晃。很快,引起尖叫的原因就一目了然了:雅典娜简直像飞一样冲了下来,要不是亲眼看见,完全无法相信。

只见她挤过门框,居然没有把门框从墙里扯出来,脸像墙一样煞白,眼睛睁得像茶杯垫一样圆。"啊——啊——啊——!"她用手指着自己刚下来的方向,除了"啊啊啊",什么都说不出来。"啊"了一会儿,最后才说:"他就在那儿!"

"胡说八道!"霍普金斯小姐厉声说,"他干吗一整天躲到那儿?你看到的是什么影子吧,你被吓掉魂儿了,没别的。"

"不呀小姐!"被吓坏了的雅典娜喘着气说,"他踢到我了!我拿着灯上去,刚下天窗,正好被他踢到。"她揉着下巴说,"踢得不狠,就像闹着玩儿——"说着,她往墙上一靠,把围裙扯起来盖住脑袋,从围裙下发出粗重的声音:"他死在上面了。"

霍普金斯突然感到一阵恐惧,恐惧到连雅典娜说的最后一句话都不知所云。事实上,她可能根本就没有听到最后一句话。"如果你把灯打翻了,那会把这栋楼给烧了!"她尖声喊着,跳起来,一把推开椅子。普雷斯科特没有再等,三步并作两步跨上台阶,一步跨两个台阶冲了上去,餐巾还别在衣领上。

通向阁楼的天窗已经被仓皇逃走的雅典娜撞得关上了,一侧门缝里夹着一根线,闪着不祥的黄光,还有东西"噗噗"往下掉,并从门的缝隙里往外溅射。

"她真的把灯打翻了!"普雷斯科特冲着楼下喊,"赶快!找土或者灰来——只要是这一类的东西都行!"正在这时,他瞥到二楼的走廊。"别管了!"他冲到走廊尽头,抓起窗台上的一个天竺葵花盆,又冲回阁楼上,撞开天窗门。借着他冲进去时带的风,火苗一下子蹿了起来,勾勒出半空中晃来晃去的两只脚。猛地一看,这两只脚好像是在火苗上方跳舞。

他举起花盆,向阁楼门砸去,盆里的土撒得到处都是。他把撒落的土拢到一起,撒在自己脚旁。很快,窜起来的火苗就被扑灭了。要是火点燃了松木地板,那情况就完全不同了。

和雅典娜说的一样,普雷斯科特面前影影绰绰悬着什么。他划着火柴,用另一只手罩着,把火柴举起来,一具尸体逐渐清晰地呈现在眼前。尸体挂在绳子一头,绳子穿过悬挂在屋顶两根斜梁交接处原本用来挂火腿的粗铁环，被拉到阁楼里的另一头，绑在一个装在墙中央的 U 形大铁钉上，绳子被绷得紧紧的。绳子的多余部分从 U 形大铁钉上松松垮垮地垂到地板上，弯曲着伸向尸体，像是在表达对死者的同情。不远处有一把椅子，四脚朝天躺在地上。

普雷斯科特吹灭火柴，往外跨出一步，冲着珠儿·霍普金斯喊："是真的，有个人挂在这里，你能去我房间打开我的手提箱吗？箱子的收纳袋里有个手电筒，你把它拿给我，我好看清楚。"

阁楼有个很大的窗户，但这会儿外面已经漆黑一片，窗户完全没用。

霍普金斯小姐吓得哆嗦着往前走几步，把手电筒递给普雷斯科特，声音颤抖着问："是……是……庞申先生吗？"

"我不知道啊，我从来没见过他。"普雷斯科特答道。他打开手电筒，问："他是不是五十五岁左右？棕色眼睛，眼仁又大又白，还有两颗虎牙？"

"是……啊。"听声音就知道霍普金斯吓坏了。

"那这就是庞申先生了。你最好把治安官请过来。"

"呃，土地爷啊！"霍普金斯小姐嗫嚅着，匆匆忙忙下到一楼。

普雷斯科特站在那儿，一边通过天窗仔细打量尸体，一边揣摩尸体悬挂的位置。楼下传来霍普金斯小姐讲电话的声音，听上去断断续续，情绪激动；还有被霍普金斯的嗓音减弱了的餐具碰撞声，应该是雅典娜太过紧张，挪动餐具时餐具跌落在地上发出的声音。

餐具的跌落提醒了普雷斯科特,让他想起傍晚遇见的第一个人跟他说的看似毫不相干的话("那你今晚可谋饭吃了")。他不禁眨了眨眼。

他把手电筒打开,放在地上,用打碎了的花盆碎片垫在下面,调整好角度,让手电筒的光往上照射,使得尸体的头部和肩膀映在令人恐怖的光晕中,然后下楼来到房门外。

珠儿·霍普金斯和雅典娜紧紧地靠在一起,像是为了互相保护。普雷斯科特往外跑时,她俩恐惧的眼光都追随着他。"你不会就这样把我俩和——和那上面的都丢在这屋里不管了吧,普雷斯科特先生?"他背后传来房东哀怨的声音。

"我马上就回来,"他安慰她俩说,"就顺着路往下走几步,看看能否发现点什么。"

普雷斯科特在离房子大概二十码的地方停下来,转过身望向光线昏暗的阁楼窗户。的确,手电筒替代傍晚时的自然光线效果是差了点儿,但幸好普雷斯科特视力好,他的视力在警队无人能比。更何况,他知道看什么。换句话说,他明确知道透过阁楼的方形窗户往里面看,而他假定(是完全假定吗?)的那个人只是从这儿经过时随意一瞥,并不会把注意力集中在某个特定的目标上,因此普雷斯科特现在做的实验和那个假定的人随意往楼上一瞥的状况基本相当。

阁楼的方形窗户看上去有些模糊,颜色只比周围的黑夜略浅一点。尽管如此，假如从这个角度能够看到尸体的话，他应该还是能够看得出那里悬挂的是个人——至少在阁楼白色墙壁的映衬下能看出大致轮廓。但根本看不到。

为了把倾斜的视角调整到最佳，普雷斯科特又往前走了十来码，这样阁楼窗户看起来方方正正，而且看到的范围更低一些。他把眼睛睁到最大程度，但还是看不见尸体。紧接着，他走到一侧，边走边试，但直到阁楼窗户看上去只剩下狭窄的一条缝时，窗户框内还是看不到尸体。接着，他又扭头往回走，走到另一侧，结果还是看不见。显然，尸体根本就不在通过阁楼窗户所能看到的视野范围内，因为整个阁楼只有前面这一个窗户，即使他想尽各种办法从每一个不同的角度观测，依然不能看到尸体。

他又回到路上，这次走得很慢，也懒得再抬头看。他停下脚步，低下头，但并不看地上，而是突然想起那句"那你今晚可谋饭吃了"，他轻声重复着"她们晚上要忙着吊呢"。但尸体根本不可能从路上经过时看到，因为不管从哪个角度都看不到尸体，他已经亲自试过了，用他敏锐的视力尝试了各种角度。更何况，他还事先知道重点要看什么，尽管如此，都不能看到。

普雷斯科特抬起头，开始往霍普金斯小姐家走。他脸上挂着笑，但看上去却愁眉苦脸，这样的表情，他以前在某些特定的时刻也有过。"所以你一次只能回答一个问题？"他边走边低声自言自语，"好吧，热爱大自然的家伙，等我跟你做了结的时候，恐怕你至少得回答四十九个问题。"

但他并没有立马开始行动,一方面,他想先熟悉一下这里的基本情况,另一方面,把两个吓得魂飞魄散的女人丢到一边不管,似乎也太没有人情味儿了,好像没必要,至少也要等治安官来了再说。关于接下来做什么,他已经有了初步计划,因此并不急于马上行动。

他走到霍普金斯小姐家时,两个女人还在房子前廊下紧紧靠在一起。霍普金斯小姐两只手握着油灯的长柄,好像不光为了取暖,还为了获得精神支持。

"它们可从不撒谎,"雅典娜满脸悲伤地一遍又一遍重复着,好像借此获得一丝安慰,"它们可从不撒谎。"显然她还在说蟋蟀。

普雷斯科特脸上肿起来一块,从脸颊一直到嘴巴,但他什么都没说。

大约三十分钟后,治安官埃德加·本森开着一辆福特车过来了,还带了一名警员。

他穿过前廊往屋里走时开口问:"庞申到底怎么回事?"话音落下才看到普雷斯科特,"我不认识你吧?"

普雷斯科特简单介绍了一下自己,并没有提到自己的警探身份,好像也没有必要提起。

"呃,城里人啊?!"本森说这话的口气就好像在说:"呃,外国人啊?!"

"有些人就出生在城里。"普雷斯科特不卑不亢地提醒对方说。

"呃——"治安官好像有点犹豫,接着又像是突然下定决心——"你好!"两人热情地握了握手。普雷斯科特可不能忍受任何男人对他的不耐烦。

"你说的是阁楼,是吧,珠儿?"本森想知道具体情况,边问边向楼梯走去。

霍普金斯小姐满脸悲伤地点着头问:"我不用跟你一起上去,是吧?"

"我想不用。"

普雷斯科特跟着治安官一边往楼上去一边问:"我的手电筒在阁楼里不好用,你有什么更好用的没?"

"我这里也有一个手电筒,两个手电筒总比一个好用吧?"

"比两个手电筒更好用的应该是适合这个场合的照明设施吧?"

那个一下车就往霍普金斯小姐家房前草地上吐口水的警员,名字叫乔,一个看上去并不怎么机警的小伙子,这时也跟着上来。"我可以把车开到窗户下面,想办法让一侧的灯照进窗户,这样有用吗?"

"别,不要那样!"普雷斯科特立马建议对方说,"你没准儿还想要检查一下外面的地上,可别把那里压出车辙了,可以吗?"

"为什么?"本森一脸诚恳地问。

"我不知道，你知道吗？"普雷斯科特答道。

"地上撒了这么多土，还有碎玻璃，碎花盆，怎么回事？"治安官一推开阁楼的门就问道。

"是我不得已而为之。雅典娜打翻了油灯，失火了。真遗憾，这样或许就盖住地板上不该盖的东西了。"

本森看了他一眼，说："听你口气这是一起谋杀案？"

"呃，"普雷斯科特老老实实地问，"那我口气应该怎样？"

"是怎样就怎样，一个家伙上吊了，就这样。米尔斯医生应该马上就到，他会告诉你到底是什么情况。"

"呃，不，他不会的，"普雷斯科特语气坚定但又不失礼貌地说，"他没必要。"

"米尔斯医生擅长这些。"本森冷冷地对普雷斯科特说。"好了，乔，把他放下来。"

警员把椅子放好，拉得离尸体近一些，爬上椅子，手里拿着剪刀，准备剪断绳子。本森一边熟练地用两只胳膊抱着尸体的双膝，一边对普雷斯科特说："过来帮一把，绳子剪断后你帮我一起把他放下来。"

普雷斯科特答道："等一下，先别剪断绳子。"说着冲着阁楼天窗朝楼下喊道，"霍普金斯小姐，能帮我找一把卷尺吗？长的那种。谢谢！"

"要那干什么？"本森问。

"既然让我帮一把，那我就帮一把。尸体放下来之前，让我量一下。"

本森和警员不屑地交换了一下讥讽的眼神，普雷斯科特刚好在天窗下面，错过了这一幕。不过，即使他看到，对他也不会有任何影响。警员嘲弄地举了举手，看着他的上司，轻轻地哼了一声，就好像在说："城里人来管事啦！"

普雷斯科特很快又上来，手里拿着一个小卷盘，拉出卷盘里的卷尺，大声说："首先，我要量一下从椅座到地板的高度。"说着，他蹲下去，一条腿跪下，停下来问，"如果说他就是用这把椅子上去的，你俩对此有任何怀疑吗？"

"他不是飞上去的。"本森说。

"好。有纸吗？我跟你们报数据时要记下来，"他两手垂直拉开卷尺，"椅座到地板的高度是十八英寸。"

警员用口水湿了湿铅笔尖，把纸放在一条腿上，写下普雷斯科特报出的数据，顺便又像刚才那样和本森交换了一下嘲讽的眼神。

普雷斯科特站到椅子上，一手挨着垂到庞申头顶的绳子末端，让卷尺毫无障碍地下垂。"告诉我到他鞋头的距离，"他下命令似的对治安官说，"他的脚尖下垂，我说的不是脚后跟，我说的是脚尖。"

"五十九英尺。"

普雷斯科特用手托住尸体下垂的下巴，往悬着的绳子方向把尸体头部用力抬起伸直，看上去颇为恐怖。紧接着，他把卷尺往高处挪了挪。"鉴于他的脖子已断，头抬不上去，所以要再加上五英寸，总共六十四英寸。这样的话，他的身高就是六十四英寸，也就是五英尺四英寸。"

警员再次用口水润了润笔尖，记下普雷斯科特报出的数据，然后又朝本森笑了笑。他俩对这个从城里来的怪人表现出足够的耐心。

"我现在再往高处去，我要量一下绳子从铁环到打结处的长度，或者说是从铁环到死者头顶的绳子长度。没事，我使劲儿往上伸一下就可以，你帮我把椅子扶稳了就行。"说着先试着稳了稳身子，举起一只胳膊，往上伸，并踮起脚尖。警员趁机弯起食指，自以为是地点了两下自己的太阳穴，依然在和本森交换意见。

"三十英寸，"普雷斯科特报出数据，然后放下踮起的双脚，喘了一口粗气，又说，"现在把这些数据加起来。"他站在椅子上，等着警员把数据加起来。

"一百一十二英寸，"警员屈尊地说，"从橡子上的铁环到地板的高度是九英尺四英寸。"

"不对，你这里搞错了，"普雷斯科特立马纠正，显得唐突无礼，"九英尺四英寸的高度，你指的是椅子加上他的身高再加上绳子的长度，我们说的是从铁环到地板的高度。你自己读一下就知道了，卷尺垂下时你用手接着，然后拉直。"

普雷斯科特拿着卷盘，让卷尺从铁钩处往下垂，警员用手捏着卷尺，仔细看了看卷尺上的数据，抬起头，既佩服又惊讶地说："九英尺六英寸半。"警员倒抽了一口气。

"这是谋杀，"普雷斯科特从椅子上下来，随手把卷尺扔到一边，说，"从椅座到死者脚尖多出来两英寸半的距离，这个距离他是怎么处理的？把自己先吊起来再把绳子绑个套儿？"说着，他粗鲁地把椅子在尸首垂着的两脚下推来推去，椅子完全碰不到脚。

"他本身的重量会把绳子拉得更低一些，把绑在墙上的绳结拉得更紧一些。如果把尸体取下来，绳子会比现在还短一些。如果把椅子挪到原来的位置，这一点我用肉眼都能看出来。我还以为你们二位比我观察力敏锐呢。"

治安官和警员又交换了一下眼神，这一次的内容迥然不同——诧异，瞠目结舌，哑口无言。

"想想看，他是怎样处理这多出来的距离的？"普雷斯科特不耐烦地继续追问，"这里没有别的东西可以让他用来垫在椅子和脚之间，厚一点的书或者盒子或别的什么东西，答案只能是：他根本没垫任何东西。嫌犯应该比庞申高，他应该像我刚才那样先站到椅子上，把绳子扔到铁钩上，再把绳子另一头拉到墙那儿，绑到墙上的大铁钉上，然后把已经扼死的庞申的尸体举起来，绑紧绳套。但他忘了椅子座到死者脚尖之间的这一小截空间差，也许他绑完尸首就把椅子挪到一边，让椅子倒下，椅背靠下；也有可能是他用的台灯或其他的照明工具有问题，照出来的影子看上去把庞申的尸体拉长了。"

说到这儿，普雷斯科特下结论说："总之，这个现场是精心布置的。"接着又说，"好吧，现在该你们上了，我要出去散个步。"然后就不管不顾地从天窗出了阁楼。

治安官"吧嗒"一声合上嘴巴——警员的嘴巴还张着。"嗨！你到底是谁？"普雷斯科特已经转身走了，治安官才冲着他的背影大声喊道。

"我叫普雷斯科特，纽约市警察局警探科的。"这是从楼下传来的回答。

普雷斯科特没有——至少暂时不会——说出他对隆·巴尔德斯利的看法，原因有二：首先，鉴于巴尔德斯利和他偶遇闲聊时无意透漏的重要线索，而且几乎是最关键的信息，他本人非常希望立即详细盘问巴尔德斯利，让当地警方盯紧他，但作为一个外来者，他现在还不能这样做。不过，不能立马这样做的主要原因是巴尔德斯利的智力状况。如果他智力正常，又是成年人，普雷斯科特会毫不犹豫，会立即让他解释一下为什么事先知道那么多。但控诉巴尔德斯利有罪无异于控诉一个孩子有罪，一旦被控诉，他没有能力为自己辩护，更无法抽身；一旦他成为治安官和当地警方怀疑的对象，普雷斯科特并不能确定这些人是否会给这样的傻瓜安排一个公正的听证会。普雷斯科特不想诋毁他们，但他们不一定可靠。巴尔德斯利的智力缺陷，有可能恰好被他们误以为是作案的证据，可在普雷斯科特看来根本不是。此外，他非常了解，这样的乡村人们思想狭隘，热衷于对他人评头论足，说长道短，尤其是对于这样一个"异于常人"的人。一旦被怀疑，转眼间就会谣传得头头是道；一旦被说得头头是道，这些人根本等不及调查和审判就很有可能会迫不及待地要求给怀疑对象定罪。这些人顽固守旧，任何线索都不能让他们知道，尤其是被怀疑的对象完全没有为自己辩护的能力。把他的想法牢牢地锁在自己大脑中，至少这里还是可操控的，因此也更加安全。普雷斯科特对于他人的错误还是比较宽容的，这在私家警探中可不多见。

"在我完全说服自己之前，这个傻瓜还是先留着不动。"做了决定后，普雷斯科特从霍普金斯小姐家沿路来到"商业区"。这个"商业区"总共有六个商铺，路两侧各三个，每侧的三个商铺门前都铺了长长的木板。他走进唯一亮着灯的商铺里，看上去像是个杂货铺。普雷斯科特随便编了个理由，说坐火车过来的路上灰尘太多，喉咙干痛。于是，商铺里的人问了他很多私人问题，这些问题和他的身体状况毫不相干，要是在城市里没人会操这闲心。之后，普雷斯科特假装随意地问他在路上偶遇的那个用柳枝刈草的人是谁，没想到对方竟主动告诉他去那人的住所该怎么走："你说的是隆·巴尔德斯利吧，他住在那边坑洼旁的小棚屋里，小棚屋是他自己用板子、汽油桶等这些乱七八糟的东西搭建的。"

"私自占用他人用地，是吧？"普雷斯科特一边舔着润喉片一边说。

"没有，跟别人比根本没有。说到占用他人用地，我们大家都是，总（整）个村子都是如此。"

"是吗？"普雷斯科特随口问道，"怎么回事？"

"当然了，这整个小岛原来都是私人财产，属于某一家人。后来，这家人购买小岛的地契证不见了，或者不知道放到什么地方了，于是就有人搬过来住。那可是我父亲那一代人的事了，五六十年前了。当然了，严格来说，现在可算不上小岛了，因为把这个小岛和大陆分开的水渠已经干了，也不值什么钱了，就算地契证找到了，也不必担心有人来要回这个小岛。"

杂货铺老板喋喋不休地说着，看样子能唠叨一个晚上。普雷斯科特满脑子想着别的事情，他一点一点地挪到门口，推开门，终于等到对方停下来喘口气的机会，赶紧跨出门去。

"你要是不喜欢这种润喉片，开了包装只吃了两三片的话，你再拿过来，我给你换苦薄荷的。我把你这个再卖了，只用便宜一分钱。"杂货铺老板善解人意地冲着他的背影喊。

"谢谢啦！"普雷斯科特从杂货铺外面的黑夜中答道，"甘草是我喜欢的口味儿。"说完把嘴里的润喉片吐出来，脸上露出厌恶的表情，把剩下的润喉片塞进兜里。

他往杂货铺老板指的方向走去。通往巴尔德斯利家的小巷刚好和连接霍普金斯小姐家、火车站和海滩的南北路垂直往右转，狭窄的小巷边只有一二户人家，甚是凄凉。走不到十分钟，他面前的小巷开始往坡上延伸，准确地说不能叫山坡，就是一个比平地高一点的小土丘。尽管如此，这里却是约瑟夫葡萄园的最高点。要是白天的话，普雷斯科特可以站在这里俯瞰整个小岛，景致应该很不错，但夜色笼罩下周围好像都变小了。山丘的另一侧陡了不少，小巷顺坡而下，一直延伸到下一个小山丘。两个山坡之间的洼地很有可能就是杂货铺老板说的"坑洼"。普雷斯科特环顾四周，一下子就看到巴尔德斯利的小棚屋，刚好卡在两个小山丘之间的"褶皱"里，朝向左边的小山丘。灰白色沙地映出小棚屋黑色的轮廓，昏暗的灯光从弯弯曲曲的门缝里透出来，屋顶的烟囱上方有一颗星星，看上去像是戳在烟囱管上，随着烟囱里排出的热气忽明忽暗。

　　普雷斯科特毫不犹豫地往小棚屋走去。刚跨出小巷，就感觉到脚下的地很软，鞋里灌满了沙，不过这样也好，走过去的脚步声几乎听不到了。离小棚屋还有几码远时普雷斯科特停了下来，仔细观察这个小屋。小屋近看比远看还要糟糕，简直就是迪士尼卡通片里地下宝藏守护者住的笼子，小屋的门不知道是从哪儿捡来的，小屋的主人在原本应该是合页的地方用金属线串起来，绑到明显比门大一圈的门框上，然后用麻袋、帐篷之类的东西把门框与门之间的缝隙堵起来。

　　普利斯科特有点不敢敲门，生怕把小屋敲垮了。最终，他还是伸出手，小心翼翼地敲了敲门框，没人应答。他把塞在缝里的麻袋取出来，把门往一边挪了挪，伸头进去。空无一人。壁炉里点着火，火苗红红的，但一点都不旺，壁炉是用砖头随便垒起来的，连灰泥都没有用。从壁炉周围散落的柴火梗看，巴尔德斯利壁炉里烧的有晒干了的野草和水草，还有枯木。

普雷斯科特钻进小屋，并把门整理了一下，以便外面的人不能立马看出有人进来。接着，他仔细观察屋里。

普雷斯科特带着怜悯之情摇了摇头。巴尔德斯利显然酷爱囤积东西，但又缺乏辨识好坏的能力，所以被他捡到并囤积起来的东西简直无所不包——从海滩上捡回来的五颜六色的贝壳，被丢弃的猪油罐，缠线用的线框，各种形状、大小不一的扣子，还有几管挤空了的染料盒，很有可能是那个名叫苏珊·马洛的可爱姑娘的。总之，不一而足，扔得到处都是，屋里看起来就像松鼠或小鸟搭建起来的巢穴。

从远处传来的微弱声响打断了仔细观察屋内设施的普雷斯科特，他迅速坐在一个整理箱上。屋里总共有两个整理箱，只有它们还可以算得上是椅子。声响越来越近，越来越大。有人用口哨吹着《扬基·杜德尔》，每次都是吹到第四句就突然打住，好像吹口哨的人在努力想下一句是什么，停下一会儿后，又从《扬基·杜德尔》的开头吹起，但每次都只能吹到第四句"被人叫纨绔子弟"。

单调刺耳的口哨声在屋外戛然而止，门缝里塞的麻袋被掀开，门被往里推开,刈草的弱智侧身挤进门,双手抱着一捆干柴,横在胸前。直到他用肩膀把门带上,脸转向屋里,才看到普雷斯科特静静地坐在那里。接着,他把干柴胡乱扔在地上,怀里还抱着几根,好像用来保护自己。

"嗨,隆,"普雷斯科特友好地和他打招呼,想让他放松下来。"还记得我吗?你傍晚时在路上见到过我。"他看得出巴尔德斯利对他心有疑虑,也许是因为从来没有人像这样来拜访过他。可怜的家伙蜷缩到墙根下,把手里的干柴放下,眼睛一直盯着眼前这位访客,在他觉得对方没有看到自己的时候,犹犹豫豫地挪到地上平铺的一块砖头旁——可能是他用来藏宝的地方——迅速打开,往砖头下面快速瞟了一眼,又盖上。

"我什么都没碰,"普雷斯科特安慰他说,"我散步有点累,顺道过来和你聊会儿天。你这儿可真不错啊!"说着他假装羡慕地朝周围看了看。

"我自己搭的,谋人帮忙。"巴尔德斯利像孩子一样满脸自豪地对普雷斯科特说。

"我住在霍普金斯家。"普雷斯科特漫不经心地说,说着他垂下眼睛,偷偷地观察对方的反应。没有任何反应,更没有任何犯罪之后才有的愧疚之情。

普雷斯科特接着试探他:"你知道庞申先生吗?他今晚没有下来吃晚饭。"

说完等着，对方依然没有任何反应。弱智直愣愣地看着他，对他简直毫无怀疑。他好像很喜欢听普雷斯科特说话，但并没有认真去想他说的话到底什么意思。这是小孩经常有的习惯，就像借助声音来催眠。普雷斯科特耐心地继续试探，用尽一切手段让对方露出马脚，然后抓个正着。"你知道他为什么没有下来吃晚饭吗？"

"不知道，为什么？"

"你知道。我日落前在路上碰到你之前，你不是刚好从霍普金斯小姐家楼下走过吗？"

"是啊。"

"那你看到了什么？"

"我看见房子了。"

普雷斯科特伸开的双手带着恨意握起来，然后他控制住自己，强迫自己把手伸开。和一个正常人这样对话，简直就是对他智商的侮辱，但和一个弱智这样说话，却再正常不过。问题是，眼前这个人真的有他表现得这么傻吗？这才是关键。

"除了房子，你还看到了什么？"

巴尔德斯利显然已经忘记了上一个问题。"哪里啊？"

"那里啊，就是霍普金斯家！"普雷斯科特的声音不由自主地提高了。

巴尔德斯利一脸正义地说："你问我问题我谋生气，我一问你问题你就生气了。"

普雷斯科特看着他,心想:什么是正常?什么是不正常?这时他意识到,自己完全无法跟眼前这个人正常沟通是因为对方的智力和自己完全不在同一个水平。于是他用更直接的方式问巴尔德斯利:"你在路上遇见我时,你说了什么?"

巴尔德斯利看上去非常认真地想了一会儿,突然说:"你好!"

普雷斯科特气急败坏,简直要从整理箱上跳起来,但只得又强迫自己坐下来。"我当时问你霍普金斯家在哪儿,你告诉我说我今晚在她家没晚饭吃。你当时怎么知道我今晚在她家没有晚饭吃?"

听到这话,巴尔德斯利的脸突然亮了,甚至有点兴奋,就像算不出题目的小学生突然知道了答案一样。"哦,我想起来了,因为她们家有人吊在那儿啊!"

普雷斯科特看得出来,就差一步对方就露馅儿了,只需要一步。"你怎么知道她家有人吊在那儿?"

"我经过的时候看到有个人吊在楼上。"

露馅儿了!普雷斯科特露出苦笑,就和他不久前在房子外面尝试着能否看见尸体时露出的表情一样。"你撒谎!"普雷斯科特尽量柔和地说,然而,他的声音并不柔和,听上去一点儿也不柔和。他突然往整理箱的边上挪了挪,把脸伸到离巴尔德斯利只有几英尺远的地方,眯起双眼,死死地盯着他。"从外面根本看不到他,我特意到屋外去试过了,不管从哪个角度,从外面都看不到他。

现在你还有什么好说的？"

巴尔德斯利盯着他，像个孩子一样，平静中带着惶恐。"可我真的看到他了，"他声音颤抖着说，"可能你看得不好吧。"一直盯着他的目光让他感到不安，他试图把自己的脑袋往后靠。普雷斯科特突然举起手，用拇指和食指扣住巴尔德斯利的喉咙，把他的头牢牢地固定住。他并没有用很大力气，知道不会伤害到他，只是把他控制住，让他不能动，迫使他集中精力。

"现在你可以回答我的问题了吗？你当时是怎么知道那家阁楼上吊了个人的？"

"可我已经告诉你了啊，我经过的时候看到的。"

普雷斯科特不可能揍眼前这个人，也不能像对待其他人那样过于欺负他。他继续像刚才那样有点阴森地轻声问道："那我就把你的脑袋像这样固定着，让你待在我眼前，直到你停止撒谎，跟我实话实说。如果有必要，我可以一整夜这样控制着你。"

巴尔德斯利的嘴角往下撇，嘴唇开始猛烈地抖动，好像要哭了一样。"我饿了，"他带着哭腔说，"我还谋吃晚饭呢，我才把火点上，你却不让我吃。要是我这样对你，你会喜欢吗？"

"你当时就在阁楼上，头天晚上，是不是？那才是你知道有人吊在那里的原因。"

"不啊，她们不让我进她们家。她们害怕我，她和雅典娜，我每次只要走得近了，她和雅典娜就用扫把轰我走。"

"但你还是在她们不知道的时候想办法溜进去了,是不是?你上了阁楼,有没有?庞申先生追你到阁楼上,抓住你的时候,你在那里还干了什么?"

神秘哨声

巴尔德斯利的脸上第一次显出一丝警觉。"我谋从上面拿啊,"他喘口气说,"我从外面拿的,她可不能说我是从上面拿的。"说着,他突然把警探的胳膊甩到一边,跳起来,像松鼠一样灵敏地围着他转圈。等到普雷斯科特把头转向他,隆已经蜷缩到一个角落,两只手臂把两个大大的桃子紧紧抱在胸前,好像生怕桃子被人抢走,嘴里还一直喋喋不休地为自己辩护着:"我可不管树枝是不是自己伸出她家篱笆外面的,树干在外面,那就不是她家的树!那会儿也谋人往窗外看,她是怎么知道——"

"等一下,"普雷斯科特说,"你爬到她家外面的一棵桃树上——

从那里往阁楼里看,然后看到阁楼里吊着个人?"

"就是啊,"巴尔德斯利回答说,但一眼就能看得出,他的注意力显然还集中在被他偷来的桃子上,"我往树上爬的时候,一直往她家的窗户上看着,免得她和雅典娜抓住我。我可不怕他看到我,因为我一看就知道他死了,我知道他不会把我出卖了。"

普雷斯科特用手背轻轻地敲了一下自己的脑门,有一二分钟时间什么话也没说。巴尔德斯利已经开始狼吞虎咽地啃桃子了,这个咬一口,那个咬一口,好像急着在桃子被抢走之前赶快吃下肚去。最后,普雷斯科特不抱希望地问道:"如果你看到他了,那你当时怎么没有告诉霍普金斯小姐她家阁楼里吊了个人?"

"那是她家啊,我还以为她知道嘞,"巴尔德斯利这次的回答倒是非常有趣,"反正我每次走近了,她就轰我。"

普雷斯科特面无表情地思考着,眼睛盯着小屋的墙,墙被壁炉里的火照得通明,墙面像水彩一样闪着光。"假如有人把另一个人掐死了,"他轻声问,"事后又不想被人发现,那最聪明的处理办法应该是什么?你会怎么处理,隆,如果那人是你的话?"

弱智的眼神转向普雷斯科特,然后又转回到墙上,说:"最聪明的处理办法就是不要掐死他,那样根本就不会有人发现了。"他说话的口吻可不像他的声音听上去和他的表情看上去那样不带任何感情色彩。

普雷斯科特不满地用手拍了一下自己的膝盖,站起来。"你要么是世界上最傻的傻瓜，要么就是世界上最聪明的人，"他轻声说，"也有可能是二者的混合。截至目前，收获一般般。我不再试探了，但你还是不能让我完全信服。"

巴尔德斯利对于自己有可能面临的危险境地毫不关心，一心忙着往普雷斯科特刚刚腾出来的那个整理箱上摆瓶瓶罐罐和餐具。"你刚才坐在我桌子上了，"他和蔼地说，"我只有等你站起来了才能吃饭。"说完发出几个《扬基·杜德尔》的音符。

"你为什么老是吹那个曲调？"

"我不晓得啊，我想不起来别的了。"

普雷斯科特往门口挪动，突然转身，弯下腰，拿起铺在地板里的那块砖。巴尔德斯利刚才进门看到普雷斯科特时一直担心的就是那块砖。"这里到底藏了什么宝贝？"

巴尔德斯利警觉地大叫一声，听上去又气又急，然后跳起来，想要制止普雷斯科特，但为时已晚。砖头下面露出一个洞来，显然是用勺子或贝壳或削尖的棍子挖出来的。一个空罐子——普雷斯科特看不出来它是用来装汽油的还是装饼干的——被巧妙按插在洞里，恰好挡住四周的沙，不让沙往下滑。罐子的口一半盖着，一半开着，刚好够把砖头卡进去，这样，罐子就成了一个临时的保险箱。罐子里满满地塞着一卷卷废纸，大部分看上去像是赠送的优惠券，这种优惠券集到一定数额，购物时会有返现优惠。此外，还有各种小册子、时间表、日历、画有插图的文件夹、褪了色的明信片、几张纸牌、一个黄铜的装饰别针（别针头是玻璃的），应该是用于爆米花包装袋上的，还有一个维多利亚时期的法寻[1]，上面覆盖着绿色的霉斑，应该是在海滩上捡的。巴尔德斯利喜欢囤积的嗜好看来是停不下来了，只有他的大脑才知道和小屋里其他东西相比这些"超级宝贝"的价值到底在哪里。

警探用手翻了一下，看到保险箱里的"宝贝"后几乎为自己感到羞愧，只是因为不习惯半途而废才继续翻下去。与此同时，弱智就像一只兴奋的小鸟一样在他周围跳来跳去，边跳边喊："别碰它们！你现在就放下它们！把你的手拿开！"

普雷斯科特把砖放回去，用脚踩平。他一边拨开麻袋往外走，一边烦躁地问最后一个问题，也许是因为感到沮丧才这样。"跟我说实话，"他不耐烦地问，"你到底是真的这么傻，还是你把我当傻瓜一样骗得团团转？"

他转过身去，松开麻袋，让它自己掉回到原来的门缝里，然后踢着脚下的沙，往村里走去。背后传来弱智孩子般欢快的声音："我可不傻，你才傻呢。你想拿走我的桃子，我把它们都吃掉了！"

普雷斯科特回到霍普金斯小姐家时，房前治安官的福特车旁停了一辆卡车，卡车后门敞开，车厢尾部放着木头一样长条状的

---

[1] 英国旧硬币，值四分之一旧便士。

隆起物，被裹得严严实实——庞申先生的尸首，很快就会被运到美杜布鲁克去。美杜布鲁克是县政府所在地，县警察局也在那里，尸首火葬前会在那里做一些准备工作，而准备工作需要的设施约瑟夫葡萄园根本没有。有几个邻居被无法抗拒的好奇心吸引过来，围在旁边，一声不吭地盯着放在卡车车厢里的尸体。普雷斯科特刚走到家门口，恰好雅典娜愤怒地从屋里冲了出来，胳膊下夹着叠得整整齐齐的床单被套。

"你拿了哪个？"她带着挑衅的口吻问，"你拿了哪个？"

雅典娜被惹急了，乐于操持家务的本性战胜了对那个静静地躺在车厢尾部的尸体的恐惧。她走到卡车一边，用拇指和食指小心翼翼地捏着床单的边儿，盯着仔细检查。接着，她冲着警员发火，带着责备的口吻说："我当时就是那样想的！你刚拿了我家最好的带花边的那个，那个只留到周日才用！你为什么不等到我给你拿一个？我当时正在从放床上用品的箱子里给你找一个缝补过的！"

"我们会给你送回来的，"警员试着平复她的情绪，"我们只是想找点东西盖着他，再把他运过去。就这样敞着把他运过去，也太不体面了——"

"你们会送回来？"雅典娜转着眼珠，眼神带着愤怒，眼白在夜色中闪闪发光，"你都用它干了那事，你以为我们还会在这个家里用它吗？你到底把我们当成什么人了！"她一边沮丧地蹒跚着往前廊走，一边愤恨地抱怨着，"崭新的床单就这样变成垃圾了！

下次你要是需要什么东西裹起来谁,你要吻(问)我用哪一个,不要自己动手拿,还拿那一床最好的!"

普雷斯科特跟着她走进屋,走到门里通道处时喊住她:"等一下,雅典娜。"

"怎么了您?"她说话的音调和刚才完全不同,对"付钱的客人"她毕恭毕敬但又没有丝毫卑躬屈膝。

"你跟我说你昨晚听到外面蟋蟀叫了。"

"是啊您,我缺失(确实)听见了。"

"你再想想看,蟋蟀叫时,你还听到了什么?"

雅典娜害怕地睁大眼睛。"像什么的声音,先生?"

"呃,我觉得还是你自己想起来更好,雅典娜,如果你能的话。"

她仔细地回想,拧起的眉毛像虫子一样,一下子往上,一下子又往下。"我还听到了什么?让我想想啊,我还听到了什么?这里很安静啊,晚上没多少声音,我没听到前廊有脚步声,也没听到屋里的楼梯有嘎吱声,"她边摇头边说,"没有啊您,我想我没听到别的声响,只有蟋蟀叫。"

"好吧,谢谢你,雅典娜。"普雷斯科特说完往起居室迈了一步,本森和珠儿·霍普金斯正站着在起居室里说话。雅典娜往楼梯那儿走,准备把第二好的床上用品放回到安全的地方。"普雷斯科特先生!"普雷斯科特突然听到雅典娜喊他。

他转过身,回到她身边。

"才想起来，我想我的确听到别的了，只戏我不缺定到底戏听到了还戏没有。"

普雷斯科特耐心地想着她刚才这句模棱两可的话，问她："你还听到什么了？"

"好像是有人吹口哨，声音很小，应该戏在远处的树下。我不确定戏口哨声，还戏风吹过树时发出的声响。我用被子盖着头，因为蟋蟀叫得太讨厌了。"

"那声音听起来是好像往你这个方向靠近，所以听起来越来越大，还是像从你这儿往远处走，所以听起来越来越小？"

"声音越来越小，所以我想戏往远处走。"

"听上去怎样？我的意思是，你能辨别出曲调吗？"

她一脸困惑，用一只手摸着后脑勺说："好像我能。那曲调像什么呢？"

在她徒劳地试图回想起曲调时，他就一直等着。最后，好像心不在焉地，他开始轻声吹起《扬基·杜德尔》的前面几个音符。

她警觉地抬起头。"就戏它！"她解释说，"非常确定。就戏这个曲调！"她的脸一下子失去活力，诧异地瞪着他问，"你怎么知道戏这个曲调？你今天才下火车！"

"我不知道，我只是猜而已。"他沮丧地安慰她说，"你跟本森说过了吗？关于听到口哨声的事？"

"没呢您，他没吻我。"

"他不问你，你可别跟他说。"在她转身离去时，他快速而生硬地低声说。他突然又停了下来，回头看着她，补了一句，"就算他问你，你也别跟他说。"说完走了。

本森正在起居室——大白话叫"客厅"——问珠儿·霍普金斯一些问题，例行公事，听上去不像官方问话，更像是闲聊。珠儿手里握着一个茶杯，把杯子放到自己突出的膝盖骨上，本森正费力地摧毁面前的一块苹果派，派上有一块橘黄色的奶酪。不管怎样，家里的客人就是客人，不管他在这个家以外干什么营生，既然是客人，就要给他端茶倒水，提供点心，这一准则古已有之，古代的米底人和波斯人就开始这样做了。

"没打扰你们吧？"普雷斯科特非常礼貌地问，他不想打断别人的问话。

本森用叉子随意地指了指说："没有，没有，来得正是时候。不介意的话，把门关上。继续，珠儿，你刚才说什么？"

"庞申已经在我这儿住了五年了，你知道的，"她揉了一下眼睛说，"他家萝丝去世后，他就搬出自己家到我这里来住了。一个人孤零零地住那么大的一栋房子，确实不合适，我想这是我能为萝丝所做的最起码的事。她要是在天有灵的话，肯定也希望我这样做，我和她是一辈子的交情，而且在此之前的好几年，我就已经开始接收夏季短租客——就像面前这个年轻人。他和别的租客唯一不同的就是，他常年租住在我这儿。"

普雷斯科特试图回想起珠儿·霍普金斯小姐家二十英里范围内是否听说过任何关于她的流言蜚语，边想边眨眼睛，连眨了三次，什么都没想起来。

这时本森已经吃完了苹果派，他接着问霍普金斯小姐一个问题，和普雷斯科特几分钟前在楼梯口问雅典娜的问题一模一样。毕竟这是个标准问题，甚至可以说是讯问的核心，任何讯问都不会忽略掉的一个问题。"你昨晚听到什么了吗？比如什么声音？什么不同寻常的声响？"

"我昨晚没在这儿，"她像下决心一样地说，"怎么能指望我听到什么？这是很久——我都不记得多久以来——我第一次不在自己家过夜。瞧瞧，就这一夜发生了这样的事。你记得我侄女艾米吧？就是嫁给了一个来自大陆哈克兹顿的小伙子的那个。昨天下午三点左右，我接到她丈夫吉姆打来的电话。他都快把我魂儿给吓跑了！'姑妈！'他在电话里冲我大声说，'来了！来了！'我问他'什么来了'。'它呀！'他喊道，'我们的第一个啊！这会儿家里只有我和她，打电话一个邻居也找不到。我打了三次电话了，连一个医生都请不过来，我不知道该怎么办！''先待着别动！'我努力让他平静下来，'我立马赶过去。''我会一动不动的！'他答道，应该是被吓坏了。'可她怎么办？'好吧，长话短说，我立马出发了，从来没有那么迅速过。到那儿的时候，我只看了一眼，也许两眼，就用我的手指戳了一下她的侧身。"

旁边听着的两个男人这时都有点被惊到了。

"急性阑尾炎，"她厌恶地解释道，"这些年轻的丈夫们真是世界上头号傻瓜。天黑时，我已经把艾米送到了哈克兹顿医院，并做了手术，但那时再拐回来已经太晚了，所以我就留在他们家过夜了。"

"昨晚只有庞申和雅典娜在这栋房子里？"

"是的，"霍普金斯小姐像自我保护一样搂住自己的肩膀说，"听上去很诡异，是吧？这样的事情恰恰发生在这个晚上，而不是其他晚上。我发誓，我有十五年没有在外面过夜了。"

普雷斯科特迅速地看了治安官一眼，什么也没说，但眼神的意思是：不诡异，但巧合，简直太巧合了。

"除了雅典娜和庞申外，还有谁知道你昨晚不在？"不知不觉中，普雷斯科特顺着本森的思路提出了自己的问题。

"怎么了，村里人都知道吧，我想。这儿的所有人。这又不是什么秘密。你知道的，电话交换室的海伦·斯宾塞一整天也接不到几个从大陆打来的电话。我想她会告诉她周围所有人的。"

"通常晚上都是谁锁门，你，还是雅典娜？"还是普雷斯科特在发问。

本森没有问霍普金斯小姐，就替她回答说："我们这儿都不锁门的，我们彼此都很信任。"

好吧，有个人你们都太信任了。普雷斯科特很想发表一下自己的看法，但还是忍住了，因为小地方的自尊是个敏感的话题。再说了，这也只是他的个人想法，和眼下这个阶段的讯问毫无关系。

霍普金斯小姐给自己简短的陈词做总结："今天早上艾米已经平安无事了，我也没什么可担心的了，所以就收拾一下回家了。我到家时没看到庞申，但他以前白天也经常这样出去，所以我根本没有多想。整个下午我们都不知道，这个年轻人可以作证。我下午一直在大门口往外张望，看能否看到他。雅典娜还把他的餐具都摆出来了，等着他晚上回来吃晚饭。"

普雷斯科特听到这儿点了一下头，表示认同。

珠儿悲伤地叹了口气。"你现在还有什么需要我做的吗，埃德？没有的话，我想上去了，这可把我累坏了！"

"你可以上去了，"本森同情地对她说，"今晚就这些了。"

她把空的盘子端走，把门关上，好像知道他们两个要从专业的角度探讨案情。

客厅里只有他俩时，两人都沉默了一会儿。最后，普雷斯科特——既表示对当地人的尊重，也因为对方年长——先开口问："目前为止，你有什么发现吗？"

"到现在为止，基本上没有，"本森随意地承认，"只知道有人趁女主人不在家时溜进来，找到那个老人，干掉他，然后想尽办法把现场布置成老人自杀的样子。很有可能是某个流浪汉或无家可归的人，不可能是我们这儿的人干的，没人会做这样的事情。庞申在这个小岛上也没有仇人，对于年轻人来说，他是他们眼中的'老爷爷'，对年龄大点的人来说，他是他们眼中的'老大爷'。"本森停下来等了一会儿，接着机敏地问道，"你难道不这样认为吗？"

"不这样认为。"普雷斯科特一边回答，一边不甘心地摇了摇头，接着说，"我很想，但不能。几乎可以确定，就是你们这儿的某个人，是这儿的常住居民。不可能是流浪汉，猜三次也不会是。首先，流浪汉不可能知道昨晚霍普金斯小姐十几年来唯一一次不在这个房子里过夜，而这个人知道，就好好利用了这个机会；其次，流浪汉不可能经过庞申的卧室直接到阁楼上去——那样就要经过楼梯，就意味着冒险，冒着把自己退路堵死的风险。流浪汉可能会闯进别人的卧室作案，但不会经过二楼往三楼去；最后，流浪汉没必要自找麻烦，还把现场布置成自杀。他会直接把他杀了，任由他躺在那儿不管。所以，是某个还需要继续在你们这里生活下去的人，和生活在谋杀现场附近相比，生活在'自杀'现场附近会让这个人感觉更好受些。"

"好吧，我不知——我不知道，"本森悲哀地说，"我只是无法想象身边的谁会这样恨他。"

"也有可能是某个和其他人一样喜欢他的人干的。"普雷斯科特说。他的话让本森感到更加吃惊。

"你在说什么呢？喜欢一个人，怎么还——"

"你不明白。你脑子里想的是蓄意谋杀,这个想法阻碍了你的思路。有人起意,开始谋划,然后带着杀人的意图闯进这栋房子,是不是?我认为这起谋杀并不是蓄意,而是为了掩盖其他目的临时起意而杀人。这个人溜上通往阁楼的楼梯——不是为了杀了二楼的庞申——而是为了找寻什么东西,然后找到了,偷走了,蹑手蹑脚地经过庞申的卧室门。但这人的动静吵醒了庞申,庞申起来去阁楼上查看。为了不让自己的身份泄露出去,这人想都没想就对他下手,让他永远保持沉默。而且很有可能,除了被发现后对他的短暂恐惧外,他是那些喜欢这个老人的人中的某一个。"

本森气愤地拍了一下自己的膝盖,说:"那这人要找的到底是什么?如果是普普通通的什么东西,只是理由非常充分——报仇、金钱,或者女人——那简直太糟糕了。但按你说的,这是一起谋杀——临时起意而杀人,那怎么能说得通?我可不习惯这样的事情!"他愤慨地说,"我完全没有任何准备,我手里从来没有过谋杀案。"

至少眼下,普雷斯科特能给他的安慰是——"现在你手里有一起谋杀案了。"

庞申的葬礼被安排在第二天。这是个周六,这一天下着雨,雨水使得一切都变得模糊。这不是一场毛毛细雨,而是一直倾泻而下的大雨,像装饰圣诞树用的银色流苏一样从天上垂下来。约瑟夫葡萄园要么不下雨，一下就停不下来。墓地紧挨着一座漂亮的白色教堂，村里人差不多都来参加葬礼了，撑起的雨伞像墓地上长出了巨型蘑菇，蘑菇下三三两两的人紧紧地靠在一起。和珠儿·霍普金斯一起来参加葬礼的普雷斯科特感到好奇：为什么好像只要有葬礼就会下雨。

约瑟夫葡萄园的村民几乎全都参加了葬礼，自发地站成长方形围在一起。普雷斯科特看到苏珊·马洛站在长方形的另一端，她穿着一件红色玻璃纸一样的雨衣，戴着风帽。他用眼睛给视野范围做了个标记，以备将来之用。即使在这样阴湿的天气里，她看上去依然优雅迷人，在人群中像草地上的一朵花儿一样引人注目。

葬礼结束了，墓穴里的土像被雨水冲得浮起来一样不停地升高，雨伞开始离开墓地。这时，一直站在人群外围的本森走到普雷斯科特身边。

普雷斯科特随意地把霍普金斯小姐送到离自己最近的一拨人里，快速看了一眼红雨衣，确保它还在自己的视野范围内，然后和治安官一起走到墓地入口处。

"我猜这会儿米尔斯医生已经把他的死亡证明拿过来了。"他说。

"当然了，"本森答道，"没有死亡证明就没有下葬许可证。"

"他得出的结论是什么？"

"他和我们争论了一阵子，"治安官说，"刚开始他强烈反对。

牵涉到尸体，他有一套自己的理论。"说完朝地上啐了一口口水。这时他们已经来到墓地外面，算不上对死者不敬。"他的观点是，既然尸体上没有任何痕迹，他就不能写此人死于他杀；而我们的观点是，既然椅子的高度不够他把自己吊上去，他就不能写自杀。最后我们不得不各让一步，写的是'死亡，发现时脖子上套着绳子'。"

"米尔斯医生显然不是会随随便便下结论的人。"普雷斯科特面无表情地说。

"可怜的老庞申的事情就此结束了，"本森拖着腔调慢吞吞地说，"可我们的事才刚刚开始。"

普雷斯科特又点了点头，这一次可没有任何嘲讽的意思。"你知道的，这一点我和你看法一致，"他看着本森的眼睛说，"不知道为什么，我总觉得这才刚刚开始。"然后他用霍普金斯小姐的雨伞作为掩护，转身往红雨衣的方向走去，却看到红雨衣正慢慢地向他走来。

第二天上午，普雷斯科特看到霍普金斯小姐和雅典娜穿着精致的衣服从他窗下经过，往通向教堂的路上走去。普雷斯科特平时不怎么去教堂，但看到她们时他突然决定不妨也去一下。他急急忙忙地把领结整理好，抓起帽子，冲下楼去追她们。没走多远他就追上了她俩，平稳气息，看上去兴致盎然。

至少在霍普金斯小姐看来，他去教堂的目的显然不是为了礼拜。她看了他一眼，声音悦耳地说："是的，她会在那儿的。"事实上，她的猜测并不全对。他突然要去教堂，是因为周日教堂礼拜给他提供了一个见到全村人的好机会，于是他决定好好利用这个机会。事实上，教堂礼拜能同时把所有人集中到一个地方，对于他来说，就像是众人列队，让他辨认。

作为现场解说员，霍普金斯小姐非常称职。她一边跟碰到的人点头致意，一边小声地跟普雷斯科特介绍和她打招呼的人。"早上好，玛莎！"（那是寡妇科尔比，是我们这儿最有钱的人。如果能，她恨不得一毛不拔。1918年，在西班牙战争中她失去了丈夫和唯一的儿子。不能自理了，长胖了很多，每周只有周日出来一次去教堂。和她一起的那个瘦得像稻草人一样的女人是她雇来照顾她的，叫阿比盖尔·怀特，已经在她家三十二年了。她儿子出国打仗时她和他订了婚。看她现在这个样子，根本无法想象她曾经也是个年轻貌美的姑娘，是吧？有人说寡妇对她特别苛刻，都不让她吃饱饭。）

"早上好，艾达！萨姆还好吧？他今天不来教堂吗？"

"他又犯病了，很不舒服，我想他在家休息还好些。"和她寒暄的女人瘦削憔悴，面色阴郁，说完长长地叹了一口气，她无力地握着的双手因叹气在腹部抬高了一下，随后又毫无生气地回到原来的位置。女人继续往教堂走去，她走路的方式在普雷斯科特看来像是偷偷摸摸,做了什么亏心事一样。她的披肩上装饰着很多小羊毛球,随着她的脚步在肩膀上跳动。

"哼!"等那女人一走到听不见他们说话的距离,霍普金斯小姐就继续跟他介绍说,"艾达·哈克尼斯一说萨姆又犯病了,全村人都知道她说的是什么意思,而且可怜的艾达也知道这一点,但她还是装得就好像萨姆真的生病了,摆出一副无畏的样子。"

"呃,真的吗?"普雷斯科特问道。

"他的病来自酒瓶!"霍普金斯小姐恨恨地说。

"瓶塞一拔出来,他的病就犯了,一下子冲到眼睛里了。"雅典娜笑着说。

"嗜酒狂,哈!"普雷斯科特提醒道。

"不是,"霍普金斯小姐肯定地说,"就是酒鬼。我想每个村里都有个酒鬼,他就是我们村里的酒鬼。"

"那他要到周三才好。"雅典娜数着数说。

"如果他今天才开始喝,那就是的,"她的女主人赞同她算出的日子,"但他通常周六晚上开始,如果他昨天晚上开始,那意味着他周二那天太阳落山时就好了。他犯病从来不超过三整天。"

"三整天就对了,"普雷斯科特补充道,"都有时间表了。我明白了。"

"都可以根据他犯病的时间来对表了。"霍普金斯小姐接着说。

"病犯得都有规律了,"雅典娜说,"几个约(月)前我看到她家厨房里放着的日历上每三个一起都打了黑色的叉叉,这样她就知道他会在哪些日子对她不好,最好让来家里的客人避开那几天。"

说着他们来到教堂门口,霍普金斯小姐突然停了下来。"哇,哪儿来的稀客啊!看看这是谁回来了!"

"治安官本森的儿子,"雅典娜带着敬畏之情突然喊道,"肯定戏花生顿(华盛顿)的(征)政府部门放假了。"

教堂门口围了一圈人,个个脸上都带着羡慕之情,看着一个和普雷斯科特年龄差不多的年轻人,这人正忙着和每个人握手,和蔼可亲,又有点害羞。浅棕色头发,胡子也是浅棕色,只是比头发颜色更浅——浅到在阳光下几乎看不到;脸上挂着讨人喜欢的笑容,好像这笑容生来就有,所以脸上的肌肉几乎没有松弛过。仔细研究才会发现,只有强烈的自尊才会催生出这样的笑容。

普雷斯科特发现很难对小本森产生好感。苏珊·马洛小姐正站在他身边,离得非常近,近到在普雷斯科特看来根本没必要的程度。况且,她也没必要一直那样保持笑容,是吧?笑一下就可以了。

"他们这次把你还给我们多久啊,卢瑟?"霍普金斯小姐说话的样子显然和刚才不同。

卢瑟往前跨一步,吻了一下她的手,说:"从现在开始,"他热情地说,"(嗨,雅典娜!)我辞去了那边的工作,我在那儿只不过是个普通职员,案头的工作太多了。我想我接下来会跟着我爸爸工作一段时间,他刚刚让我做协助他工作的警员。"那副政府公务员特有的笑容对着站在人群外围的普雷斯科特绽放了一下，然后滑向别处。

围着他的人都张大了嘴巴。"你是说你放弃了像华盛顿那样的大城市，回到咱们这个节奏缓慢的小地方？"

"你们忘了我可是这里土生土长的人，和你们大家一样，我没什么不同。"他的眼睛转向苏珊，想看看自己的谦虚朴素是否给她留下好印象。仪表堂堂，圆滑世故，却如此谦虚朴素（这是普雷斯科特的补遗）。

"你回来了，我们都很高兴！"有人羡慕地说。

"咱们这儿搜（所）有两百人都很高兴！"有人笑着附和说。

"两百个家乡人抵得上千万个外乡人。"卢瑟摆出高人一等的姿态，说完又冲着苏珊·马洛笑了笑，好像是在说：如果你也是这两百人中的一个的话。

"这家伙会给我带来麻烦吗？"普雷斯科特不快地想，"什么破名字——卢瑟。听上去像是卤水。那也叫胡子——我敢打赌，用纸巾擦一下就没了。"普雷斯科特无所顾忌地大声对苏珊说："你是要进去，还是要一直站在这热烘烘的外面？"

苏珊立马把这个问题交给了这个归乡浪子，这根本不是普雷斯科特的本意。"你进去吗，本森先生？我想我们影响教堂礼拜了。"

"当然进去了。跟过去一样，我可不想错过。"说着他挽起她的胳膊，好像她需要有人带路一样。

时间过得越久,普雷斯科特越不喜欢他。他走进教堂,情绪却完全不适合这个地方,肚子里还有一堆脏话。

约瑟夫葡萄园的村民们缓缓地进入教堂,开始周日上午的礼拜。

后来,普雷斯科特一直盼着回去。事实上,他盼着回去和他来教堂的目的有关。在教堂外面时,他穿过人群追上苏珊,向她脱帽致意,然后(自以为)非常熟练地把她从缓缓走出教堂的人群中拉出来。过了一会儿,他不得不再次脱帽致意,原来卢瑟从苏珊的另一侧跟了过来。

两人都不知道该如何甩掉对方,两人行只好变成了三人行。

"你要往这边走吗?"普雷斯科特有点失礼地问。

"是的。你呢?"小本森也同样态度生硬地回答。

"我想咱们都要往这边。"苏珊·马洛小姐巧妙地说。

三个人都陷入尴尬的沉默。

"这样的好天气真适合散步。"她再次做出努力。

"原本是。"普雷斯科特语气肯定地说。

"原本应该是。"另一个护花使者纠正说。

她突然停下脚步,旁边的两个男人也只能跟着停下来。"现在,"她适时地对左右两人说,"我没必要受这折磨了,就因为——"

话还没说完,他们三人对面的房子前门慢慢打开,门框上靠着一个女人,看上去既像极度虚弱,又像过于懒惰,胳膊无力地垂在身体两侧。她眼睛望着他们三人，但眼睛抬得过高，眼神空洞。

"艾达·哈克尼斯肯定有什么事！"苏珊喊道，"我不喜欢她看人的样子——"她朝她走去，提高声音问道："你怎么了，艾达？"

那女人回答了，但声音像她的四肢一样软弱无力，好像在敷衍地打招呼。"最好有人进来一下，萨姆出事了，我想他已经走了。"

两个男人立即冲过去，一前一后从她两侧经过。

那女人懒洋洋地用肩胛骨靠着门框打转，转过身子，并没有跟进屋去。她整个人看上去极度虚弱，眼下这种情况，极度虚弱的应该是大脑。"他在地下室，"说着又对苏珊·马洛说，"孩子，最好让他们男人去，那里你看到不合适。"

萨姆躺在地下室楼梯口，脸朝下。普雷斯科特和小本森在他身体两侧蹲下，拉他翻过身。他的头像漏气的气球一样耷拉着，一个打碎了的酒瓶倒在他脸刚趴着的地上，一块玻璃划破他的脸颊，伤口一直开到嘴唇上。

"他走了，的确是，"小本森声音颤抖地说，"看这里的大口子，都能从脸上看到牙齿。"

"最好把你爸爸和米尔斯医生喊过来，"普雷斯科特说，"要他命的不是酒瓶玻璃。"

小本森直起身来，脸色惨白，满脸狐疑。

"他的脖子断了，"警探解释说，"从他随意扭动的脑袋就能看得出来。"接着，他又残忍地补充道，"哎，别傻站在那儿啊，伙计！

你以前没见过死人吗?……好吧,现在见到了。我刚才让你跟你爸说一声。"

卢瑟·本森跌跌撞撞地爬上楼梯,用手胡乱地摸着衣领,好像要吐出来,而且如果真的吐了,需要领子全部松开一样。

治安官初步查看后说:"好吧,看来酒精先生最终要了他的命。"

"你指的不是某人吗?"普雷斯科特提议说。

治安官正准备离开,听到这话又把伸向第一个台阶的脚收回来,转过身。"我对你这句话的理解是,你指的是别人,而不是他本人——和酒瓶里的东西——对他下了手。"他走近普雷斯科特,"年轻人,你和我们的看法又有分歧了吗?"

"根本不是分歧,我只是表达自己的看法而已。"

"孩子,"本森摆出一副高人一等的架势说,"每次有人死了,并不一定都是谋杀。"

"当然不是,"普雷斯科特表示赞同说,"但每次有人被杀了,就一定是谋杀。"

"你看,他妻子把他一个人留在家里,去教堂了。他喝完一瓶酒后下来再拿一瓶,就在这种情况下,他在楼梯上一不留神,直接摔倒在楼梯口,摔断了脖子。你刚听到米尔斯医生解释了,你为什么要把一个简单明了的解释复杂化?"

"情况恰恰相反,"普雷斯科特坚持己见,"如果像你说的那样,他趴着的方向就错了。他安全走到下面来,正好是沿着楼梯往上去时脖子断了。"

说着他从地上捡起什么东西。"你从来没想到要查看一下瓶塞,是不是?这是瓶塞,里面还残留一小块碎玻璃。更为重要的是,印花税票还贴在瓶塞上。酒瓶没有被打开,明白了吗?这瓶没有被打开的酒,根本就不在我们发现它时所在的地板中央,而是和其他酒瓶一起放在架子上。哈克尼斯取下这瓶酒,拿着往楼梯上去,没打开。"

"如果他是往楼梯上去,而不是往下来,那谋杀者从哪里进来的呢?"本森这样问,至少证明普雷斯科特赢得了他关于上楼梯时摔倒的认可。

"好,现在来仔细看看这楼梯。这些楼梯是分开的,就像梯子一样,两个台阶之间是空的,对吧?"

本森和警员不情不愿地点了点头。

"楼梯台阶变形了,是吧?你们用手试一下,试试其中的任何两个台阶。我的意思是,有人来到楼梯下面,把台阶掰开。你们试试能否把两个台阶之间的空隙拉大,我们其他人都从这边看着。"

警员表示愿意试试。

"现在,不要太突然,"普鲁斯科特警告他说,"缓慢的,匀速的。"

大家都专注地盯着。

"空隙有变大吗?"他问。

这一次,他们都赞同地点了点头。显然,的确如此。

"所以,有人对楼梯台阶施加了力量。当用力压台阶时,可以让它们之间的距离变大,或者让它们之间的距离变得更小。就是这样谋杀的,而且是很诡异的谋杀。"

大家都茫然地看着他,这是他得到的唯一回应。

"你的意思是说,他把自己脑袋卡在楼梯的两个台阶中间了?"米尔斯医生试探着问。

普雷斯科特用自己特有的方式点头表示赞同。

"他是被卡在楼梯台阶上窒息而死!"本森倒抽一口冷气,脸上的神色既惊异又不敢相信,"第一次听说这样——"

"有人站在这个老虎钳——也就是卡在他脖子上面的那个木板——上面去,然后一只或两只脚用尽全身力气去往下压。"

"但你农(能)证明——"

"医生,你何不再仔细检查一下他脖子上你刚清洗过的那一侧?"普雷斯科特反驳说,"我知道碎玻璃划破的伤口流出的血都快把他的脖子给黏起来了,但他整个后背和脖子两侧嵌进去很多极小的碎片,这些小碎片很能说明问题。这些小黑点不是扩大了的汗毛毛囊或头发毛囊。此外,在他的脖子周围被台阶板子卡住的地方你还能看到像'灼烧'过的红斑。"

"我再给你简要复述一下。当时房子里有人和他在一起,此人在他妻子去教堂的时候来到这里,哈克尼斯让他进来,我们找到目击证人的可能性非常小,因为那个时候基本上村里所有人——

男人、女人和孩子——都在教堂。"

"可是，你怎么如此确定？"

"这一部分是推断出来的。上楼去看一下他一直喝的那瓶酒，应该还没完全空瓶。瓶子里应该还有一些，足够一杯，但只剩下一杯，而不是两杯。有人来访，哈克尼斯摇摇晃晃地下楼，去地下室再拿一瓶酒，两个人一起喝。如果当时家里只有他一个人，他就会先把那瓶酒剩下的部分喝完。专业的喝酒者可不会浪费一滴酒，只有业余人士才会喝一下这瓶，再喝一下那瓶，把酒瓶里剩下的酒丢下不管。"

"有点道理，"本森承认说，"我有一次亲眼看到他靠在窗前，把一个酒瓶倒着举起来，对着自己张开的嘴巴，想要喝掉最后一滴酒。但这不能作为证据。"

"在城市里，这种情况下我们经常不需要确凿证据，"普雷斯科特面无表情地说，"我们会根据手里已经掌握的证据，然后重复利用这些证据。如果等着找到目击证人再破案，那杀人犯都要衰老死去了。"

本森的喉咙上下滚动了一下，似乎不赞成地咳嗽了几声。"好吧，就算当时这里有人。"他宽宏大量地说。

普雷斯科特轻轻地弯了一下腰，说："谢谢……谋杀从一开始就有预谋，在所有人都去教堂礼拜的时候来拜访一个酒鬼，还能有什么理由？所以谋杀是有预谋的，但杀人的方式是临时起意。"

"这又是怎么回事？"听到普雷斯科特最后一句话，米尔斯医生眨着眼睛问。

"谋杀者是受到某种启发，临时想起来用这样的方式杀人。如果哈克尼斯没有摔倒在楼梯台阶上，谋杀者可能就不会想起来这种杀人方式。他看到了机会，于是抓住了这个机会。他肯定不是事先想好这种方式，他不可能，而且还要时刻准备着抓住这个机会——刹那间，可以说——这表明杀人的预谋早就有了，然后就一直等待时机。杀人是事先谋划好的，方式是临时采用的。到目前为止，我的推理站得住脚吧？"

大家都认真地点头，并没有意识到自己被他谦虚的态度所取悦。

"哈克尼斯让来访者进屋，已经醉到无法看清楚是谁，但又没有醉到想不起再喝一瓶。哈克尼斯来到地下室，拿了酒，又往楼上去。他的客人此时在楼梯的顶端等着他，也许手里拿着东西藏在背后，等他来到面前时用那东西砸他的脑袋；也有可能他摔倒时脑袋戳进了楼梯台阶之间的缝隙里，但我不赞同这种可能性，我认为是谋杀者让他的脑袋戳进去的。趁着他在那儿无助地扭来扭去的时候跳到台阶上，把他的脚放在哈克尼斯的脖子后面，把哈克尼斯的整个头部用力塞进缝隙里，让他紧紧地卡在那里。然后站到上面这条木板上，使劲往下踩，脖子就被卡断了。方便、迅速、直接。简直可以说是断头台，而且既不需要斩首的利刃，也没有四处飞溅的鲜血。"

三个人看上去都像是刚吃了一口有虫子的苹果。

"为什么他不直接把他丢在那里不管?"本森问。

"看上去非常像是那样。杀人者也希望如此——就是你最初认为的那样。他把台阶木板拉开一点,让他不再卡那么紧,然后自然而然地倒在下面的地板上,随便什么姿势,头先着地,脚先着地,或者头在脚上。他下滑时恰好翻了个身,脸朝下。就是在这个时候,在他第一次摔倒之后还完好无损的酒瓶,被他打碎,割开他的面颊。刚好这样倒下,多做点儿也无妨,血液能盖住留下来的任何细微痕迹。"普雷斯科特转了一下身,接着说,"我会坚持己见,坚持刚才我告诉你们的这些,直到我生命的最后一刻。"他神色凛然地说。

普雷斯科特说完后,几个人都沉默良久。没人反驳他,就足以说明他的推理有道理,但不知道为什么,他的努力并没有赢得观众们的感激。事实上,恰恰相反,他们都拉着脸,就好像他把简单的事情复杂化了——轻轻松松地拿走一件简单的意外,还回来一个复杂的蓄意谋杀,而且还回来的这个蓄意谋杀还将招致更多的麻烦。

"我又要写一份没有结果的鉴定报告了,"米尔斯医生嘟囔着说,"我讨厌这样的鬼事情。"

本森机警地看着普雷斯科特,简直像是要他负责一样。"真有意思,你来这儿之前我们这儿从来没有发生过谋杀,"他愤恨地说,

"你来了之后,就接连发生了两起。"

"也有可能你们这儿一直都有谋杀,"普雷斯科特轻蔑地反驳道,"只是你们从来不知道而已。"

艾达·哈克尼斯在前廊失去知觉一样滑了下去,双手无力地搁在大腿上。她旁边的桌子上放着一个对折的相框,相框周围装饰着绒边。相框的一侧照片里有个女孩,头上戴着彩带,结成大大的蝴蝶结,正扭回头往镜头这边看,她看上去和桌子旁边的这个女人并不怎么相像。相框的另一侧没有照片,放照片的位置空着。照片应该很久以前就被取出来了,因为相框内侧衬垫由于长期暴露在空气中,已经发黄。

艾达好像没有听到普雷斯科特所说的话,她没有任何表示。

"你听到我说有人进到屋里来杀了他,你还完全无动于衷吗?我说他不是自己从楼梯上摔下来才死的。"

"是的,"她两眼空洞地说,"无动于衷,不管是谁杀了他,我都满怀感激。他选择了最好的方式,就像用脚踩死一只蟑螂一样,这就应该是他死去的方式。"

"你不知道谋杀意味着什么吗?"

"你们可以叫它谋杀,你,治安官,还有在场的其他人。但我得到了救赎,我被减刑了,我可以再一次见到阳光了。这就是我的叫法。"

"你恨他，对不对？"

这一次她摇了摇头。"不恨，只是四十年前就不再爱他，那时我已经死了。"

她捡起地上的针线筐，拿出一双男士袜子，准备缝纫，接着她又停下来。"我忘了。"她说，然后又把袜子扔到一边。

"你刚那样说他，接着又要缝他的袜子，"他说，"你怎么叫这个？"

"这就叫女人。"她有气无力地回答。

普雷斯科特弯下腰，试图吓唬一下她，好让她主动配合，但并没有疾言厉色。"你知道你这样说话有多愚蠢吗？你知道你也有可能成为怀疑的对象吗？你知道一个女人站在他上面的那块板子上也可以和一个男人一样，足以要了他的命吗？"

她一动不动地盯着他。"你知道被囚禁在一个酒鬼身边长达四十年的滋味吗？"

"鉴于你刚才说的那些，现在能把你排除在外的唯一理由，"他非常严肃地告诉她，"只有米尔斯医生关于死亡时间的鉴定结果。死亡时间是今天上午十点到十点半之间，这个时间你恰好在教堂，而且约瑟夫葡萄园的所有人都看到了。"

她撅起嘴。"你想让我怎样？眼泪我可没有，一滴都没有了。"

"我只想让你回答几个简单的问题，越准确越好。"

"那就问吧。"

"你要记住——不管你丈夫是不是酒鬼,在法律面前,他的生命和任何其他人的生命一样宝贵,谁都没有权利剥夺它。不管他活着时给你带来幸福还是不幸,你都有义务和我们好好配合,找到杀人凶手,否则你就是把自己置于法律之上。"

"问啊。"她简短而生硬地说。

"他几点上床的?"

"昨晚十一点。"

"晚上他和你在一个房间吗?"

"他那个样子不可能和我在一个房间,他在一楼,躺在地板上,我能听到他时不时摔一跤。"

"今天早上起床后你看到他了吗?"

"他躺在厨房地板上。"

"你和他说话了吗?"

"我往他身上泼了冷水。"

"你几点出发去教堂的?"

"快十点的时候。"

"你离开的时候他还是活着的吗?"

"他趴在地上,但还活着。"她脸上什么都没有,没有任何情感的迹象。

"你直接走了?走时锁门了吗?"

"没有,我为什么要从外面把门锁上?门一关就自动锁上了,就是这样的锁。就算门锁上了，只要他想，还是可以从里面打开。"

"外人有可能进来吗？"

"如果门没关——或者如果他给外人打开门，可以。"

"他处于那种状态时，会给外人开门吗？不管他是否认识那个人？"

"不管是谁，任何人。但谁愿意靠近一个——"她一下子找不到合适的词。

"你知道谁和他有仇吗？"

"没人会和一个酒鬼有仇，只有被他钉在十字架上的那个女人。没有人和他有仇，人们只会可怜他。"

"先把你的个人情感放一边，这可是警察讯问。少了什么东西没？你看一下没？"

"我不用看，没什么值得拿的，全村人都知道我们穷得一无所有。只有这栋房子和房子下面的这块宅基地，就这些，这是他留下的唯一财产。"

"你出发去教堂的时候，你注意到有人偷偷摸摸地藏在屋子外面吗？"

"一个也没有，根本没有看到一个人影，只有周日上午的宁静。我说的是外面，可不是屋里面。我走出这个家门，就像走进另一个世界，树上的小鸟在叽叽喳喳地叫，田野里传来昆虫晒太阳时发出的嗡嗡声，有人在吹口哨，在远处看不到的——"

"你没看到是谁吗？"

"在远处看不到的地方。"

"怎么吹的？吹的什么？"

"我没注意，也许我根本就没听到，模模糊糊地记得有。"

肯定有，她默默地对自己说。

"吹得怎样，口哨？"

"我说不出来。我关上门准备去教堂时，听到远处传来这么个声音。"

"闭上眼睛，"他声音轻缓地说，"假设现在就是上午，你在去教堂的路上，你能听到树上的小鸟在叽叽喳喳地叫吗？"

"我试试。能。"

"你能再次听到田野里传来的嗡嗡声吗？"

"我试试。能。"

他把手罩在嘴上，轻轻地吹《扬基·杜德尔》的第一段，声音小得几乎听不见。

"就是这个，就是这样吹的！"她惊呼。

他站起身，离开女人。

他在走廊里遇到本森。

"杀害哈克尼斯的凶手和杀害庞申的是同一个人。"他突然说，然后转身离开了这栋房子。

初次交锋

把苏珊·马洛从庞申的葬礼上送回家，普雷斯科特就记住了去她家的路。去她家的路可不容易记住，但和大多数走第二次的路一样，比走第一次时好像短了很多。即便如此，这条路也不算近。事实上，她家和约瑟夫葡萄园其他的房子隔得很远，谁都不会把它当成这个村的一户。一想到她一个人住在这里，他忍不住耸了耸眉毛。

等走到她家时，约瑟夫葡萄园已经完全消失在视野外，而且她家还被一长条矮小的松树隔开。在普雷斯科特这个土生土长的城里人看来，这些树就是松树。树很矮，树梢尖尖的。对他而言，仅此而已。

"艺术家们都喜欢离群索居。"他一边往前走,一边不屑地轻声自言自语。

如果在这儿住有什么好处的话——很有可能有——那些好处从他的角度看简直一无是处。他的角度是从安全出发,而不是从艺术出发。

房子不大,两层,窗户玻璃在阳光的照射下像胶膜一样闪闪发光,背着太阳的另一侧淡蓝色窗户玻璃上树影斑驳。二楼的一扇窗户开着,窗帘从里面伸出来,像舌头一样。这栋房子在有些人眼里漂亮怡人,但在普雷斯科特眼里,完全要看谁在里面,而此刻面前这栋房子似乎空无一人。

他在房前适当的距离停下,喊了一声苏珊·马洛。没有应答。他走到门前,敲了敲门。显然,她不在家。他仰着脖子好奇地往上看,在窗外嬉戏的窗帘突然停下来,好像被敲门声打断了一样,很快又继续在窗外飞舞。

他推了一下门把手,门开了。在城市里,如果屋里没人,当然不能破门而入。在这儿,人们可不这样。他折中了一下,摘掉帽子,以示没有不敬,然后走进屋去。

走到屋内白色楼梯口时,他冲着楼上又喊了一声,并不指望她在楼上,而是表示礼貌。没有回应。于是他转过身,到处看看。他来到一沓靠墙放着的画前,画都已经完成,叠放在一起。他掀开画，一张接一张地看。有一张上画着一个年轻人，嘴唇抿得紧紧的，一脸挑衅的神色。普雷斯科特停下来，用同样的神色回敬了一下画中人。事实上，有那么一会儿，画里画外的两个人就这样怒目相向，互相仇视地看着对方。

普雷斯科特好奇地想，这人是本地人吗？不管他是谁，看上去特别想打一架。

他把这张画抽出来，放到一边，仔细端详，可不管怎么看，画里这张脸都不太友好。

这些画里有的海景和陆地风景，他甚至马上就能辨别出它们的大概位置，但最后一张他看不出来画的是谁，这让他有点烦躁。如果说这种烦躁中夹杂着一丝嫉妒，他当然没有意识到。"这个好斗的家伙到底是谁？"他苦思冥想。

他把画反过来，看背面有什么。背面用黑色蜡笔写着：城市警探来度假。

他吃了一惊，猛地一下挺直身子，好像那幅画狠狠地踢在他的小腿骨上。接着，他走到镜子前，边走边扭回头去，又看了几眼那幅画，像受了侮辱一样。他盯着镜子里的自己仔细端详一番，轻轻地摇了摇头，用手指摸着下巴。"也许吧，"他半信半疑地对自己说，最后不情不愿地点了一下头说，"很有可能。"接着耸了耸肩，不再管它了。

他决定等她回来。天色已晚，她应该很快就会回来。他坐到一把椅子上，点燃香烟，并没有把火柴随手丢在地板上，而是一直等火柴熄灭，凉了，塞回兜里，准备出去了再扔掉。

突然，他转向窗户。窗外传来若隐若现的口哨声，很远，但越来越近。他停止抽烟，坐直身子，仔细听。口哨声越来越大，越来越清晰，完全能听出吹的曲调——简单，像长笛音，单调，但能听得出吹的是什么：

"扬基·杜德尔进城，

骑着一匹小马。"

此刻他已经站起身，走到窗前，靠着一侧站着，透过窗户框和窗帘之间的缝隙往外看，这样外面的人就看不到他。

隆·巴尔德斯利左摇右摆的身影出现在窗外，在路上正对着这栋房子的地方停下来，犹犹豫豫地站在那里，看着房子。口哨已经停止，他只是站在那里，什么都没有做，但他的脸上露出一丝狡猾的神色。警探从站的位置能够看清隆的脸，他很善于解读表情，一下子就看出隆脸上表情的意思。他眯着眼睛，嘴巴微张，嘴角挂着一丝掩饰起来的笑容。

巴尔德斯利慢慢地靠近房子，他没再吹口哨。普雷斯科特看到他仰起头，望向二楼的窗户，然后看向房子左边，好像要确认那个方向没有人；接着，又往房子右边看，好像要确认那个方向也没有人；接着，又往房子前门看，眼神带着邪恶的欢愉，好像要牢牢地控制住前门一样。

普雷斯科特的一只手紧紧地握成拳头,他努力稳住自己,一动不动地站在那里。

弱智从他的视野中过去。大概是走到门前了,普雷斯科特想。因为从他现在站的角度,完全看不到对方。

一块小石头突然砸在门上,弹了回去。

"他这样敲门,好试探一下她是否在家,"普雷斯科特对自己说,"看他接下来要干什么。"

巴尔德斯利又开始走动,普雷斯科特能听到他偷偷摸摸的脚步声向房子后面挪去。他也跟着悄无声息地从屋子里面的前面挪到后面,来到干净整齐的白色厨房里,厨房墙上有两扇窗户,还有一个后门。

室内的距离短,所以普雷斯科特比弱智先来到后面。他紧紧地贴着墙站好,他站的位置外面的人从两扇窗户和一扇门外都看不到。

弱智的脚步声来到门前,他的身影模糊地映在门内侧上半部的门帘上,静静地矗立了好几分钟。

普雷斯科特眼睛一直盯着白色的瓷质门把手,等着它被转开。

门把手没有转动,巴尔德斯利有可能一直站在那里往里面张望。他可能有自己的方式——某种普雷斯科特不知道的方式——判断出马洛小姐不在屋里,比如看到通常挂在钩子上的某件衣服不在那儿了。不管怎样,巴尔德斯利突然转身,穿过长条形松树林的小路离开了。

普雷斯科特走到门前，羡慕地看着他走远。"他肯定知道她去哪儿了，肯定知道她不在家时在哪里能找到她。"他自言自语地说。他等到弱智走了很远，远到看不到他时，打开房子后门，走出去，尾随着他。

松树林变得越来越小，脚下开始出现白沙。他们穿过一个又一个沙丘，普雷斯科特这才意识到，从房子后面走过来离大海——至少一个海湾——近了很多。在这样的地方根本无处藏身，幸好起伏的沙丘给他提供了隐身之处。他每次都等到巴尔德斯利走到下一个沙丘和前面一个沙丘形成的凹地里，才迅速地跑过面前这个沙丘，隔着一个沙丘紧紧地跟在他身后。这样的话，他和巴尔德斯利之间总有一个沙丘挡着。

突然，巴尔德斯利猛然停住脚步，半蹲着身子，刚好藏在一个沙丘顶下。

"他看到她了。"普雷斯科特猜到了，也跟着停下脚步。

弱智小心翼翼地挪了一下，退出视线外，接着趴下身子，两腿叉开，两脚戳进沙地里，就像动物在往前爬。这样趴着，很有可能从沙丘那边只能看到他的脑袋，甚至只能看到他的两只眼睛。

普雷斯科特也跟着趴下。

"盯着她看……他刚从她家经过时，真庆幸我刚好在里面。"

弱智蠕动了一下身体，往边上挪了一点，继续看着她。接着，他又向相反的方向蠕动，直到错开原来趴着的位置，停在那里，继续看，好像要试图找到最佳角度。

天色越来越暗。

普雷斯科特决定，就算趴到半夜，也要探个究竟，看看他到底要干什么。这个弱智的行为让人不大放心。

突然，苏珊·马洛的声音打破了这让人越来越感到紧张的沉默。她听起来非常近，近在眼前，声音里带着一丝责备，听上去更像是一个母亲在跟自己的孩子说话。

"出来吧，隆。别以为我看不到你，我一直都知道你在那儿。"

弱智顺从地站起身，像犯错的孩子一样耷拉着脑袋，脚在沙地上拖着，一摇一晃地走出视野，走到她身旁。

普雷斯科特沮丧地趴在原地，垂头丧气地冲着沙地弹了一下手指。她就这样毁了这出好戏，如果时间足够，这出戏最后肯定会有出人意料的结局。

过了一会儿，他站起身，走到他俩身边。她几乎就坐在海水够得着的地方，面前摆着画纸和画架。

"嗨，苏珊。"他走到她身边，轻声说。

"嗨，钱斌。我一直想把这景致画下来，但它稍纵即逝，再没有比日落难以捕捉的了。"

当然有，普雷斯科特想，比如杀手。

普雷斯科特站在她的胳膊肘旁，假装在看她画画。此刻，他对画画根本没什么兴趣——假如他有感兴趣的时候的话。弱智站在她另一侧,用手指拨弄着从一个空罐子里倒出来的颜料管。

"他经常像刚才那样从你后面跟过来吗?"普雷斯科特问她这个问题时尽量不让嘴巴动。

她宽容地笑了一下。"一直如此。如果他以为自己没被发现,就能这样看上几个小时。"她扭过头说,"隆,别碰我的染料。"说完又转过来看着普雷斯科特,垂下眼睑对他说,"他不会伤害人的。"她的声音小得几乎听不见。

警探没有回应。原来是个响尾蛇,他突然想到,直到他咬你你才知道他伤人。是否伤害人,重要的不是看蛇,是要看蛇是否咬人。

她开始收拾东西。"好了,我想我还是回家吧,天黑了,今晚看来不能再画了。"

普雷斯科特不声不响地把手伸向她,拉住她,让她站着别动。"待在这儿别动,"他压低声音说,"等会儿我送你回去。"

他脱掉外套,整整齐齐地叠好,放到沙滩上。"想来点好玩的吗,隆?"他随意地问,说着松了松领带,把领带拿掉。

"好啊,什么好玩的?"

"咱俩摔跤吧,看看谁劲儿更大,你还是我,看谁能把对方摔倒在地。马洛小姐做裁判。"

弱智谨慎地看了他一眼,开始往后挪。"为了什么呀?"他尖声问道。

"就为了好玩嘛,来吧,我不会伤害你的,"普雷斯科特伸开双臂,"我让你先出手。你想抓我哪里都行,看你能不能把我放倒。"

"试试吧,隆。"马洛小姐鼓励他说。

弱智突然包抄过来,身手灵敏得像是会柔道。普雷斯科特还没有意识到发生了什么,腰就像被水蚺紧紧地箍住一样,内脏都要被挤破了;他的两条腿腾空而起,结结实实地摔倒在沙滩上,巴尔德斯利跨到他身上。

如果能够达到目的,普雷斯科特可没打算做这样的自选动作,这让他极其不舒服地震惊了好一会儿。他开始主动出击,会的招数全都用上,想要占上风,但根本不行。有三次,他已经把身子挺到半躺着的位置,但直起的上半身又躺回原地,巴尔德斯利又跨到他身上。

普雷斯科特意识到自己遇到劲敌了。暮色沉沉,冷清的沙滩上再没有其他人,对手是这样一个弱智,根本无法预测他接下来会干什么,而旁边只有一个被刹那间发生的事情吓呆了的姑娘。他感到非常无助。一想到境况有多糟糕,恐惧一下子扼住了他,他开始剧烈地扭动。很快,他意识到,像现在这样失控地扭来扭去会让对手受到感染,可能会燃起对手趁机还击的欲望,这样恰好会招致他极力避开的情况。想到这儿,普雷斯科特用尽所有意志力控制住自己,不再扭动,突然一动不动地躺在那里。弱智呆住了,不知道该怎么办,既然没有反抗,那就没有攻击的必要。

两人一动不动地愣了好一会儿，最后，巴尔德斯利直起身，流着口水，张着嘴巴大口喘气；普雷斯科特一动不动地躺着，密切地注视着对方，也大口喘气；姑娘钉子一样站在他俩旁边，因为害怕，脸绷得紧紧的。

看到她把手伸向弱智，想要拉住他，普雷斯科特快速地摆了一下头，示意她不要。事已至此，他想要完成测试，即使这测试非常冒险。

他等到自己呼吸平静下来，轻声说："既然你把我摔倒了，接下来你怎么办？"

弱智双手伸向他的喉咙，锁住他的脖子，两只手毫不留情地锁紧，同时还像用力拧湿衣服一样慢慢地扭动。等他双手死死地箍住脖子时，普雷斯科特不由自主地拱起身体，全身扭动。普雷斯科特的双手抓着他的手腕，放在那儿，同时努力控制住自己还击的强烈冲动。他能感觉到自己的眼睛一点一点往外胀，血液一下又一下地撞击着脑袋两侧。他想说话，但根本动不了舌头。

"隆！"苏珊·马洛惊恐地大声喊，但很快又用手捂住嘴巴，不让自己喊出声。

接着，她假装镇定地说："隆，可以让他起来了，够了。"她快速弯下腰，抓起什么东西，引诱着递过他肩膀，"这是你一直想要的那管红色染料，这儿呢，拿去，是你的了。"

巴尔德斯利松开手，直起身，伸手去拿。她举着染料管，慢慢地从普雷斯科特身边往后挪，完全挪开后才把染料管给他。

普雷斯科特在沙滩上躺了一会儿，双手揉搓着喉咙。直到他摇摇晃晃地站起来，还在大口地喘着气。

终于，他走到巴尔德斯利身边，巴尔德斯利正忙着把染料从管子里一点一点地挤到自己的手背上。

"你为什么会那样？"普雷斯科特问他，"你为什么要那样掐我脖子，而没有做别的动作？"

"我不知道，想到就做了。"

普雷斯科特探询地盯着他看了好一会儿。弱智在他的注视下显得有点不安，慢慢地往后挪，然后转过身去，弯下腰，把染料管当宝贝一样抱在胸前，像是小心地保护着它，以防它被人拿走。

普雷斯科特一直看着他消失在视野外，才拿起地上的外套，挂到一只胳膊上，另一只手继续揉搓着被粗暴对待后像着火一样灼烧的喉咙。"走吧，苏珊，我送你回家。"

"有一会儿我都要被吓傻了，"她低声说，"你的脸都发青了。我真不知道他力气那么大。"

"我也不知道，"警探说，"但这正是我想要测试出来的结果。现在我知道了。"他接着又担忧地说，"他想到就做了，我很想知道他以前是否也这样'想到就做'过。"

他突然转身面对姑娘。"给我帮个忙，好吗？以后再也不要一个人到这种没人的地方来画画。非要画的话，就到人多的地方去画。"

尖叫声像箭一样,直直地射向天空,半空中又调转过来,接着落到地上。声音听上去非常尖利,像琴弦发出的声音,又像是口哨声,让人想起导弹发射时发出的声音。根据声音发出的源头,根本无法判断为什么会这样尖叫。是个女人,男人根本没办法发出这样的尖叫。

普雷斯科特往外猛冲时,都快把霍普金斯小姐家的门撞倒在地上了。门"砰"地撞到外面的篱笆墙上,弹回来,又猛地冲回到原来的位置。门关上时,他已经在路上跑出去老远,白色衬衣飘在身后。他边跑边用手把自己的"尾巴"往裤腰里塞。

他跑过下一栋房子时,眼睛的余光瞥到里面突然出现一块橘黄色。尖叫的箭一直往下落,就在他前面的某个地方,并不是从这栋房子里传出来的。路上有人出现在他后面,随着他跑过来,但他没有停下来看那人是谁;又有人出现在他前面,但普雷斯科特很快追上,超过前面这人,并把他远远地甩在身后。

没多久,路上到处是人。有人往他跑的方向跑,也有人——从路的另一头——朝他跑过来。跑到中间,有一两个人停下来,抓住篱笆,往里面看。

他们找到了。箭忽起忽落,从后面那栋房子开着的窗户里射出来。

还没人进屋子里去,但一直有人被吸引过来,在篱笆前停下,人越聚越多。

"这是谁家?"普雷斯科特喘着气,身子往上一踮一踮的,想通过前面一个又一个阻挡着的后背找到这家的大门。

"寡妇科尔比家,"有人答道,"村里最富有的女人。"

后面这句话总是和她的名字一起出现,就好像这才是她的大名。这个想法在普雷斯科特脑中一闪而过,同时侧着身挤进挡在前面的人群里。"不要张着嘴傻站在这里!"他狠狠地命令道,"你们这些人怎么回事?你们听不出来里面有人需要帮助吗?"

他们让他到前面来,打开大门,进去,向房门走去。谁都不想第一个进去,都害怕这歇斯底里的叫声。

房子的最里面有亮光,但普雷斯科特推不开门,门好像被锁上了。普雷斯科特不停地撞门。"开门!快开门!你听见了吗?"

"把门撞倒。"有人在背后提醒他。

"不要,有人过来了,我能听见里面有人跌跌撞撞走过来。"

尖叫声突然停下来,随之而来的是抽抽搭搭的啜泣声。

"开门,"普雷斯科特一边示意身后的人保持安静,一边耐心地劝门里面的人,"别怕,我们是来帮助你的。"

另一侧有人动了一下门,门慢慢地打开一条缝,普雷斯科特迫不及待地把门推开,三步两步跨了进去。

一个像稻草人一样的人影——瘦得都能让出其不意看到他的人发出尖叫——摇摇晃晃地走过来。女人一只手抓住门框,不让自己倒下去，另一只手痉挛似的抓着身上破旧的浴袍，把浴袍领子扯得紧紧地勒住自己的脖子，圆圆的头上满是小小的金属环，每个金属环里都伸出一缕头发和一个打结的白线。玛莎·科尔比的女伴阿比盖尔·怀特的脸几乎难以辨认，看上去像是刚从墓穴里挖出来的木乃伊一样，一条条除皱纸贴在脸上，从下巴延伸到上嘴唇，再到两根眉毛，又垂下来到嘴角和太阳穴上。

她的身体好像还在随着尖叫声一起一伏，但伴随着身体起伏的尖叫声已经没有了，只有远处偶尔传来的回声。

"玛莎，"她喃喃自语地说，"玛莎——我梦见有人进来——把她掐死在床上。"

"肯定是看到镜子里的自己了，"普雷斯科特背后有人无情地说，"大半夜的把左邻右舍都吵醒！"

"闭嘴！"普雷斯科特低声吼道。他抓住阿比盖尔的胳膊，扶她站稳，"做了个噩梦而已，是吗？"

她摇了摇头，两只眼睛在除皱贴的对比下显得又大又圆。"然后我进去看，就——就噩梦成真了。有人真的那样干了。"

她因为不停地抽泣而弯腰屈膝。为了能够直接进去查看，普雷斯科特把她交给离自己最近的那个人，然后向楼梯口走去。"在哪儿，楼上吗？"

"不是，玛莎睡在一楼，"有了解她家情况的人从身后对他说，"太胖了，没办法上楼。从那儿往左——"

人们好像对村里其他人家里都了如指掌,连谁住哪个房间都一清二楚。

有灯光从一个房间门射出来,普雷斯科特从开着的门进去。

打眼望去,身形硕大的人好像睡着了。床上很整齐,更不用说整个卧室。房间里唯一的反常之处就是宽大的四柱床上玛莎·科尔比整个人的身体从头到脚都不在床的中间,就好像她在睡觉的时候翻来覆去,往床的一边和床头挪了太多,头只能顶着一根床柱直起来,而身子还平躺在床上。

看上去像普通人的大腿那么粗的一只胳膊僵直地垂在床边,另一只胳膊蜷着,手放在喉咙部位,但被下巴遮盖着,像是喉咙不舒服,她在睡梦中把手伸向喉咙一样。

普雷斯科特在她旁边靠近床头部位蹲下,查看床柱的后面,这才发现床柱上绑着一个绳子,绳子紧紧地勒住她看不见的喉咙。玛莎·科尔比的头和床柱之间绑了个活结,把她的头和床柱拉得靠得紧紧的,直到头死死地顶在床柱上,两者之间没有一点空隙,然后又连续打了三个结。绳子是由很多股薄纱一样的材质拧成,单股薄如蝉翼——看上去像寡妇用的面纱,只是比面纱长很多——比最结实的绳子还要结实,而且像鞭子一样有弹性,拉紧后又缠到之前绷紧的绳子上,想剪开都不可能。也就是说,寡妇科尔比是在睡梦中被人熟练地用手扭几下纱绳就没了命。普雷斯科特还注意到,袭击者根本不需要用很大力气就足以让人致命,因为床柱就像中心轴，寡妇用力试图挣开，刚好把自己勒死。

一个老式的小嗅盐瓶完好无损地放在床边的床头柜上。用这小玩意儿来对付这样的扼杀，完全没用，普雷斯科特讥讽地想。

梳妆台的两侧各放一张照片，一侧照片中的男人戴着1898年美西战争时的宽边毡帽，另一侧照片中的男人戴着1918年一战时的头盔，照片中的两人无助地看着对方。

普雷斯科特看得出，他们应该是寡妇的丈夫和儿子。这两个人活着时深爱的那个瘦削美丽的女人，如今衰老肥胖得难以辨认，最终就这样在他们的注视下被活活扼杀。

幸存者的尖叫声在外面再次响起，把短暂的安静变成了停尸房里的噩梦。

"让那女人安静！"普雷斯科特不耐烦地朝外面喊道，"我都没办法集中精力思考问题了。你们谁给她喝点什么。去把米尔斯医生喊过来。"他关上门，门外再次传来阿比盖尔的尖叫声，像火车急转弯时发出的鸣笛声。

普雷斯科特一个人在卧室里待了八到十分钟，事实上他并不需要思考那么久。门开了，本森走进来，又把门关上。他上气不接下气，应该是急匆匆赶过来的。

"所以我们手上又多了一起，是吧？"他气呼呼地说，就好像这案子对他来说是一个侮辱，"玛莎·科尔比，哼！"

"你还没说'村里最富有的女人'呢，"普雷斯科特提醒他说，"这好像是她在这儿最重要的身份。"

"是啊,她是最富有的,说她不是也没用。这个好像是最好的动机。"

"好吧,"普雷斯科特表示赞同,"咱们就从这个动机开始,先把这个障碍扫清,还给咱们节省了不少时间。"他走进盥洗室,打开最上面的抽屉,拿出一个1910年的装糖果用的锡盒,盒盖上装饰着水彩画的吉普森女孩[1]。他把锡盒翻过来,倒出一堆老式的金银首饰:钻戒、胸针、耳环、垂饰。首饰里夹着不少已经不再铸造的旧金币,还有几卷厚厚的纸币,用细长的白丝带全部绑在一起。

"好了,这个障碍被扫清了……"普雷斯科特说,然后用手指尖把所有东西塞回去。

"她有很多钱,"治安官反对说,"这只是她的闲钱,她在银行里还有巨额存款。"

"你的意思是合法继承是动机,是吧?"

"房门是锁着的,窗户和门都没有任何被打开的痕迹,也没有人进入或出去的痕迹。在我看来,谋杀者和她应该同住一个屋檐下。"

---

[1] 画家查尔斯·D.吉普森(Charles Dana Gibson,1867—1944)19世纪末创作的理想化美国女孩,20世纪早期非常流行,其特点是波浪式长发从后面高高地挽起来,大眼睛、小鼻子、小嘴巴,沙漏形身材,蜂腰,是当时美国女孩竞相模仿的形象。

普雷斯科特第一次点了点头。"当时是这样，但不是你说的意思。你想说的是外面那个鬼哭狼嚎的可怜女人，是吧？"他挥了一下手，把话题转开，"有人事先进入房里，从后面爬进来，躲在那边。就算她俩都在家，做到这一点也很容易。这屋子很大，我想为了节省电费，老太太一次只会让一个房间的灯亮着。我亲眼看到过。她在哪个房间，哪个房间的灯就亮着，屋子的其他地方都漆黑一片。等关闭门窗的时间到时——毫无疑问她们把门窗都锁得很严实——谋杀者已经在屋里了，藏在某个壁橱里。阿比盖尔睡楼上，老太太睡楼下。他还需要什么？前门上的锁是把弹簧锁，他扼死老太太后从前门出去，再把门关上，就和从没有人开门进来一样。"

"你为什么如此确信？他藏在哪个壁橱里，如果你这么——"

"楼梯下面的一个空壁橱里，他留下了指纹，以确保我们知道他曾藏在那里。他想让我们知道这一点，"普雷斯科特从兜里掏出一样东西，"这儿呢，我还是给你看看吧。这样做违背我的初衷，但我不是那种藏着'线索'不让当地负责部门知道的人——它们连线索都称不上，是被人故意放在那儿的。好了，你来好好琢磨一下。"

"一个用完了的红色油彩管，"本森屏住呼吸说，"软管里的染料都被挤出来了。"他迫不及待地把它从普雷斯科特手里拿过去。

"原本是马洛小姐的，那时软管里还装满了油彩。"

"但她并没有把它拿到这里来。"本森接着说。

"我很高兴咱俩在这一点上意见一致,"普雷斯科特态度肯定地说,"好,我现在告诉你它是怎么来的。她把它作为礼物送给了隆·巴尔德斯利,我当时在场。"

本森长舒一口气,像是从双下巴里挤出来一样。"啊哈!那我们现在——"

"现在要等一下。一发现线索就立马下结论,这正是凶手认为你会做的事情,所以他才把这东西留在壁橱里。不是巴尔德斯利掉在这儿的,是有人从他那儿拿走,然后被躲在壁橱里的那个人放在这里。"

"当时你也在场吗?"本森不管不顾地追问道。

"没有,壁橱里有点拥挤,我想。"普雷斯科特不以为然地说。

"那我为什么不能根据这个线索下结论?"

"因为这个线索是假的,是事先设置好的。你下结论的速度比巴尔德斯利弄丢自己玩意儿的速度还要快。这可是巴尔德斯利的宝贝,而且他制定不了需要持续这么长时间来完成的计划:行动之前半个小时到两个小时爬进这屋里,一分一秒地等待实施谋杀的时机出现。如果是他,他进屋后不到五分钟就开始捉迷藏了。"

"这不是线索,那不是线索,"本森嘟囔着说,"在你看来,什么时候线索才算得上是线索?"

"当线索不是自己跳出来,直接跳到你眼皮底下的时候。"普雷斯科特反驳道。他打开门,接着说,"我现在就出去,和怀特小姐聊聊,看除了像狼一样的叫声外,我还能不能从她嘴巴里问出点别的。"

米尔斯医生从他身边过去,去干自己分内的事。"你晚上好!"他语带讥讽地说。普雷斯科特有种感觉:因为他在庞申案中发表了自己的观点,米尔斯医生一直没有原谅他,尤其是他的观点后来被证明是对的。

"你也晚上好,医生!"他一边回答一边嘲讽地鞠了个躬。

阿比盖尔像通条一样僵直地坐在一把靠墙的椅子上,直愣愣地盯着前面,一只手里紧紧握着白兰地酒杯。在米尔斯医生的帮助下,她现在处于一种镇静而麻木的状态。

"所以,现在我得到她所有的钱了?"她苦涩地说。她举起酒杯,一口把酒喝光,发出的声音像拔出酒瓶木塞一样响。

普雷斯科特盯着她,没有回答她的问题。

"现在再做什么都太晚了。"阿比盖尔抬起手,捏住头上的一个金属发卡,一把扯掉,一缕头发被一起扯下来。接着,她又用力扯脸上贴的除皱贴,猛地拉下来,因为用力过猛,皮肤跟着慢慢变红。"死的是我,不是她。她杀死了我,一分钟接一分钟,一个小时接一个小时,一直用了三十二年。村里最富有的女人死了,来认识一下村里新的女首富。女首富万岁!"她往酒杯里斟满酒,举起来致敬,她的眼睛变得湿润,"得付出高昂代价,这个称号,花费巨大。"

"一份遗嘱,是吗?"普雷斯科特低声安慰她说。

"是的。希拉姆·科尔比把它存放在办公室,已经很多年了,人人都知道。三十万,还是五十万。我本人并不知道遗嘱里都有什么。现在,所有的一切,每一分钱,都归我了。"

"还有这栋房子?"

"不,这是唯一不归我的财产。只有这房子和这块宅基地不是,是唯一的例外;遗嘱里有一项关于这个的条款,但我忘了……"她的声音越来越小。突然,她脱口而出,"是那份遗嘱让她活着!"

"你什么意思?"

"这是很久以来阻止我对她做那事——就是昨晚发生在她身上的那事——的唯一理由。但这一切都反过来了。遗嘱一直被保存在那里,人尽皆知——我早就知道,如果发生什么意外,我肯定没有机会不被怀疑。很多次,这是阻止我的唯一理由,我想她也知道,我想这是她为什么会那样做的理由。"

普雷斯科特吐了一口气。"你什么时候离开她的?"

"大概十一点,通常都是这个时间。"

"你晚上听到任何声响了吗?"

"没,但是——"她又喝了一口白兰地。

"但是什么?"

"昨晚我做了个梦,我梦见有人——"

"接着说，别怕。"他从她手里拿走酒杯，放到她够不着的地方。

"我梦见有人蹑手蹑脚地出现在她床后面，我看不清是谁，就是一个黑影。然后我梦见他把什么东西在她脖子上拧紧，绑到床柱上，把她扼死。"

"然后呢？"

"我醒了，还记得梦里发生的一切，于是我穿上衣服，下楼去看看她怎样。我点上灯——然后——有人真的做了。她死了，和我梦里的一模一样，"阿比盖尔用手背盖住眼睛，"让我感到害怕的正是这个，不是因为她死了而害怕，而是因为我刚好梦到了发生的一切。"

"你以前做过这样的梦吗？"

"没，从来没有，"接着她又补了一句，"睡着时从来没有过。"

普雷斯科特明白过来她的意思后，看了她一眼，眼神带着惊惧。

"她死了，我真高兴。"说着她开始用脚一上一下地敲击地板，看上去像个耍性子的小孩。"我真高兴！真希望是我自己做的。告诉你吧，有很多年，我常常整夜整夜清醒地躺在床上，计划如何——"

普雷斯科特突然抬手扇了她一巴掌，她一下子停下来，再也没有任何声响。

"你这个傻瓜，闭嘴，"他小声吼道，"不然本森会把你说的话当作证据的。你没看他就站在敞开的门后，听着你所说的每一句话吗?"

他等了几分钟,胳膊肘靠在她旁边的墙上,用身体挡住她。

"好了吗?"

"是的,我好了。"

"从你醒来到你下到楼下来,之间有多久?"

"就几分钟。我在床上坐了一二分钟,然后下来。"

"那几分钟里你听到什么没?"

"房子里面什么都没有。"

"那你听到房子外面有什么声音吗?"

"有人吹口哨,在外面的野地里。"

"往这边来还是往远处去?"

"肯定是往远处去。我睁开眼时口哨声都快没了。听不见口哨声后,口哨的旋律还在我大脑里盘旋了一二分钟。"

他小心翼翼地润了一下嘴唇。"你还记得是什么旋律吗?是具体的哪一首吗?"

"欢快活泼的小曲儿,我想是《扬基·杜德尔》吧。"

普雷斯科特拍了一下大腿外侧,转身离去。"又是这个曲调,"他自言自语地嘀咕着说,"简直可以为死神做广告了。但我想知道的是,谁是这个广告的赞助人?"

这起案件发生后,一个星期过去了。这个星期内再也没有发生半夜暴毙的事件。这个星期内,天一黑,约瑟夫葡萄园所有的人都屏住呼吸,急匆匆地往家赶,边走边四处看,而且往前走几步还要回头看看。此外,一进家门还要做一件以前从来不做的事情——关紧窗户,拴上门栓。有时,还会不太自然地从裤子兜里掏出一块石头或一节又短又粗的铁棍或柴火棍,放在前廊的桌上,不是为了装饰,而是为了第二天傍晚或天黑后回家的路上用。

一个星期过去了,什么也没有发生。没有人死去,也没有其他生物死亡,甚至连个猫或狗都没有,连个海鸥都没有。海里倒是有很多鱼死了,但鱼死是因为有人需要放松,有人需要生存。栈桥的那头,有不少单人划艇,停靠在蜿蜒的海岸边。还有一些鸡死去了,摆在了那些整齐的白色木板条搭建的小房子里的晚餐桌上。可能还有一些花儿死了,很难说花儿都是怎么死的,大概先是被剪下来,然后开始凋谢,变色,最后枯萎,也许这对于花儿来说就是死亡。如果是,伴随着这种死亡的既没有哭嚎,也没有流血。除此以外,没有死亡,连死亡的迹象都没有,就好像死亡拿起自己的衣服,悄无声息地走了,好像从来没有死亡这件事,就好像墓地里那些倾斜的厚木板是有人在那儿做游戏留下来的,而做游戏的双方都对游戏失去兴趣,因此不打算再回来而扔在那里的一样,就像很多年前迷你高尔夫不再流行,只剩下一小块一小块迷你高尔夫球场荒废在那里一样。

这个星期天气晴朗,既没有死亡,也没有死亡的迹象。早上太阳升起，照耀一整天，傍晚又落下，永不停息。人们在太阳下会变得勇敢，因为阳光温暖了人们身上冰冷的缝隙，而恐惧就像风湿病的病痛一样藏在这些缝隙里。

阳光下，白色的房子像温热诱人的奶油，绿色的屋顶和窗户看上去酥脆可口。海水和苏珊·马洛小姐画画的染料一样蓝，海面上一整天都像覆盖了一层网，一层银色的网，就算掉进水里，也不用担心会沉下去而溺亡。网上挂着的小纵帆船、小单桅帆船，还有其他船只，在海面上摇啊摇，一年又一年，一代又一代；它们以前哪里也不曾去，以后哪里也不会去，就停在它们一直停着的地方，像孩子的玩具船，挤在硕大无比的浴缸里。

海鸟在空中盘旋，发出让人感到欣慰的叫声，好像在说："看，我说了吧，不会有谁伤害你。我从上面都看得到。"

是的，人们在太阳下会变得勇敢。

第二个星期开始时，人们内心的恐惧已经开始减弱，像压顶的厚重乌云，从黑色变成灰色，又从灰色变成白色，最后变成一团一团的棉花球，随风飘散。有人开始谈论它，是的，到处都有人大肆谈论，谈论本身就是好的迹象。人们以惯常的方式进行谈论，两个女人只要聚到一起就会闲聊，两个男人聚到一起则会探讨，只不过女人话多，男人话少。但男人每每聚到一起都会就这个话题展开论争，既为了有话可说而发挥无穷想象，也为了把所有的道听途说都倾倒给对方。当然了，女人谈论叫说长道短，男人谈论叫发表真知灼见，而区分二者的唯一标准就是谈论时是否往地上吐口水。

父母们会拿它吓唬小孩——"比利，进来，马上，不然的话——你知道会怎样！"

有的父母会因此而被孩子将一军——"会怎样？"

对于这样的问题，父母只能敷衍了事——"先别管这个了！"

太阳又温暖地照耀了七天，人们在阳光下就会变得勇敢。再过几天，连夜晚也没有上个星期那么可怕了，但每到夜晚，人们依然不会放松警惕。夜幕降临后，没有人敢独自出门，也没有人敢像过去那样随意地让门自动带上，更没有人像过去那样，一听到有人敲门就先把门打开，再看门外的人是谁。

恋人们不再单独沿着小巷轧马路。其实还是单独，但会两对恋人一起约会，而且会一直保持在另一对的视野内，停下来休息时，另一对的侧影要在自己的余光里。这种两对恋人一起约会的机制以前在约瑟夫葡萄园从来没有过，因为地方太小，人手不足。更何况，这个地方的少男少女们都讲究个性。这主意是从大陆的大城市学来的。

"如果你能找到一对恋人做保镖，我就答应去见你。"这句话现在已经成了女孩们答应约会的新标配。

连续两周这样胆战心惊地约会，谈情说爱可真不轻松。现在，一到晚上，每条小巷里都有好戏上演。一听到有人喊叫，即使声音听起来不像是呼救,另一对也会以为"那事"又发生了,赶紧冲过来帮忙。哪个年轻的情郎能经得起这三番五次的折腾。

钻石一样明媚的阳光普照了十四天后,这种一夜之间流行起来的夏夜约会的独特形式就成为明日黄花了。更重要的是,这十四天里什么都没发生,甚至连发生的迹象都没有。约瑟夫葡萄园正一点一点地恢复到原来的样子,恢复的迹象到处都能看到。

第三个星期,有人过生日,女寿星名叫海兹尔·罗林斯。罗林斯是村里大小事务的仲裁员(她丈夫是议会议员),还是教堂的核心人物,胆量过人,才敢在晚上举办聚会,庆贺生辰(有蛋糕,有寒暄,还有令人愉悦的聊天),而且还邀来满堂宾客。当然了,聚会结束后,不管家在哪个方向,东西南北,都不会单独或两个人一起,而是三五成群地结伴回家。

只在周四、周五和周六晚上才开放的电影院(其实就是一个货仓),上个周末空无一人(只有罗杰斯和奥特利两人分摊账单,不可能再少了),这周六晚上就又开始有人站着看电影了(两部关于"都市生活"的精美制作,但并没有多大吸引力,这样的电影在约瑟夫葡萄园连苍蝇都不会感兴趣)。

接着,最为重要的一件大事马上就要降临了。在约瑟夫葡萄园年寿最高的人的记忆里,这件大事从来没有被取消过,也没有被推迟过,更没有因为其他事情而被轻视或敷衍过——自从这个小岛成为小岛以来,自从这个小岛上搬来第一个居民开始,就从来没有过。它就像约瑟夫葡萄园的教堂,最古老的教堂,一旦开始了这件大事,就会一直坚持下去,不论刮风下雨,不论艳阳高照,不论洪水滔天(请原谅我这样表达),每年都要定期举行这场"为了社交"(按当地人的说法)的教堂仪式。这件大事就是每年八月第三个星期六那天的露天集市。

它是村里所有人的三垒安打——年轻人跳舞,中年人集会,老年人社交。

一切恢复正常,再没有比这更正常的了。

普雷斯科特一听说会有——不是随便说说,而是确定无疑——一场盛大的舞会,就决定早早为此做准备。他毕竟是人,是个男人,是个还不到三十岁的精壮男人,是两条腿走路的精壮男人,一旦遇到女人,视力就处于最佳状态。更准确地说,这一次,他的视力只关注一个人,他的眼里只有这一个姑娘,她一个人就足以让他大饱眼福。此外,这才是他来到这个地方的首要目的——休养生息,放松心情,寻点乐子,而不是为了跑这么远来继续从事在污浊的曼哈顿时所做的繁重乏味的苦差事。谋杀、动机、嫌疑、罪犯,统统见鬼去吧!点上纸灯笼,打开音乐,擦亮地板,开始跳舞!让这个男人重新做回自己。就这个周六,就这个晚上,他只想从精神上爱他身边的所有男人,他更想从肉体上爱他身边所有女人当中的这一个女人,用舞蹈,用手势,用嘴唇,就在这周六,同一个晚上。近几年，他隐隐约约感觉到，自己生命中柔软的部分开始越来越多了。毕竟，当你亲吻警徽时，得到的回应只有冷冰冰，当你触摸点三八时，点三八绝不关心你过得好不好。

于是，他决定拿出一条更好的宽松长裤——这是他仅有的两条长裤中更好的那条，和一件最好的外套——这是他仅有的两件外套中最好的那件，送到约瑟夫葡萄园唯一的裁缝和这个裁缝店里唯一的员工——比尔·厄尔利那儿，长篇大论地跟他讲述一番如何把他的行头处理得更好。

"那我要花一整天时间，"厄尔利毫无热情地说，"专门熨你裤子上的褶缝。你知道吗，我这辈子还从来没有熨过男人的裤子，从现在开始我算是有了。"

"如果周六早上六点钟之前你没有把我的衣服送到我的住处，我就过来用你的熨斗熨你本人。"

"你会这么干吗？"听普雷斯科特说了那么多，厄尔利还是多此一举地问。

"我会的！"年轻警探咄咄逼人地回答说，"我要把舞会的地板都磨坏！我要把我的袜子都磨破！我要把乐师都累垮！他们都倒下了，我还要站在那儿为他们鼓掌，要他们继续演奏！"

"看上去你的确会，"厄尔利嘴里咬着一根线问，"你和谁一起去？"

"哼！"普雷斯科特往外走，把门摔上的同时用力哼了一声，"第四十四个愚蠢的问题！"

夜杀之宴

他回到珠儿家,完成参加舞会的前期程序——申请、报名。当然,这只是个形式,技术性细节,结果是预料之中的,但他更希望每个细节都处理到位,以免发生意外。今天才星期四,他是纽约市警探科的钱斌·普雷斯科特,(他自认)就算称不上长相出众,但也不算很差,因为他清楚地记得一年半前有一次在莱克星顿大街上,一个女孩含情脉脉地盯着他看了好久。是真的,很快有一辆公交车从他旁边朝她那边开过去,她上了公交车,但他能够明确地感觉到,至少从正面看,他比那辆公交车上所有的男人都更胜一筹。事实上,私下里他一直固执地认为吸引那女孩目光的就是他，再次回味她深情的目光时，他想到的逻辑是：她早就看到公交车过来了，是吧？但她之前从来没有看到过他。

除了这些优势外，最后，他是这里唯一的男纽约客，而她是这里唯一的女纽约客。这里的其他人都健壮肥硕，两个纽约客必须团结起来。所以，他以为，这是板上钉钉的事。很有可能她早就打定主意要跟他一起去，正如他早就打定主意跟她一起去一样。但人人都知道她们怎么回事，她们喜欢男人做好一切准备后再开始行动，她们喜欢让男人为此付出很多。

他正反两个方向都刮了胡子，只有巡视、周日礼拜和参加别人婚礼等重要活动时他才刮得这么认真。他还往头发上抹了点月桂油，而不是像平时那样只用了点水，这样闻起来就会有香味。他还系上自己最好的领带，这是他住院时同事们凑钱从梅西商场一楼买来一起送给他的礼物。除了这些，还能做什么？可人人都知道她们怎么回事。不管怎样，这些麻烦都是暂时的，一旦（用婚姻）锁定了她们，就不再需要这些了。如果那时她们不喜欢你破损的领带，那是她们运气不好，她们能得到的只有这些了。

普雷斯科特一路思考着这个哲学问题，去商店给苏珊买了一盒巧克力，售货员告诉他说这巧克力来自波士顿（所以价格比波士顿高一美元，只有傻乎乎的外国人才买）。准备好这一切，他才往她家走去。

他到时太阳马上要落山了，她居然没有在画画，毕竟（在他看来）对于画家来说，一天的时光里也就这一会儿美得让他们难以遏制地想要拿起画笔。不管怎样，这是个不错的话题，而且他还发现，只要和她在一起，他总能找到不错的话题。

"嗨！"她高兴地和他打招呼，不算很正式。

"嗯。"他有点严肃地回应她。他的本意是言简意赅，并没有想要用和她完全相反的语气。

寒暄过后，通常接下来会是尴尬的沉默，但他早在二十步之前就已经认真想好了看似随意的话题。"你怎么没有画画？这会儿天空的颜色可美了。"

"呃，你现在很有审美眼光啊！"她夸赞他说。

"呃，我一直很喜欢颜色，"他一本正经地说，"颜色很——你知道我的意思——很色彩斑斓，你知道的。"

她嘴唇紧绷，"是的，颜色是很色彩斑斓。"她深情地看了他一眼。她很善于表情管理。

又一阵沉默即将开启。"给你。"他突兀地拿出巧克力。

"哇，真体贴！"她高兴地说，"正好是我的最爱。"说完才看了看巧克力盒子，说这话前并没有看。

他心里很好奇女人们会不会吃这些东西。好像人人都会给她们送巧克力，她们肯定得处理这些巧克力，她们处理的方式很有可能就是把它们吃掉。

"我想你会喜欢的。"他说。

"是的，我很喜欢。"她说。

关于巧克力的话题就这样结束了，又一阵沉默即将开启。

"坐吧。"她对他说。两人在廊前台阶上坐下，她坐在最上面的台阶上，他坐在下面一个台阶上。"外面这么美，坐屋里就看不到了。"

他不想再继续关于颜色的话题，尽管他们此刻正沐浴在一片由深红变为鲜红的海洋里。总之，他觉得这一次就这个话题他下的功夫已经足够了。为了她，他能做的前期准备工作全部都做了。他已经取得了显赫成绩，就算是她的追求者也不能做得比这更好了。他决定现在就向她发出邀请，"反正，我和她都知道答案"。

"去跳舞吗？这周——"他说得很顺溜，但没说完就打住了，他认为根本没必要说完，毕竟，他们都明白对方的意思。

"是啊！"她说。他觉得都能从她红润的脸上读出她内心强烈的期盼。当然，也有可能是日落的原因。

"你几点准备好？"

她认真思考着，好像要避开他的问题。她用手指摸着下巴，好像在用精密计时器测算出最准确的时间。人人都知道她们怎么回事。"我想九点三十分应该可以。"

"你不用给自己再多留点时间吗？"他用外交的口吻说，"从这里走过去要预留半个小时，也许九点更好些，如何？"

对此，她好像非常感激："嗯，能考虑这么周全，你真好！是的，想一想,我认为你说的的确对。预留半个小时更好些,我一定要记住这个。"

他半信半疑地抬头看着她,但他的眼神只流露出一丝怀疑。"不知道为什么,你听起来显得很拘谨。"他有点拿不准,"你不用跟我这么客气,"他慷慨地耸了耸肩,"你按你的时间来,我九点就过来,以防万一。"

"你不会觉得有点孤单吗?"她听上去非常体贴。

"孤单?"他问。这完全不像是她会说的话。

"呃,"她解释说,"就你一个人,也没什么事可做。当然,只要你愿意,就算整个晚上待在这儿,我都欢迎。但我没有书上——"

他疑惑地看着她,根本不知道该说什么。

"因为我那天晚上不在家,你知道的,"她说,"至少,从九点开始不在家。卢瑟给我打电话了,我要和他一起去参加舞会。"

普雷斯科特的嘴巴一张一合,好像在水下边游泳边说话。

她看他可怜,试图帮他呼吸。"要是你这周早点跟我提一个字,哪怕给我一点点暗示。可是,天呐!普雷斯科特先生,你一直等到星期四的晚上,我又不知道你在想什么。"

"我理所当然地……"他支支吾吾地说,嘴巴终于露出了水面。

显然她们不喜欢被理所当然地认为,他此时此刻才明白这一点。她有点严肃地说:"毕竟,你不是这个岛上唯一的男士。"她说得直截了当。接着,她又变得很温和,"吃点巧克力吧。"她提议,应该是希望结束这个话题，然后重新回到之前友好的状态。

显然，这是个错误的提议，而且提出这个提议的时机也有问题。她好像也需要多了解男人。自己心爱的女人被别人抢走了，哪个男人还会有胃口吃他买给她的焦糖巧克力？

"不！"他的声音又高又亮。他俩几乎挨着，根本不用这么大声，而且听上去有些失礼。事实上，他的声音听起来像是在认真参加驯鹿召唤比赛。

她一动不动地坐着，看上去有些奇怪。她不但没有表现出任何怨恨的迹象，而且从她眼睛外侧的细纹可以看出，她好像在努力压制住想笑的冲动，尽管她脸上的其他部位的表情都管理得非常成功，根本看不出任何内容。他怒气冲冲地走了，走出老远才飘回来一句似有似无的"晚安"。

半个小时后，在他租住的房子里，他房间的门被"砰"的一声关上，像夕阳西下时突然传来的一声枪响。

男人再粗鲁的行为也吓不到珠儿·霍普金斯。她立马出现在过道里，冲着楼上严肃认真地喊："普雷斯科特先生！"

没有应答。

"你，钱斌·普雷斯科特！"她锲而不舍地喊。

他走出房间。"怎么了？"他冲着楼下不耐烦地问。

珠儿·霍普金斯好像对所有秘密都了如指掌。

"年轻人，我可不会因为有人拒绝和你一起参加舞会就允许你这样对待我家的门！你现在就进去，好好关门！"

他的脾气从来没有如此暴躁，很有可能是因为这几年和54号大街普雷新特大楼里的那帮家伙混太久了。"没有谁拒绝和谁参加任何舞会，明白吗？"他怒气冲冲地厉声吼道，"这样算是好好关你这破门了吧？"

这一次，他关门的声音就像夕阳西下时突然同时传来两声枪响。

星期五，约瑟夫葡萄园到处洒满阳光，只有普雷斯科特待的地方除外，这一点从他的脸上可以看出来。

星期六早上六点，按照普雷斯科特的要求，比尔·厄尔利准时来敲门，胳膊上搭着熨得笔挺的裤子和看上去崭新的外套。他敲的是楼上的房间门，因为要他熨衣服的不是这家人，而是这房间里的租客。他所受的接待并不热情。

"呃——"他的顾客嘟嘟囔囔地表达了谢意，胡乱地把衣服扔到床上。

"嗨，我刚费了老大功夫搞好，你就——"厄尔利抗议说。

"谁想打扮得像个傻瓜！"普雷斯科特像演说似的大声反问。他把钱塞到裁缝手里，用胳膊肘把门撞上。

"是什么让这小伙子一大早起来就这么大脾气？"厄尔利一边往外走一边问。

"回想一下你二十六七岁时的样子，"霍普金斯小姐提醒他说，

"那时对你来说世界上最重要的是什么?"

"缝纫衣服,我想。"厄尔利用手挠着头发猜测说。

"你肯定比我想象的老多了。"霍普金斯小姐抽了一下鼻子,边转身进去边用讽刺的口吻说。

这天晚上,这位年轻的厌恶女性者再也没有浪费一分钟时间在梳妆打扮这样荒唐的事情上。他来到霍普金斯小姐家的前廊,一屁股坐到椅子上,拿出一根烟袋。他已经多年没有碰过烟袋了,但他现在觉得烟袋似乎和最近发生的与女性之间的不愉快事件正好相配。烟袋能让使用它的人变得闷闷不乐,即使你开始使用它时心情并不低落。没过一会儿,前廊闻起来就像在生产煤气一样,霍普金斯小姐家的金银花开始垂下脑袋,无精打采地挂在藤上,烟袋后面的那张脸连钟表看了都要吓得不走了。

然而,九点过五分左右,普雷斯科特没有想到的情况出现了:楼梯上传来扭捏作态的脚步声——不是白天那种通常的脚步声,那种脚步声都很重,而这种脚步声属于晚上,它轻柔优雅;接着是离开家之前的一系列安排和要雅典娜做事情的高声叮嘱,同时从后面某个地方飘来一股股的丁香水味儿,和前廊浓烈的烟味抗衡。接着,房门隆重地打开,一个女人的身影——通过排除法可以知道她肯定是珠儿·霍普金斯(因为她从里面走出来,但并没有人从他身边经过往里去)——带着闪耀的光芒站在明亮的灯光下。

普雷斯科特从来没有见过女房东盛装出行的模样。事实上,哪个人盛装出行都像她这样。她的样子让他大吃一惊,烟袋从嘴巴里掉了下来,他下意识地用手接住烟袋。

她的腰紧紧地束着,丝质长裙发出轻轻的摩擦声,在灯光照耀下,她整个人好像都散发着光芒;她走路的声音像是花园里的水管正在浇水,也像是有人在隔壁房间里冲澡发出的声音;荷叶边围着她的脖颈和细腰,头发像螺旋一样盘上去,有点像拔丝糖从上往下倒在她的头上,就那样放在头顶上等着它定型、变凉。如果回到1913年,她的回头率肯定很高。不过,对于这样的发型,现在的人也会回头的。当然了,至于从1913年到今年的这三十七年里人们看到它是否会回头,就不得而知了。

"嗨,把你嘴巴闭上,"她干净利索地对他说,"不然虫子要飞进去了。你以前没见过女人打扮得漂漂亮亮吗?"说着把手里的白色荷叶边手套掼饬了几下。

他简直没办法把眼睛从她身上移开:"你是说,你也要去?"

"我为什么不去?我可能不太会跳那些时髦新奇的舞蹈,因为我们这儿只有为了十几岁的孩子和像你这样除了跳舞其他都一窍不通的外地人才会举办这样的舞会,但后面还有保罗琼斯舞和弗吉尼亚里尔舞这一类的舞蹈。况且,我今天晚上无论如何都得去,因为我是茶点委员会的。"说着她已经走到楼梯口,故意显得很随意地问,"你不去吗?"

他发出海豹求偶似的声音,准确地说,他虎视眈眈地盯着她看的表情更像是海豹求偶，她急忙自问自答道："不去，我知道你不去了……好了，晚安。"她急匆匆地结束对话。

"晚安！"他怒气冲冲地嘟囔着说。

她边走边发出轮胎漏气的"咝咝"声，走到大门口时犹疑地停下脚步。她隐隐约约看到外面路上好像有个黑影，她伸长脖子，左看看，右看看。

最终，她还是转过身来，走到他旁边。

"怎么了？"他问。

"我有点儿忐忑不安，我好像看见有人藏在那边的阴影里。"

他站起身，走过去，查看一番，又从路那边走回来："那儿什么都没有。"

她依然站在大门口不动，好像没有足够的力量把自己和大门分开。

"又怎么了？"

"没用，"她哀怨地说，"我就是做不到。要不就不去了，待在家算了。再往前走，还有黑影，之后还一直会再有别的黑影。等我一路提心吊胆地赶到那儿，我就已经狼狈不堪了，什么都做不了。"她一边自我欣赏一边说，"真遗憾，花了这么长时间梳妆打扮。"

"要我陪你走过去吗？"他没有任何先兆地提议道。

对于这个提议，她表现出的感激之情有点夸张。她紧握双手放在胸前："哇！真的吗？你真的要陪我去？"她虔诚地问，说完她推开大门,引他出去,然后用手挽住他的一只胳膊,根本不给他回答的机会,就拖着他往前走。

接下来,她再也没有往路两边的任何地方——甚至是漆黑一团的地方——多看一眼,反倒是他一路上比她更加谨慎地左顾右盼。

他心中慢慢地,慢慢地产生一丝疑虑,怀疑自己被某种高明的计谋所利用,但他又猜不出来这个计谋的目的是什么,除了正在进行的这个——缩短他和舞会之间的距离。事实上,这样做只会让他对舞会更加厌烦。

空中传来琴声,像托儿所的孩子们在大声哭喊,前方不远处的灯光像蜂窝一样明亮热烈地照耀着。他半真半假地试图脱身:"好了,"他边抽出胳膊边慢吞吞地说,"我想你马上就到了。"

"至少得看着我进去吧,"她带着责备的口吻说,"老天呐,我可能比你年龄大,可我依然是个女人。如果可能的话,没有哪个女人喜欢一个人出现在任何场合,不合礼仪。"

"我觉得这都是你设计好的。"他继续陪她往前走,边走边责备她说。

他得到的回答是毫不在乎的窃笑。

都已经抵达会场,站在舞池的边上了,她还不肯放开他的胳膊,对他下命令说:"在这儿站一会儿。"

"站什么站,"他任性地反驳道,"我回去了。我跟你说了我不来参加这傻乎乎的舞会,是吧?"

"你都已经到这儿了,是吧?"她适时地说,"多待一会儿又能怎样。好了,站着别走,要不然我说的话可就不客气了。"

舞池里有十来对舞伴正在跳霍普金斯小姐不屑一顾的那种无精打采的城市舞蹈,舞池周围还有四五十对,并不急于立马参与。人们都喜欢跳那种让人感到开心的舞蹈。

正在跳舞的人中有苏珊,她穿着黄色薄纱长裙,棕色的秀发里插了一朵黄色的玫瑰。在他看来,只有天使才会如此迷人。如果所有天使都像她那样,死亡将是多么令人愉悦的事。

他的脚还记得回家这事,但眼睛显然已经忘得干干净净。

至于她那让人讨厌的舞伴——卢瑟·梅菲斯托费勒斯·本森[1]——再怎样打扮都没用。卢瑟好像根本没有注意到普雷斯科特看他的眼光,没有在他的注视下退缩,也没有化为一滩烂泥,更没有高声呼救。他半蹲着身子,随着舞曲舞动。毫无疑问,他穿的是经过特殊处理的皮衣。

此时,霍普金斯小姐已经离开普雷斯科特,但并没去她负责的茶点区,而是往相反的方向走去,特意走到小本森和他的舞伴旁边。她用手拍了拍小本森的肩膀,小本森和苏珊都停下脚步。霍普金斯小姐和他简短地说了几句话后,便像刚才对普雷斯科特那样挽

---

[1] 梅菲斯托费勒斯(Mephistopheles),又名靡菲斯特、梅菲斯、梅菲斯特、墨菲斯托,源于希伯来文,原义为"破坏者"。

起小本森的胳膊。一旦胳膊被她挽住,这条胳膊就不再属于它的主人了。她把小本森带到舞池外侧,可能是让他帮忙挪桌子,也可能是搬椅子,还有可能是处理霍普金斯临时想起来的事情。

总之,苏珊现在落单了。珠儿·霍普金斯小姐扭过头,朝她的前护花使者眨了眨眼,就好像对他说:"现在要看你的了!"

普雷斯科特搓着双手,欣喜地暗想:"呃,才明白,原来这个老姑娘是为了我才把他拉走的。"

眨眼间,他已经来到舞池里。来到舞池里?就在舞池中央,甩开长腿,迈着大步,正向苏珊靠近。回家?那是舞会结束后才去的地方。这里好戏才刚刚开始。

他从背后走过去,绕到她面前,没有征求她的意见,就把一只胳膊放在原本就属于他的地方——她的腰上,伸出另一只手握住她的手,带她舞动起来。

"嗨,纽约人!"他像老熟人一样地打招呼。

刚看清楚新舞伴是谁——还没来得及回应他的寒暄——两人就已经开始忘情地共舞了。

方块舞是必跳曲目,迟一点早一点而已。方块舞是舞池里的香饽饽,是真正的舞蹈,方块舞之前的舞蹈都只是为了打发时间。但当舞会结束后,普雷斯科特深夜回想时,才开始怀疑方块舞开始的时间和小本森有关系。可以说,是小本森让方块舞提前到来,他只需要走到首席琴师身边和他交代一句。他之所以这样做，都是因为当时普雷斯科特正和苏珊优雅流畅地共舞一支狐步舞。

不管怎样，这些靠在一起漫步式的舞蹈很快就随着音乐停止，琴声伴随着不祥的"吱吱"声变得越来越急促，同时还有急切期盼的"嗡嗡"声。舞伴们按照性别分列两队，面对面站在舞池的两头，完全没有他想象中的亲密接触。

事实上，他们离得很远，远到普雷斯科特根本不敢确定等会儿是否刚好和她配成舞伴。他从队伍的末端倒着数，直到最后一刻才发现和他相对应的是一个体型肥硕的姑娘，他可不想和她扯上任何关系，苏珊才是他想要的舞伴。

"你到我这边来。"他很无礼地对身边的人说。

第二个惊喜：那人是卢瑟·本森。

"鬼才过去。"这位绅士低声反驳。

普雷斯科特往后跨步，转身，试图用肩膀挤进旁边的两个人之间。

小本森站在原地不动，把他顶了回去。两人都只用肩膀，没用手，但下一步会发生什么，谁都知道。

"过来，过来！"一个年长者试图让两人冷静下来。"孩子，你看，"他费劲地跟一言不发的普雷斯科特解释，"如果你想要和那边那个穿环（黄）色衣服的姑凉（娘）一起，那你搞错了。她们要先从斜对角过来，你会和那边，对角的那个一起。"

普雷斯科特看了看，叹口气，乖乖地回到刚才的位置。

"现在你就会得到那个，正斜对角的那个。"他的恩师用手指着说，"就一下下。你俩会面对面，打个招呼，接着又要回到这里。"

一下下也算是挺长的时间了，眼里只有苏珊的普雷斯科特想。他站着不动。

耳边传来小本森哈哈的笑声——接着转回头——对普雷斯科特来说可真是火上浇油。

终于，开始跳舞了。接下来就是一片混乱，一座迷宫，一座找不到出口的迷宫。如果说他虐待过迷宫里的任何囚徒（他没有），那他现在得到了应有的报应，就连死去的维克纳也会认为这是报复。普雷斯科特被推过来，又搡过去，被扯到这边，又拽到那边，被拉着往一边转圈，接着又往相反的方向转圈，再转回去。女魔鬼们一会儿追着他，要和他碰腰带扣，至少看上去像是那样；一会儿又把他的手高高举起，看上去像伦敦大桥一样，其他人都从下面鱼贯而行，每个人从他身旁经过时都要踩他的脚，可他们称之为跳舞。

看上去大家像是商量好了一起对付他，他真希望自己已经死了，只是这舞池里完全没有让他躺下的地方。"非要这样对我吗！"他恨恨地大声对自己说，边说还边拍着自己的脑袋。他们开始像风车一样转来转去，围成圈，转进来，转出去。他被人拉着，拽出去半个街区远，也没有看到一个交警过来搭救他。

"哎，让我待在演出高峰期的时代广场吧！"他在心中呐喊，但没有得到任何回应。

他总是跳错。终于碰到苏珊了，按规定的舞步就只停留了一二秒，但当他面前站着某个让他看着就怕的女士时，时间好像足足有二十七分钟加三十秒。大家简直像是在舞池中央一起料理家务。

他只能匆匆看苏珊几眼，短暂地拉几下手，仓促地搂几下腰，她就再一次消失了。

"嗨！"有一次，她高兴地打招呼。

"嗨，等——"已经迟了，她和他之间已经隔着三个姑娘了。

"掌握要领了吗？"还有一次，她带着鼓励的口吻问他。

"要死了。"他纠正说。

当他俩再一次一步之遥时，他可怜兮兮地哀求道："请你能不能只待在一个地方？"

"我得按规定动作跳。"这句回答，他是已经转到两个人外才听到。

但谁都有时来运转的时候，舞蹈终于开始进入某种固定的模式，按照这种模式，他很有希望能和心爱的姑娘一起。大家站成正方形，把几对舞伴围在中间。他不仅是幸运儿中的一个，还是幸运儿中最幸运的那个：他和她结成舞伴了。是的，他们都要来到对面舞者面前，挎着对方的胳膊转圈，可他只想和苏珊一直这样跳。

短暂的心花怒放，短暂的心满意足，接着……

有人把脚放错了地方。第五只脚，他俩之外的另一只脚（小本森的？他离得也太近了，近得让人怀疑，但普雷斯科特是警探，没人比他更了解当一个警探没有确切证据时有多么无助）。

紧接着"啪"的一声响，他趴在了她的脚前。周围跳舞的人正跟着节奏击掌，这"啪"的一声甚至盖过了众人的掌声。她踉跄了一下，又重新站稳。有人伸手扶了她一把。

没心没肺的欢呼声几乎要把房梁掀起来了，肯定整个村子都听得到。方块舞戛然而止，刚才还载歌载舞的人们都停下来，刚才还井然有序的队形瞬间分崩离析。他们全都聚到普雷斯科特周围，笑得前仰后合，而他就那样结结实实地趴在地上，像尺子一样挺直，像油毡一样平坦。他本来不会介意，他本来什么都不介意，可是……她也和其他人一样哈哈大笑，和其他人一样毫无怜悯之心。接着她开口说话了，只要她发出声音，那声音就像铃铛一样清脆悦耳，像水晶一样晶莹剔透，响彻整个舞场。"呃，傻了吧？"

舞会之夜就这样不光彩地结束后（等安全回到曼哈顿后，他立下誓言再也不参加舞会），他一直在外面游荡，窘迫得不敢再出现在会场里，但又固执地不愿意放弃，不愿意彻底离开那里——至少在确定是否有机会送她回家之前，虽然希望极其渺茫。瓦数很低的电灯在地上投下茶色的光，一扇松松垮垮地挂在门框上的小门摇摇晃晃地开了，治安官本森从舞场里走出来，来到昏暗的灯光下。

"你来晚了，"普雷斯科特闷闷不乐地和他打招呼，"舞会都要结束了。"

"已经结束了。"本森明确地说。

"你什么意思？"

"我儿子在里面吗？我过来找他。"

"哦，他在里面跳得正欢呢。"厌恶女性者恨恨地说。

本森突然转过身说："不管他了，你跟我一起走吧，这样更省时间。我需要帮忙。"

波纹板门来回晃了两次，才吱吱扭扭地关上。治安官的车是岛上三辆车中最古老的那辆，查尔斯顿时期这辆车在大陆的一个汽车修理店里出现过。

他们从舞场来到沙丘地带，沿着边上硬一点的沙滩往前开，车的两个轮子时不时地溅起海水。车前灯照到之前的车辙，普雷斯科特暂时还不能从这车辙判断出车开往哪个方向。

"你今晚在舞场那儿看到凯西·特鲁特和罗伯·斯宾纳了吗？"

"是的，比较早的时候。"

"最后一次什么时候？"

"我没看表，"普雷斯科特很专业地回答，不带任何嘲讽的意味，"跳方块舞的时候她从我身边过了两次。我很确信，因为整个舞场里只有她穿红色长裙。每次经过她,我都会跟自己说,'红裙子又来了'。"

"他呢?"

"更早的时候看到过,方块舞开始之前。我当时正和苏——苏珊·马洛——一起跳舞,擦肩而过时她说'嗨,罗伯!',所以我看了他一眼。"

"那就是一个小时前。"

"大概是。他俩怎么了?他们离开舞会了吗?"

"是的,"本森简短地说,"我需要知道他俩是不是一起离开的。他们一起来到这外面待了一会儿,我只知道这个。现在他俩分开了,都死了,在不同的地点。"

普雷斯科特长长地吸了一口气,既是预料之中,又有些意外:"现在两个一起出现了。"

转过小岛的一个角前,他们都只能看到前面不远的距离,但转过来后,海岸线慢慢地在他们眼前呈现出来。突然间,两只灯笼出现在正前方,挡住去路,两只灯笼虽然不是红色,但依然像是在发出警告:前方施工,此路不通。

治安官把车停下,两人下车,步行走过去,距离还有点远。

地上躺着个东西,一动不动,两头各放一盏灯笼,像临时找来放在死者旁边的长明灯。旁边两个人,也都一动不动,但他们两个是站着的。一个是米尔斯医生,另一个是穿高筒防水靴的陌生人。

"他发现了他们，"本森解释说，"他叫科尔利·布朗。"

"你干什么呢，在这样的地方？"普雷斯科特问他。

"谋生。"科尔利·布朗简短答道。

"他挖蛤蜊。"本森说。

"大晚上？"

"我拿着灯笼呢。"科尔利·布朗耐心地对这个无知的城里人解释，也许除了摆在蓝色餐盘上的半个蛤蜊壳，他很有可能还从没有见过完整的蛤蜊。

普雷斯科特跪下查看。是凯西·特鲁特。

她的头发像枯草一样，沾着泥水，红色长裙已经变成了银白色。这条裙子晚上早些时候还全是整齐的褶皱，紧紧地裹在她身上。她身下的沙都浸着衣服里的水，湿漉漉的，看上去颜色比周围深一些。

"她为什么全身湿透？"普雷斯科特问，"这地方离水线还有点远。"

"我们把她从那边挪过来的。我们发现她时，她卡在车里，已经溺亡。"米尔斯医生指着不远处的汽车说。车半淹没在海水中，车顶和上半部呈长方形露出来，突兀地矗立在拍岸的白浪上方，在星空下闪着光，看上去很奇怪，更像是浮在海浪上的方形盒子。它的确曾浮在海浪上。

"她当时被这东西绑在方向盘上，"米尔斯递给本森一条剪断的女人围巾，本森接过围巾又递给普雷斯科特，让他查看，"科尔利不得不把身子探进去，用刀子把围巾割开。没有别的办法。围巾绑在她脖子上，打着活结，然后紧紧地缠到方向盘轮辐上，紧到她的脸一侧压在方向盘上，就像这样。所以她根本不可能从水里逃脱。"

"她的手呢？"普雷斯科特问，"你看了吗？我指的是在那儿，她去世时的位置。"

"她的双手被压在座椅垫下，一侧一只，平平地伸在垫子下面。"

普雷斯科特弯下腰，查看双手。指甲没有任何破损。舞会前她肯定涂了指甲油，指甲油应该是防水的，完好无损，而且还亮闪闪的。

"她没有用手让自己脱身。几乎可以说，她是坐在自己的手上死去的。"

"那凶手肯定是事先把她打昏过去，"本森补充道，"她被水淹到的时候已经失去知觉了。"

普雷斯科特像理发师一样忙着查看凯西的长发，有好一会儿没说话。他把头发抚顺，放到原来的位置，说："可是如果是被打昏不可能不留下痕迹，比如在头上或脸上，可我没找到任何红肿或淤青。"

"围巾不足以扼死她，"本森有点不情不愿地承认说，"结拉得很紧，但后面还是有空余。"

"把围巾割断前，我能把我的整只手——当然了，是伸开的手——伸到她的喉咙前面来。"科尔利·布朗补充说。

眼下这一会儿，普雷斯科特好像不想——或者说不能——在这个案中案取得任何进展。"去看看他吧。"他突然岔开话题，说完转身走过去。

"那边，沙丘后面，在高地上。我带你过去。"本森说。

本森带他过去，米尔斯医生留在凯西这里。

他们没有多的灯笼放在另一具尸首旁，科尔利把那女孩身边的灯笼拿过来一只。

关于这具尸体没有什么争议。斯宾纳被刀子刺死，刀子还插在伤口里，只有刀柄露在外面，在心脏的正下方。根据刀子和刀柄的倾斜度，可以看出刀子是从下往上刺中受害者。他的双手交叉放在刀柄上，而不是握着刀柄。他的手指扣在一起，有点像玫瑰环上的十朵花瓣，刀柄从这玫瑰环中穿过。他的手指上都是血，沙滩上浸着更多的血，但他现在已经没再流血了。

"这刀是他自己的。"本森说。他挑起来灯笼，握着灯笼底座，就好像他要把灯笼里的染料倾倒到尸体上，将尸体火化。"仔细看这里，这儿有他名字的首字母，'R.S.'。"

普雷斯科特似乎对这个不感兴趣。"布朗，你过去看看米尔斯医生有没有酒精，或者类似的东西，看能不能把这儿的血渍清洗一下，再带一团棉花过来。"

布朗返回时带了一小瓶酒精,普雷斯科特用棉花蘸着酒精,开始一根一根地清洗死者的手指。他的动作很轻,以免引起身姿的任何改变。

"你这样做的目的是什么?"本森不耐烦地问,"你对血渍的来源不满意吗?刀子那样高高地竖起来,还不够明显吗?"

"你居然一眼就看出问题所在,"普雷斯科特小声嘀咕着,声音一听就知道是专注于手中的活而心不在焉,"这就有意思了。的确如此,我不满意的是我们看到的这些血渍全都来自胸口的这个伤口。"

"好吧,我的上帝主耶稣啊!"本森气急败坏地说,"还能从哪里来?血都已经干了,都凝在一起,你怎么能把这些血渍擦下——"

"有的时候你就是话太多了,"普雷斯科特不顾体面,直截了当地对他说,"我不是要把血渍分开,我是要把刀伤和擦伤分开。"

终于,普雷斯科特擦完了死者手上的血渍。"我分开了,"他说,"凑近一点过来,看。看到他手上两个手指之间皮肤上细长的口子了吗?就这两个手指之间的皮肤上?比刮痕还要浅,但因为还有凝固的血渍夹在里面,这些伤口就被显现出来了。"他做着手势,非常确定地说。

但显然,他的手势和确定的语气对于本森来说都不够,因为他的表情还是迷惑不解。

普雷斯科特解释说:"这就说明,刀子不是他自己插进去的。

是别人把刀子插进他身体里的，而他的双手是为了挡住刀子，起到缓冲作用，然后握着刀柄，拔出来。刀刃从他的手指间划过，或割过，就像那样。当刀柄靠得足够近，近到刚好放在手上的位置——手指就在那里，紧靠着心脏上方——看上去就好像是他拿起刀，把它戳进自己的身体里。换句话说，那些细长的口子就是自杀和他杀之间的区别。如果拿起刀把它戳进自己身体里，手指上就不会有那些细长的伤口，没有理由有，因为他的手一直握着刀柄。"

米尔斯医生把手挡在嘴角，好像不想让挖蛤蜊的人听见他说的话："这姑娘有身孕。我等会儿再确认一下，但我想我的判断是准确的。你俩请先不要说出去，因为凯西是这里土生土长的人，她的家人也是，他们还要在这儿继续生活下去。"

"那案子就一目了然了，"本森带着一丝欣喜说，普雷斯科特看上去似乎并没有，"世界上最古老的故事：他知道自己有麻烦了，昏了头，先是把她掐昏迷，再把她绑到方向盘上，把车开进海里，跳下车，也有可能从车门外操控车，再折回来，然后——"

"然后怎样？"普雷斯科特面无表情地鼓励他说下去。

"然后意识到他在自己的罪状上又增加了一项更为严重的罪状，意识到自己没有逃脱的机会，就采取了最便捷迅速的方式做个了断，用自己的刀子要了自己的命。"

"你这是从后往前推，"普雷斯科特说，"你本末倒置了。他才是先死去的那个，而她是在他之后死的。"

本森一听到这话，脸上立马露出欣喜，急不可耐地说："终于被我抓住一次！这是唯一一次你这个纽约客嘴巴张开得太快了。大家都知道，她不会开车，她怎么把车开到那边去呢？把车推过去然后再跳到车上？"

普雷斯科特毫不动摇。"我回答不了这个问题，"他固执地说，"如果她不会开车，那就不会开吧，但你的话正好提醒了我。车就停在那里，我能看出这一点。但我能向你证明，是她回到这里，他的身边，发现他躺在这里，已经死去，而不是他到她那边，你们发现她溺水的地方。想让我证明吗？但我没必要，因为这是警察的事。"

"继续。"本森冷冷地说。

"把灯拿过来，照一下这里，这边，他周围的沙滩上，"话音刚落，灯光闪了一下，"可以了，拿好。就在那儿，看到了吗？那儿还有一个，又有一个。他周围有女人的脚印，看这些高跟鞋留下的脚印，像感叹号下面的那一点。看到那两个细长的印迹了吗？那是她的腿留下的，表明她在他身边跪下来过，说明他已经倒下了，意思他已经死了——或者很快就要死了。第一点，在他快要死去或者已经死亡之后，她在这边，和他在一起；第二点，她死的时候他没有和她在一起，一直都没有——死之前、快要死去以及死后，再把灯举高一点。"

接下来他做了一件奇怪的事。他把手伸向死者的一只脚，伸出小拇指，伸进鞋子和脚面之间狭窄的缝隙里，然后拔出手指，看上去就好像他在用手测试尸体的温度。

"他鞋子里面的袜子都没湿，说明他没去有过海水的地方，更没有去那个已经被水淹了一大半的车那里，或者那边的海水里，再到这边。"

本森对着黑乎乎的天空狠狠地说："我跟你说了她是被绑到方向盘上的！"

"你有你的推理，我也有我的推理。我推理的结果是：他们两个的死都和对方无关，这两个人的死亡是分开的两起案件，完全分开的两起。"

本森不再坚持自己的看法。"你不让他们互相杀害，也不让他们自杀（起码他不是自杀，因为他手指上那些擦伤；而她不可能自杀，因为她不可能自己把车从海滩上开到海水里。）。那你到底要让他们怎样？"

"只剩下一种情况，按你的说法，让他们出现这种情况的是——除他们两个以外，这里还有一个人。你听说过三角恋吧，这是三角死。"

门被推开，凯西立马戒备地转过身，匆匆抓起一件衣服挡在胸前，遮住胸部以上。

她母亲轻声抱怨说:"土地爷啊,别那么浮夸,我以前也见到过年轻女孩穿着内衣的样子,我也和你一样年轻过,还没多少年前呢。"

红色衣服从女孩身上垂下来,刹那间,一条从肩膀到脚踝的长裙穿在她身上。

"你要穿这个,红色的?"她母亲问,"你穿上像食品袋,我从没喜欢过这条裙子。"

"裙子的设计本来就是这样的。它刚被设计出来时叫'新形象',还记得吗?"

"记得,但那有一段时间了,现在已经过时了,算不上'新形象'了吧?"

"在咱们这儿还不算过时。不管怎样,它很舒服,我喜欢。"

她们不再讨论这个话题。

"他不会过来接你一起去,是吧?"她的母亲眯起眼睛问。

"不会,妈妈。"

"你知道你爸爸怎么想的。我也不赞成。"

女孩点点头。

她的母亲还不够满意:"但他会去那儿,是吧?"

"我不知道,妈妈。自从你告诉我,我就没有再见过他,我不知道——一无所知。"她有气无力地答道,听上去像是她在用尽全力挤出抹布中的最后一滴水。

"如果他也去,你不要和他跳舞。不要再食言,不要让任何人再看到你和他在一起。"

"我已经答应你了,妈妈。我对你和爸爸做出的承诺,我都会遵守,"她有些无聊地说,好像对这个话题毫无兴致,"我今晚不会和他跳舞,我不会让任何人看到我和他在一起。"

她母亲轻抚着她的下巴,说:"都是为了你好。一旦你的名声被毁了,就永远被毁了。关于你俩的闲言碎语已经够多了,现在刚要平息下来,我想让你多加小心,不要让大家再说三道四,仅此而已。"

"不会,"女孩语气坚定地说,"不会的。"

"那你和谁一起去?"

"弗兰西和她男朋友过来接我一起过去。"

半个小时后,弗兰西亲密地拉着凯西的手,把头扭回去对她俩的护花使者说:"你走我们后面,我有话要跟凯西说。"她把头靠近凯西,小声说,"他今晚会去那儿,杰克问他了,他说他会去。"

凯西没说话。她轻轻地低下头,显得忧心忡忡。

"如果他邀请你跳舞,你怎么办?"

"拒绝,然后走开,要么在他走到我身边之前就走开,这样他就没有机会邀请我。"

"你为什么要这么乖?他们又不会去那里。"

"如果承诺只有在别人看到时才算数,那承诺还有什么用?"

"你真搞笑！你不想和他在一起吗？"

凯西的声音很轻柔，就好像她说出的每一句话都在折磨着她："白天的每一分钟，夜晚的每一分钟，都想。我太爱他了，我的心一直在痛，每时每刻都在痛。"

"他的车，"他们刚到会场，弗兰西就看到了，兴奋地说，"他肯定已经在里面了。我很好奇，他是不是和别的人一起来的。"

"不会的，"凯西满怀信心地说，"他没有和别的人一起来。"

她踌躇了一下，她的闺密一下子就明白了。"我俩过会儿进去，我们就在你后面。"她对训练有素的护花使者下命令道。

"弗兰西，借给我你的……你的——"凯西临时改变了主意，等护花使者一离开，她就对弗兰西说。

"我的什么？"

"不管什么都可以——任何东西，你肩膀上的纱巾。"

她把纱巾扔进空无一人的车里，纱巾掉到前排座椅上。

"如果你和他一起跳舞——"

"然后呢？"弗兰西急切地问。

"让他出来帮你取纱巾，就说你忘了拿了，告诉他你的纱巾落在他车里了，别让他去喊杰克来拿，让他自己过来拿。"

弗兰西抓住她朋友的手，心领神会地握紧，带着一种女孩子们都喜欢的那种神秘感。

然后她们一起进去跳舞了。

凯西坐在车后排座的角落里，闷闷不乐。她用双手捂在眼睛上，紧紧地盖住双眼，就好像剧烈头痛的人通常会做的那样。

女孩们花花绿绿的长裙有节奏地一个又一个从她身边闪过，走向闪着亮光的舞会入口——汽车的车头朝着相反的方向。绿色、蓝色、黄色、粉色。欢快的笑声一阵阵传来，就像从天空中撒下一只只银铃，让她感到寒冷。接着，一排男人取代了女孩们，笑声从银铃变成了铜铃，就像惊涛骇浪拍打着岩石。接着，又是一群女孩，往相反的方向走去。粉色、黄色、蓝色、绿色。从后视镜里看，她们就像五彩纸屑一样绚丽斑斓。

接着，在她们和她之间的后视镜里出现一张面庞。这张面庞很小，她爱它至深，它温暖着她，让她不再感到孤独。

火柴擦亮，后视镜上闪过一道亮光——从那张面庞那儿闪过来的——就像一颗晦暗的星辰，因为燃烧已久而泛黄。

伴随着踩踏沙砾发出的"嘎吱嘎吱"声，罗伯出现在车后面。

他把胳膊伸进车里，从前排座椅上拿起她的纱巾，这时他转过头，看到另一个女孩，他脸上没有显出任何吃惊。

"我就知道她要干吗，只是我不明白她的围巾怎么会在我的车上。"

"随便开到哪里。"卡西声音很小，但听得出很紧张。

他回头看舞会，确信里面没有人往这边看。接着他上车，关上车门，回头看着她，一脸疑惑。

"随便哪里都可以。"她说。

"去沙滩吧？我们在那儿不会碰到任何人。"

她没有回答。

后视镜里的灯光和五彩纸屑都消失了。

"你不想坐前面来吗？"

"别在这儿，等会儿吧，等开到海滩上。"

他把车一直开到远处，直到身后是美丽如画的村子——村子里点缀着橘黄色的灯光，从墙上窗户和屋顶的天窗照射出来。他把车一直开到寂静无人的地方，孤寂慢慢袭来，把他们包围、吞噬。前面是长长的海岸，在夜空下闪着蓝色的光，他们的右边是黑咖啡一样的大海，海水和海岸交接处有一条由白色泡沫组成的细长带子，就像糖块被放在这里，正慢慢融化。

他踩下刹车，"嘎吱"一声，车在沙滩上停了下来。

"这里怎样？够远吗？"

她没有回答，好像她一点都不关心他们在哪儿，好像她没有时间考虑周围的环境。

灯熄了，周围一片漆黑。

会是他吗

她没有主动起身。他说:"你坐那儿吧,我过去和你坐一起。"

他轻柔地、有点僵硬地把她搂进怀里,和她在一起时他一直这样——就好像手里捧着一样东西,因为担心伤到它而格外小心翼翼一样。

她没有拒绝他的拥抱,但也没有积极回应,一动不动中带着一丝绝望。"罗伯。"她小声叫着他的名字,两眼空洞地望着车窗外。

为了让她说话,他用嘴唇碰触她的脸颊。

"我们还要像这样多久?"她终于开口问。

"是他们要这样,"他痛苦地说,"你的家人不让你见我,我的家人也不让我见你，就因为——那一次。我猜他们都没有年轻过，也没有真正恋爱过。"她能够感觉到他说话时吹进她头发的热气中带着愤怒。

"可你为什么不能把我带走？把我带到你身边。我一直在等着，也一直在期待着你能把我带走。就这一次，我想让你主动来找我，主动要我。但现在我不得不主动找你，因为我需要你，我必须找你。"

她停下来等着。黑夜中，他的脸痛苦得有些扭曲。她看不见，但她知道。

"你没有回答，就像——那一次你也没有回答一样，就像——那次之前的那次一样。我想起来那次了，我当时没有注意到，现在都回想起来了。"

她停下来等着。

"这一次你必须给我一个明确的回答。这一次不仅仅事关幸福，不仅仅事关和你爱的人在一起，这一次谁的父母——或者阻拦我们的任何其他障碍——说了都不算，这一次是我和你一起面对整个村子——面对整个世界——对于他们来说，这一切都将过去，他们终将原谅我们。他们必须这样，不然他们还能怎样？即使他们不同意，我们也要在一起，我们会拥有彼此。"她停下来，摸到他的手，用她的双手握住它们，紧紧地握住，"不能再等了，一周也不能再等了，连——"

原本她的手握着他的手，突然间他的双手握住她的双手，紧紧地握着。

"怎么了？发生了什么？"他带着陡然升起的恐惧问。

"我们要有孩子了。"

"呃，我的上帝啊！"他几乎是无助地抽泣着说。

他们斜靠着对方坐在后排座椅上，像两个失魂落魄的人互相靠在一起，手紧紧地握在一起。

她等待着。过了一会儿，紧张的气氛松弛了一些。"娶我——有那么可怕吗？"她就是想知道答案。

"我一直都想要娶你，这是我唯一想要的，我以前也想，我一直都想。"

她的声音突然变得很凄惨："那为什么？你以前为什么不娶我？为什么我们没有——"

"因为我现在还——不能。根据法律，如果我现在娶你，结果要比不娶你糟糕很多。娶你不仅毫无意义，还会招来惩罚。我不应该告诉你这些——我过去做不到，因为我以前一直想着这件事会结束，不再是我们之间的障碍。但它一直没有结束，直到现在还没有。我在波士顿上学时，娶了——一个女孩。我现在根本不知道她在哪儿，但她肯定就在某个地方，不管她在哪儿，她都是我法律意义上的妻子。"

凯西惊呆了，但她并没有哭喊出来，甚至都没有发出一点声音，更没有说一个字。他看到她的眼神从他脸上移开，眼神里充满绝望。

她的眼睛亮了一下，紧接着闭上，她的双眼一直闭着，闭了很长时间。

沉默中，只有她破碎的心发出悲伤的、深深的无声叹息，只有海浪随着她心中的叹息发出一声声的回响。和这无声的叹息形成对比的，是从陆地方向传来忧郁的口哨声，就像一首挽歌，声音听上去微弱而又尖利，像有人在吹长笛，从远处慢慢地越来越近。

哨声已经传到他们的耳朵里，只是两人正处于紧张的气氛中，根本没有听到。

"事已至此，除了她的名字，再没有其他可隐瞒的了。枯黄的头发，诡异的笑容，这是她而今留给我的全部，这也是当时她给我的全部印象。那时她在咖啡馆工作，而我当时非常孤独。她对着我诡异地笑了一下，后来她经常冲着我那样笑，或者说是我当时经常感觉到孤独。当感到孤独时，女孩们根本不知道她们会变得多么傻乎乎，就像你这样的女孩。那不是爱情，当时根本不是。仅仅因为孤独——我想——再加上我每月从政府领取的津贴。但婚姻只是从形式上把我们两个连在一起。我想我们只在一起生活了十天，或者九天，我记不清了。根本没有什么感情，我们没有任何争吵就分开了，就那样分开了。我后来还碰到她，给她买了一碗杂炒烩菜，说起我们的婚姻，我们还一起开玩笑。

"我曾经试过解除这桩婚姻——因为我回到家乡，遇到了你。但当时我并没有非常努力地去做这件事，因为当时没有特殊原因一定要解除它——当时还没有，所以他们不肯帮我解除，因为这段婚姻才持续了十来天。

"之后第二次——自从我遇到你——我再次回到波士顿，到处找她，想把事情解决了。还记得那个周末我告诉你说我要去波士顿办点事吗？那就是其中一次。"

他愁苦地用手抹了一下眉毛。

"有些事情做起来容易，结束它却很难。我和她谈了一下，但没有任何结果，当她得知我突然间迫切地想要解除婚姻的原因——我有了别的人，有了你——她拒绝了我。她不想要我，我猜她也不想让别人拥有我，她自己不能幸福，也不想让别人幸福。那是我第一次跟她说。第二次我去波士顿，就找不到她了，她已经搬走了，我找不到她。我找了个律师，但他也没有给我多少希望。如果我在她不知情的情况下申请离婚，不给她任何考虑的机会，他也没有把握能否成功。如果她发现我那样做了，她很有可能就置之不理了。那时我们——你和我——的状况会更糟糕。

"她就像路障，"他说，"我没办法通过，也没办法绕开——绕到你等我的地方。"说完他用拳头重重地捶在腿上，捶了好几下。

沙丘后面的口哨声像水银一样，在沙地上一寸又一寸地慢慢前移，慢慢靠近。

他们两个都完全沉浸在自己的焦虑中，根本听不到外面的任何声音。即使这时传来枪响，他们应该也听不到。

"说我爱你还有用吗?"他问。

她悲伤地把头扭到一边。"真搞笑,可是——我的心知道这是真的。从上面往下看,它就像一场游戏,已经上演了几百年的游戏。但从下面——我们的心所在的位置——看,我的心知道你的心属于我,知道这是真的,是诚实的,是纯洁的。"

"我从来没有想过其他的,"他带着祈求的语气说,"我从来没有想过要伤害你,但我怎样做才能更好地爱你——而不是一直这样爱你?我以前并不知道你必须用一把尺子来丈量它,从中画一条线。我想得到你所有的爱,我一直想要的就这么多。"

"我也从来没有想过其他的,我甚至忘记了害怕。如果你因为爱而感到害怕,那爱又有什么意义呢?我以前一直以为他们老了,但并不知道——"

他突然恼火地把头扭到一边,好像越来越响的口哨声让他分了神,但很快他又把头扭过来,完全忘记了确认一下刚才让他分神的是什么。

"那我们现在……"她磕磕巴巴地说。

"我们现在该怎么办?"他急切地说,"我们现在该怎么办?立即!马上!"他一直在问自己,而不是问她。

"你不会离开我,是吗,罗伯?你不会丢下我一个人不管,让我——我一个人告诉他们?"

"永远不会,"他轻声说,但语气非常坚定,"从这一刻开始,如果他们扔石头过来,那他们砸到的是咱们两个。不,我们要先去他们够不到我们的地方。你等着,也许我那时就能找到她,让她给我自由。只要我们结婚了,我们就可以再回来,别人不需要知道具体的日期,那是我们两个的事。"

两人终于再次看到希望,再次活了过来,再次从沮丧中解脱出来。他们都还年轻,韧性原本就属于年轻。

他们紧紧地抱着对方,他的声音因为激动而变得迫切。

"对了,我在家里还有一些钱,不多,有一百五十镑,但足够开始新生活了。我这就回去取了,你今晚就不要回你家了,就跟我一起待在车里,就像现在这样。我们从这里直接开到波士顿,明天早上可以到达。你可以明天从波士顿给家里打电话,或发电报。我们可以——我们可以告诉他们我们已经结婚了,而且我们还可以——我们还可以在那里一直待到我们真的结婚了,待到我们领了结婚证再回来,那时再让他们看咱们的结婚证。"

"罗伯,"她欣喜若狂地说,"哦,罗伯!"

"我一定会找到她!"他发誓说,"我现在有为之战斗的目标了!我们一定能成功!"

口哨声越来越大,越来越清晰,越来越近,几乎就像从他们头顶上方传过来。

突然,口哨声停止了,再没有任何声响。

接着是一阵压抑的沉默,但两人的意识中都回响着口哨声,就好像之前两人没有意识到口哨声时都能听到沉默的声音一样。此刻，他们都听到了某种曾经存在但又突然消失的声音。

"等等，你听到——"

"有人吹口哨。"他一边回想一边说。

"又停了，突然停了，"他又自相矛盾地说，"听到没？它停了。"

压抑的沉默沉重地压在两人的心头，力量越来越大。

她害怕地往他身边挪了挪身子。

"我能感觉到有人在看着——感觉到有眼睛盯着咱们。有人在我们附近，在这儿附近，盯着咱们。"

他想起身下车，但她用双手拉着他，求他不要。

"不要，有可能是——那个。不管它了，不要过去看，不要靠近它。把车调转方向，咱们离开这里。一旦车开了，没人能抓到咱们。"

话音落时，他已经打开车门。

并不是出于勇敢，而是出于约会时被侵扰后难以遏制的雄性本能反应。

"不要！"她求他，"不要出去，不要把我一个人丢在车上！罗伯，听我说，也许只是我们胡思乱想。"

他已经半个身子在车外，半个身子还在车里。他已经被激怒，对她的恳求就像愤怒时对待常识一样置若罔闻。"不是胡思乱想，我确定听到了。"

"如果我们就要去波士顿了，如果我们就要去做我们刚刚说好的——"

她都快要说服他了，因为关于口哨声的记忆已经开始模糊。但就在这时，他低下头，专注地看着眼前的一片漆黑，突然大声说："就在那儿！看到了吗？我刚看到那边有一点沙从上面滑下来，上面有人，在监视我们，我要去看看是谁，"他粗暴而又顽固地说，"我就是要看看到底是谁！"

他现在已经完全到了车外，站在车门旁，目光认真搜寻着前面上方。

"你有可能出事。"

"我有刀子。"

他拿出刀，特意给她看了看。他把刀握在手中。

"罗伯——"这是她最后一次试图说服他。

"嘘！"他让她保持安静，"我就去那边沙丘，马上回来，我不会把你一个人丢在我看不到的地方。"

他轻轻地踩在沙滩上，每次脚落在沙上，都好像发出一声叹息。她的手，不知所措地伸出车门，无力地伸了一会儿，最后无助地收了回去。

他的身影变得越来越模糊，像个模糊的影子慢慢地爬上沙丘的缓坡。身影在她的视线里逐渐升高，又一点点消失，直到最后，一双脚从她靠近车顶往前看的视线中彻底消失。

接下来是沉默，是孤单。

黑夜像一条无声的生命，呈现出夜的各种颜色。黑色（天空、大海），深蓝色（从这个角度看海滩），蓝色（车旁边的沙滩），还有浅灰色（她的双手，紧握着压在嘴唇上）。几颗星星稀疏地挂在天空，好像尘世间的灯，但太稀疏，太遥远，根本看不清。

孤单，漫无边际的孤单。海浪和她都在颤抖，她因为害怕而颤抖，而它因为上帝无尽的恩宠而颤抖。目之所及，一切都在海岸边颤抖。叹息，无尽的叹息，伴随着安魂曲，为那些已经死去，和即将死去的人而吹奏的安魂曲。

她突然低下头，用自己小小的拳头紧紧地抵在额头中央，就这样保持了很久。终于，她又换了个姿势。只有死了才会永远保持一个姿势。

他已经去了好久了，久到足够他过去查看再拐回到她身边。

她把身子往一边倾，低头伸出车外。沙丘的轮廓突然出现在眼前。空无一人，空空如也。沙地和天空之间有一道垂直的长线。

"罗伯！"她小声喊道。

她手抓着门把手，门把手发出咯咯的声音，像受惊了的母鸡呆呆地站在寂静无声、空荡荡的谷场里。

突然传来一声巨响，把她吓坏了。但不管怎样，这声响结束了，接下来又是寂静无声。她带着惊恐，屏住呼吸，一点一点地把门推开，然后侧着身子绕开门下来，好像身子碰到车门就意味着危险。

脚下的沙出乎意料的柔软（就连柔软的沙在脚下滑动都让人感到恐惧），她刚走出几步就感到非常害怕，但她知道她还要走很远。

她踩着高跟鞋，在沙滩上艰难地往前走。就像在鸡蛋上，在薄冰上走路一样。让她走得如此艰难的不是脚下的沙，而是她禁不住的颤抖。

"他就在我前面的那边，就在沙丘另一侧的缓坡上，至少现在谁都不可能从我的前面攻击我了。"她战战兢兢地自我安慰。恐惧感依然紧紧地攥着她，但她能自我安慰的也只有这个了。

往沙丘上面走举步维艰，才跨出第二步，她就不得不手脚并用地往上攀爬。

沙丘顶一下子出现在眼前。海风吹起她的红色长裙，飞舞了一下，又落下，好像对这个孤苦伶仃的女人并不感兴趣。她站在沙丘顶上，看上去那么突兀，那么孤独。

沙丘顶宽阔而平坦，完全不像从车里看上去那样狭长而尖削，她甚至需要往前再走一段路才开始下坡。

接着，她停下来，接着，她看到了，接着，她在风中大声喊叫，然后不再喊叫，开始往前跑。她跑得依然很吃力，但因为跑得太急而没有显得那么艰难。不是往回，而是往前跑，顺着沙丘缓坡往下跑，往被黑暗占据和吞噬的地方跑。

她跑着跑着突然停下来，前面模糊的黑团分成两个，就像黑色的分子在高倍散光放大镜下分成两个一样。躺着的那个黑团依然躺着，站着的那个黑团突然出现在对面沙丘坡上，停下来，两个黑团之间是空旷的沙地。站着的黑团变得更高，现在和另一个黑团之间的距离扩大了一倍，之后又停下来，两个黑团之间的距离变得更大。

她在第一个黑色影子那儿跪下，原来它是罗伯——刚才还生龙活虎的罗伯。他脸朝下，沙盖住了半边脸，像敷了面膜。他的脸还是温的，比盖着他另一边脸的沙要温热。他的双手握着，放在胸前，好像胸部疼痛一样。胸部有一把刀柄，显示刀刃所在位置。血还在往外流。他已经死了，他的血好像还活着，慢慢地流向死亡。

死了。她用裙角把他脸上的沙擦掉，就像女人小心翼翼地对待自己的心爱之物或心爱之人那样，不管对方是一个遗落的玩偶还是死去的爱人。

她再也不能让他睁开双眼看她，即使她能让它们睁开，但他再也无法死而复生。

他——另一个黑团——依然矗立在高高的沙丘上，比她还高，虽然一动不动，但好像着迷一样地流连忘返。

她抬起头，双手放开罗伯，她想和他融为一体，用她知道的唯一的方式。她不再感到恐惧，因为她把所有的恐惧都留给了生，而她生的意愿已经离她而去。她现在唯一的念头就是死。

她把裙子从肩膀上扯了一下，伸开双臂，放在身体两侧，对着那个高高伫立的黑团，用手势说：该我了，让我和他一起走。

笑声从上面传来,刺耳的、不屑的笑声拒绝了她的请求。看上去诡异骇人,她悄无声息的手势,和他怪异的拒绝方式,让这一切如此骇人。她踉跄着站起来,哀怨地举起双臂。接着她把手放在嘴巴周围,确保声音不被风完全带走。"我知道你是谁!"她大声喊道,"我看到你的脸了!我知道你是谁!"

她看到他的胳膊动了动,举起来,反应迟钝地用手遮住脸的下半部。但他摇了摇头,再次拒绝了她的请求,低沉的笑声从他手下传来。

她开始往前走,朝他走过去,把自己送到他面前。但看到她往前走,他就开始往后退,两人之间的距离始终保持不变。

两人就像在做游戏,恐怖的追拍游戏。

她现在已经走到沙丘的一侧,而他走到了同一座沙丘的另一侧;当她走到沙丘另一侧时,他又走回到这一侧。他转过身去,走得离她越来越远,边走还边回头快速地看一眼,又把头扭回去,看上去很像是害羞似的。

他蹦蹦跳跳地往下一个沙丘坡上走去时,沙在他的脚下像水一样晕开,从他脚两侧分开,形成一个长而尖的V字。接着他越过沙丘顶,消失在沙丘后面。

等她快要追上他的时候,他就不再和她做游戏,而是几乎无声地迅速往前跑,像低矮的云在月光下飘移留下的影子从苍白的沙丘上滑过一样。

她一直跑啊跑。她思绪混乱,垂头丧气,一只胳膊在空中高高举起,示意他停下来,然而他根本没有看到,因为他根本没有回头。她跑一会儿就停下来,悲声大哭;再跑一会儿,再哭,声音一次比一次虚弱。她大声呼喊:"我知道你……我知道你是谁。"对于这个诱饵,对方不屑一顾。

接着,他又消失了,连模糊的影子都看不到了。终于,她倒下去,筋疲力尽地躺在沙地上。

虽然筋疲力尽地平躺在沙地上,但依然活着。别人都想尽办法远离死亡,他强迫他们接受他馈赠的这份礼物,唯独她渴望得到这份礼物,他却拒绝了她。

过了很久,她又重新回到罗伯身边。她跪在那里,把罗伯的头捧在自己怀里,麻木地用手梳理着他的头发,时不时地还低下头亲吻他那已经冰冷的嘴唇。他的嘴唇和沙滩一样冰冷,和海水一样冰冷。玩偶对于这个年龄的女孩来说已经不大适合,而她此刻的动作就像抱着一个和真人一样大小的玩偶。

"我现在孤身一人了,"她对他说,"石头开始砸过来的时候,你说你不会离开我,可你却离开了。"

过了一会儿,她又回到车里,她根本不记得是怎样回到这里的。她坐进车里的驾驶室,她从来没有操作过,也从来没有学过如何操作方向盘。

她通过挡风玻璃一直望着大海。冰冷、漆黑、安全,那里没有丢人现眼，那里没有任何人朝你扔石头，你可以藏身此地，它能把你掩护起来。

突然间，她开始胡乱地操作眼前的各种机械装置，就好像有一千只手同时在忙。推、捆、锤、戳。所有她能碰到的装置，她都碰了。这些装置中有一个是对的，肯定有一个……的确有一个。发动机开始吼叫，声音变小，接着又开始吼叫。

他以前发动后接下来做什么？好像是下面的什么装置。她把脚往下踩，车身抖了一下，接着开始往前蹿，同时疯狂地左摇右摆。她把双手放在方向盘边缘上，稳住不动，车也随之停止摇摆。

她一直看着大海，接着闭上双眼，恐惧再次袭来。她害怕自己的恐惧，担心恐惧背叛了她。

她把手伸到一边，碰到一直放在副驾驶座上的弗兰西的围巾。

她把围巾围在脖子上，在前面打了个活结，把围巾的两头绑到方向盘轮辐上，再从方向盘下面把两头紧紧地绑到一起。

不知不觉中脚已松开，车停了下来。

她的头被围巾拉得垂下去，她已经不能坐直身子，但她的眼睛往上看，依然能看到黑色的海岸线水平地横在挡风玻璃中间。

她把脚再次往下踩，车往前跳了跳，车轮下喷射出四股泥沙，车头灯斜射向空中。她让车聚集动力，让车储蓄力量。

突然间，她开始扭动方向盘，方向盘几乎不动，她不得不用尽全身力气扭动它。方向盘每动一点，都会把围巾拉得更紧，直到把原本松松垮垮的部分拉得紧绷，拉得她的脸死死地顶在方向盘上。她转了转头，让一侧脸靠在方向盘上。

车突然猛地往一边转，车尾打滑，接着车又稳住，继续往前开——沿着一条新的道路往前开。

她能感觉到车子在往前下方沉，就好像海滩上有意想不到的深坑一样。

一排水帘腾空而起，把车围在白色的泡沫后面。她没有看到，因为她紧闭着双眼。她听到海水一阵阵往上冲，再也没有落下。

"罗伯，"她在心里对他说，"我们现在终于可以结婚了。"

接下来，她再也没有任何其他想法了。

天亮时，消息已经传遍了全岛，没什么可吃惊的。原本对这样的事情不感到吃惊并不容易，据保守估计，岛上三分之二的人都去参加舞会了。消息像野火一样，首先传到舞会，接着又像野火的火星一样，在风中四处飞溅，迅速传到岛上的每一个家庭。

人们还在睡梦中就被惊醒。今天，人们都不希望按照原来的方式吃早餐，之前，早餐通常都是送到吃早餐的人的面前，而不是直接放到餐桌上。

整个岛上的气氛非常紧张，非常不自然。当太阳照到岛上最后一个屋顶时，穿着荷叶边长裙的年轻女孩们在晨曦中从舞会赶到谋杀发生的沙滩，之后又挽着情郎的胳膊，穿街过巷，急匆匆地往自己家里赶。她们边走边发出尖叫,好让情郎把她们紧紧拥抱。今天早上就像大城市里经过了疯狂的新年前夜迎来的第一个早上,迷糊得只有装饰条幅和锡角让人感觉到真实。

当年轻的情侣们终于消失在一栋栋房子的门后,一簇簇的人群又开始聚集起来,分布在整个村里。几乎每家大门前,每一个路口,都有人在小声地、带着恐惧地议论着。人群中有人离开,加入另一群人,但原先那群人很快又有人加入进来,因此没有一个人群解散,只有人群的成员发生改变。每一句话,每有一丁点新的消息,都迅速传遍全村。当然了,消息在传播的过程中不断地被添油加醋。

信心再次消失,恐惧又一次袭来。太阳又一次不再照耀。事实上,太阳还照样悬在空中,但阳光变得晦暗,灰灰的,而不再像之前那样闪着金色的光,明媚温暖。

然而,这一次还是有些不同。恐惧再一次袭来,但这一次不单单是恐惧,还伴随着其他东西,伴随着上一次恐惧袭来时没有出现的东西,那就是愤怒。恐惧加上愤怒,就变成了仇视。愤怒点燃了每一段对话,说出的话就像燧石敲击着燧石,溅出火花,四射开来。

女人说:"我真想亲手——"

男人的手则慢慢握成拳头,藏在身体两侧。他们交换着心领神会的眼神时,他们的脸都紧绷着,绷得发白。

当一个人愤怒时,愤怒不难控制。

当众人都愤怒时，愤怒就成为一种难以遏制的力量，这种力量消散前一定会爆发。除此以外，没有任何其他安全的方式让这种力量消弭。

普雷斯科特一整晚都没有睡。一杯咖啡被急匆匆地送到霍普金斯小姐家的前门外——他在门外，雅典娜在门内——这就是他的早餐。喝完后再次回到本森的办公室，以——什么身份呢？以非官方的观察员身份，这可能是最贴切的称呼。他一直都在，但他并没有开口说话，没有参与其中。

有人被喊进来，简短地汇报几句，又急匆匆地出去。他看着他们走来走去——本森，他儿子，还有另一个警员——看他们为这个案子忙前忙后，听他们说话，但并没有积极参与。

一个他不喜欢的案子。一个发展趋势和方向都让他喜欢不起来的案子。（也许正因为如此，他才被动地坐着。）

没有目击证人。和之前的案件一样，没有一个目击证人。绝顶聪明？还是纯属幸运？然而，还是有一个证人，之前的案件也都有同一个证人。这就是他们所知道的一切，这就是他们的案子。

"下一个……他什么时候准备去舞会的？他当时表现如何？你看到他了吗？"

"是的，我冷不防地看到他。我把一件干净的衬衣拿进他房间，看到他正在亲吻——"

"你看到他在亲吻什么？"

"她的一张小照片,是她送给他的。他把照片从墙上取下来,捧在手里。一看到我,他立马跳起来,把照片放下,就像个小孩子,"接着一阵啜泣声,"他就是那样,像个孩子。他是我的孩子,本森先生。不能让他们这样杀了我的孩子后逍遥法外——"接着又一阵啜泣声,一个女人过来安慰,啜泣声才停下来。

接下来是耳闻证人。科尔利·布朗,那个挖蛤蜊的人。

"再复述一遍你昨天晚上跟我们说的话。再说一遍——今天早上——没多久前说过的那些话。"

科尔利一下子成了岛上的名人,显然他很享受。此时此刻,他有点不够配合:"到底什么意思啊你们!我昨天晚上跟你们说了,今天早上七点又说了一遍,一个小时前又说了一遍。要说多少遍你们才肯相信我?"

"这一次要做笔录。"

"我下水的时候,听到沙滩上有人吹口哨。"

"你看清是谁了吗?"

"他在沙丘另一侧移动,沙丘挡住了,我看不见。"

"口哨声往哪个方向移动?你能告诉我们这个吗?"

"这个很容易。口哨声突然从隆·巴尔德斯利那个小屋开始,然后往外移,"——他挥了一下胳膊——"往相反的反向,往村外去了。"

"你看到什么了吗?"

"我看到一辆车开过去,沿着海水和海岸交接的地方。"

"那辆车往哪个方向开?"

"和口哨声移动的方向一样,从村里往外。"

"多久以前?"

"口哨声以前吧?不超过十五分钟。"

"多久之后你发现车停下来,然后走过去,往车里看?"

"我有点糊涂了。什么多久以后?是听到那家伙吹口哨以后,还是看到汽车开过去以后?"

"你听到口哨声之后多久?"

"一个小时内。"

"最后一个问题,你能听出来他吹的是什么吗?叫什么?"

"这很容易,《扬基·杜德尔》。"

"在这签名。"

"哪里?"

"这里。"

有人示意他出去。

本森直直地盯着他儿子和另一个警员:"去把他带过来。"他对两人下命令,但没有说是谁,好像不需要说出他的名字。

普雷斯科特突然开口。他把一直垂在桌子边的两脚放到地板上,眨眼间,他就开始积极地参与到案子中来。"这就开始逮捕了?"

"开始逮捕。"

"如果我去把他带过来，没有任何人反对吧？"

三人都吃惊地看着他。"你为什么要这样？"

"如果你们不想让我去，就直截了当地说出来。以前在城里时，我不止一次把嫌疑人从熙熙攘攘的大街上安全地带回警局，为什么在这儿，在这样笔直的乡间小路上，我就对付不了一个人？"

"我们并不怀疑你的能力。如果你有理由要亲自出马，那就去吧，只要能把他带过来就行。"

"半个小时后我把他带到这里。"普雷斯科特保证道，然后转身离去了。

棚屋终于出现在眼前。普雷斯科特踩着脚踝深的沙大踏步走过去。他撩开门上的防水油布，站在那儿往里看。屋里的人像个腹中的胎儿一样，蜷缩在一堆破布烂衫里，膝盖贴着脸，胳膊搂着脚踝，粗重而有节奏的呼吸声中，偶尔夹杂着咳嗽声，从破布烂衫下传来。他一直在不停地动来动去，但背后的防水油布发出的声响让巴尔德斯利瞬间一动不动。

普雷斯科特把防水油布放到原来的位置，弯下身子，走过去。他把手放在隆身上，让他不要再假装。"嗨，"他简短地轻声说，"你，醒醒。好了，好了，你可骗不了我，别浪费时间了，你听我说。"

巴尔德斯利睁开双眼，眼神里掺杂无辜和愧疚，还有恐惧，这在他眼睛睁开前都能看到。为了不让普雷斯科特碰到自己，他像螃蟹一样往一边挪，一直挪到棚屋的墙边才停下来。移动的整个过程中，他一直保持着这种痛苦的鲲鱼姿势。

"停下！"普雷斯科特严厉地说，"你认识我，别那样装了。"

"什么事？"巴尔德斯利警惕地问，并用一只胳膊挡住脸，好像挡住即将发生的攻击。

"你刚才装得很好！"普雷斯科特对他说，"就是你呼吸很重的那一套，足够蒙骗行家里手。我很想知道，所有这一切是不是都是装的？"他眯起眼，若有所思地盯着他。

"我一直都呼吸，"巴尔德斯利哀号着说，"我得呼吸啊。"

普雷斯科特认真听了一会儿。弱智的呼吸声依然很沉重，胸腔跟着起伏，看上去呼吸非常困难。突然间，他明白了，看清了到底是什么蒙骗了他：不是弱智在用呼吸假装睡觉，而是恐惧让他这样呼吸。

"好了，"他改用柔和的声调对他说，"我需要你跟我走一趟。"

巴尔德斯利用袖子擦了一下颤抖的嘴唇，呜咽着问普雷斯科特："去哪儿？"

"就是去见个人，有人想见你，"普雷斯科特低头看着地上说，"没人会伤害你，隆。"说完又带着愧疚对自己说，"不会伤害太大。"

"这一次他们不会再像以前那样赶我走？不会再像以前那样朝我扔东西吗？"

"这一次，"普雷斯科特悲伤地说，"他们不会赶你走。这一次不一样。"他站起身自言自语道,"我到这儿来干吗的?"接着他不耐烦地强迫自己,"大哭一场吗?如果我用自己的智力,我是能保护他的。"

"首先呢,"普雷斯科特说,与此同时,巴尔德斯利开始把盖在身上的破布烂衫往旁边扔,接着从里面起身,就像从破旧的蚕茧中起来一样,"我们得先上一课,就在这儿,在我们出发之前。"

巴尔德斯利已经完全忘记了对面前这个人的恐惧。"上什么课?"他急切地问。

"音乐课,"普雷斯科特解释说,"我不会教你学任何音乐,但我要看看你已经学会了什么音乐。"

到达本森的办公室门前,普雷斯科特不得不先用手掌一个又一个地拨开好几个男人的胸膛,让他们让开。过去后,他直接把门摔在他们脸上,因为他们你推我搡地往前挤,紧跟在他和巴尔德斯利身后。他们使劲往前挤,挤到门前,门关上后,门的上半部的玻璃紧紧地压在他们的鼻子和下巴上,鼻尖和下巴尖都被压平了。

到现在为止,人群还没有采取明确有敌意的行动,但他们的恐惧中凝聚着强烈的愤怒,对于普雷斯科特带回来的这个拘押对象不可能友好(他没办法称被自己带回来的这个拘押对象为完整意义上的人),在他看来,"拘押对象"这个称呼似乎更适合隆。

他把门内侧的帘子放下，遮住门玻璃和玻璃外那些像水下生物一样的脸。他们就像脸顶着门玻璃的鱼，悄无声息，但个个都张着嘴，瞪着眼。普雷斯科特拉下门帘的举动有可能激怒他们，这样做有可能惹得他们铤而走险，用石头砸门玻璃。

"我不喜欢他们这样，"普雷斯科特不耐烦地对本森说，"你能处理一下吗？"

"呃，没人规定他们不能站在外面的街上。再说了，他们什么出格的事都没做。"

"该把他们解散了，"普雷斯科特很有先见之明地说，"免得他们聚众闹事。"整件事情让他感到有点紧张。本森走出去，把身后的门带上。"我们正在盘问他，"他用闲聊时的放松口吻对他们说，"孩子们，往后挪一点，别挡在门口。"

"为什么？我们让你们感到紧张了？"只听到人群中有人问。

"不是我，"本森说，"城里来的那家伙喜欢空间宽松一点。"

"谁是这儿的头儿，他，还是你？"接着又有人问。

"别过分啊！"本森对提问的人平静而严厉地说，"现在，动起来，照我刚才说的做。"

他在门外等了一会儿，然后开门进来。人群和门之间显然有了空间，他们已经退出一段距离，还在挤挤攮攮地往后退。

"现在，"本森挖苦说，"普难惹先生，如果你觉得可以，我们可以开始了吧？"

本森伸出手，巴尔德斯利吓得往后退缩。

普雷斯科特站到两人中间，说话的速度比平时明显快了。"嘿，正式审问之前，先给我一分钟时间，可以吗？先别急着下结论。"他顺手拿起一张纸和一支铅笔，急匆匆地写着，停下来，想了想，接着又写，再停下来，再想，来来回回五六次。

"你干吗呢？"本森终于忍不住问。

"我想申请特权，希望我能讯问这些人。他们的名字我都写下来了，每人问一个问题，当着你们的面。你能否批准我这样做？"

本森看了一眼纸上的名单，然后递给他儿子和其他人，最后又要回来。"这样做和眼下这个案子有关吗？"

"关系非常大，而且不仅和昨晚发生的案子有关，还和之前的案子有关。因为之前那些谋杀案，他们作为证人也都被讯问过——不幸的是，不是目击证人，因为我们根本没有目击证人——可我们能找到的就这些，但他们之前都没有被问到这一个问题，所以我想现在问他们。你觉得怎样？"

他们几个互相点了点头，也许并不是因为他们对正义的高度忠诚，而是因为普罗大众都有的好奇心，但至少普雷斯科特赢得了他们的赞同。"问吧，"本森同意了，"让我们看看你脑子里到底在想什么。"

"首先，其他人在这儿被问讯的时候，我想让隆离开一会儿。这个门后的房间是做什么用的？"

"储藏室。"

"那行。几分钟就好了。"

"和他一起进去,戴夫,我叫你了再出来。"本森对一个警员说。巴尔德斯利和警员拿着两把椅子出去了,门关上。

"现在,"普雷斯科特看着那张写着名单的纸说,"每次进来一个,顺序不重要,但我不想让他们听到任何其他人是怎么回答这个问题的。"

第一个,也是最急于被传唤的人,就是昨天晚上挖蛤蜊的那个科尔利·布朗,二十二岁。他还穿着防水长靴,带着捕蛤蜊的全套装备——手里拿着蛤蜊钳,腰上挂着粗呢袋子——这些装备没有再用来捕蛤蜊,只是用以表明他的身份,也可能是他根本不知道自己因为法学问题而被留在警局时该把这些装备放哪里。他闻起来还是有一股浓烈的鱼腥味和海水味。

"请认真回答下面这个问题。你是否认真回答问题,事关他人的人身自由,甚至性命。昨天晚上从沙丘后面传来口哨声,吹的《扬基·杜德尔》,你听见多少?"

"很多。一遍一遍又一遍,直到最后消失在远处。"

普雷斯科特不耐烦地摇了摇头,说:"这个问题不算,是我问得不对,我可不是律师。"他又重新开始问讯,"口哨吹到那首歌的哪一部分?"

科尔利·布朗盯着地板上两条木板之间的缝隙,认真回想昨晚的情景。"从头到尾。他吹的时候，我还跟着唱了那首歌，我还记得我俩同时结束。而且不止一次，有二三次，每次都是我把整首歌唱完，口哨声又回到开头，从那里再重来一遍。"

"完了。下一个。"

艾达·哈克尼斯，酒鬼的遗孀。

"周日上午你把你丈夫一个人留在家里去教堂——就是他死去的那个周日上午——你关门时听到远处有人吹口哨。你已经跟我们说了你听得出吹的是什么歌。"

"《扬基·杜德尔》。"

"请回答这个问题。给她拿一把椅子过来，本森，我想让她慢慢想。即使你需要在我们面前坐一个小时去想，也没关系，哈克尼斯太太。在你确定想出准确答案之前，不要回答。你听到口哨吹了这首歌的多少？是从头到尾整首歌，还是只有开头的第一段？"

她没有用一个小时，甚至连一分钟都不到。"我不确定整首歌是怎么唱的，所以我也不知道口哨吹到哪一部分。"

"那我接下来给你吹一遍，当你听到那天的口哨声停止的地方，你就示意我停下来。"

她闭上眼睛，认真地听，不是听他吹口哨，而是听另一个口哨声，那天上午她听到的口哨声。

他一直吹到结尾，她始终没有示意他停下来。

"这就是你的答案？"

她摇了摇头,似乎没办法给他一个答案。

"这首歌有一个地方变调了,"他说,"我不是音乐家,不知道该怎么称呼它。在现代歌谣里,我听说这被叫做'桥段',但这是一首老歌,所以我不知道那叫什么。这一次,我就吹到变调的那个地方。"他吹到节奏加快的地方。这一次,她还是没有让他停下来。

"除了开头的四句歌词,你还听到这一部分了?"

"是的!"她睁开眼,突然说,说话的语气非常确定而清晰。为了强调,又说了两次,"是的!是的!到你刚吹的那里就加快了,加快的部分听上去好像声音变大了,尽管事实上并没有。应该是耳朵的问题,我想。但我想起来了,那天它在某个地方好像突然音调提高了。你现在又吹了一遍,我知道原因了:因为它到了节奏加快的那个地方。是的,我听到了整首歌,因为那个周日上午四周非常安静,从家里走到教堂还挺远。"

"回答得很好,"普雷斯科特夸赞她说,"完了。下一个。"

阿比盖尔·怀特,最近逝世的"村里最富有的女人"玛莎·科尔比活着时的女伴。

"你曾经对我们说,在发现科尔比太太死去之前,你从睡梦中醒来时,听到了越来越远的口哨声从屋外传来。"

"是的,我听到了。"她强调说。

"你还说吹的调子叫《扬基·杜德尔》。"

"是的。"

"你对音乐熟悉吗,怀特小姐?"

"好像很熟悉",她这样说时看上去很痛苦,就好像在音乐方面的成就是误入歧途。"我年轻的时候学过唱歌和弹钢琴,我甚至还上了波士顿音乐学院。我本来前程似锦,前程似锦啊!看看现在的我——作为被羁押人员,坐在无聊的一个小乡村的破旧小屋里,被几个乡巴佬警察盘问。"

这样说肯定是为了显得文绉绉的,因为房间里根本没有任何人属于被羁押人员。

普雷斯科特巧妙地跳过她使用的修辞手法,直截了当地问她已经问了两次的问题:"多少……"这个问题。

"整首歌,在我看来就是,多米来多,而且吹得非常优美。"

"什么歌词?"本森怒气冲冲地问。

"声调越来越小,离得越来越远。"

"是整首歌?"普雷斯科特急切地问,"而不是整首歌的一部分?"

"我学音乐的时候从来没有花时间学过民歌,但是——"

普雷斯科特不喜欢这个答案,从他的脸上就能看出来。"换句话说,你并不知道多少是整首歌,多少是一部分。"他的眼角上扬,眼神中充满焦虑。

"如果这里有钢琴的话,我可以弹给你听——用音乐——告诉你口哨声在哪里停止,然后再从头开始。如果只是清唱,我不知道该怎么做。"

"你家里有一架钢琴。"卢瑟·本森提议说,这是他对整个问询过程做出的第一个贡献。

普雷斯科特想到了一条便捷的方法,以避免问询中途停止,因为中途停止会打断他问话的持续性,有可能会对他的旁听者心理上造成负面影响,那样就大大削弱了他问询的效果。"你能试着自己用口哨吹一下吗?你觉得怎样?"

"我不会吹口哨,"她说,"从来不会。"

"你吹给她听,卢瑟,"本森说,"你会吹。"

她突然说:"如果你们不笑话我,"她显得非常急切,但又极力掩饰,看上去有点可怜兮兮,但刚说一半就失去了勇气,停顿了一下又鼓起勇气说,"我可以唱给你们听,我不知道歌词是什么,但的确记得曲调。"

"我们在这儿的工作不是为了笑话人。"普雷斯科特轻声说,"你会在口哨停止的地方停下来吧?我们想要知道的只有这个。"

"我会在口哨停止的确切地方停下来,"她说,"我的耳朵在这方面非常灵敏。"她整理了一下衣服,就好像准备参加试唱一样。"我要站起来,"她说,"唱歌的时候必须这样。"

他们都等待着。她的喉部动了一下,却没有开始。"不要看着我,"她说,"你们可不可以——看着地板。"

他们都低下头,好像在向她未竟的事业默哀。

她开始唱了，声音有些颤抖，也不够流畅；她调整一下，又重新开始。起初她只是轻轻地哼着，接着音调慢慢提上来，接着是像水晶一般清脆悦耳的歌声。她完全沉迷其中，达到忘我的状态。普雷斯科特偷偷地抬起眼往上瞟了一眼，看到面前站着一个灵魂，灵魂的脸上挂着笑容，宁静的笑容。这张脸那么年轻，那么神采奕奕，那么幸福。从她的歌声中几乎能听到一阵阵的马蹄声，看到高高耸起的发型，和伍德罗·威尔逊[1]时代的紧身长裙。她的两眼闪着熠熠的光，头上仿佛有一种很久以前被祥云笼罩、现在又失而复得的光芒。

她从头唱到尾，歌声让这间破旧的小屋蓬荜生辉。她呜咽着唱完最后一个音符，突然跪倒在本森坐的桌子前，把脸埋进自己的臂弯里，美妙的歌声瞬间变成断断续续的啜泣声，破碎的心随着啜泣声一片一片地掉在地上。

"你们是听我演唱的第一批听众，"她呜咽着说，"我等了那么久——等待我的第一批听众——"她开始用拳头无力地捶打着木桌子的桌面，"把这些年还给我！时间都去哪儿了？把我的一生还给我！我这一生都去哪儿了？"她变得歇斯底里，"你是警察，你是治安官，你们的工作就是找到失去的东西，把它们物归原主。

---

[1] 伍德罗·威尔逊（Woodrow Wilson, 1856—1924），1912 至 1920 年任美国总统。

帮我找到偷走我的青春、偷走我的希望的小偷，让他把这些属于我的都还给我！"

在普雷斯科特悄无声息的示意下，他们把她搀扶起来，扶她出去，把她交给门外的两个女人。

"三个证人，"普雷斯科特总结说，"都听到口哨从头吹到尾。现在请把他带过来。"

他们把隆·巴尔德斯利带进来。

"坐在这个桌子旁，隆。我们要给你一个礼物，"——隆的眼睛立马睁大了，像孩子一样迫不及待——"如果你按我们说的做。"接着他对旁边的几个人说，"大家每个人都往这桌子上放一件东西，大家一起凑一些东西……不，先把你的手放下，隆。你得一样一样地赢得，否则不能给你。"

本森的英格索尔腕表，卢瑟的亮晶晶的廉价打火机，另一个警员的螺旋开瓶起子，普雷斯科特金光闪闪（但不是金的）的领带夹。

普雷斯科特把隆的身子往后扳，只有这样他才能直起来。"现在，这几样东西你最想要哪一个？"

拯救·谋杀

"天,我不知道。"面对这么多宝贝,巴尔德斯利不知道该选哪个。

"好吧,那这个房间里你最想要什么?"

"天,我不知道。"

"这样没用。"本森半信半疑地说。普雷斯科特抬起手,示意他别说话。

"好吧,这个世界上你最想要的是什么?"

巴尔德斯利慢慢地伸出一只手,一点一点地往前伸,停一下再往前,最后放在英格索尔腕表上。他把手表拿起来,放在耳朵上,听手表发出的"嘀嗒"声。

已经失去耐心的本森习惯性地举起手,用握起来的手指背做了擦拭的动作。

手表立马被丢到一边。"我想要那个。"隆指着治安官上衣兜里露出来的亮闪闪的警徽说。

大家脸上都露出笑容,只有本森没有笑。本森看上去非常恼火,像一个正在沐浴的美女突然被人看到一样,他立马自我保护似的用手拉了拉胸前的衣服,接下来手一直搁在那里。

"足够安全了,"普雷斯科特语气中带着厌恶地安慰他说,是那种当一个成年人拒绝以孩子的童真加入孩子的游戏时遭到的厌恶,"把它给我,我正在想尽办法完成工作。你还没他表现好。"

连卢瑟都忘了对父亲的忠孝之心,忍不住笑出声。

警徽被放到桌子中央,其他东西都物归原主。

"现在,你可以拿走它了,隆,"普雷斯科特一手扶着他坐正,另一只胳膊抬起来挡着他下巴,对他保证说,"你只需要从头到尾用口哨吹一遍《扬基·杜德尔》。"

"哦,这个我能!我熟悉得很,我只会吹这一个。"

"那就来吧,吹口哨。"

像个被老师叫到办公室背诵课文的小学生一样,这个三十岁的小学生噘起嘴,抬头看着天花板,开始认认真真地吹起来,吹得磕磕巴巴,声音尖利刺耳:

"他帽子上插着翎毛,

被人叫纨绔子弟。"

他停下来,嘴巴还嘬着,眼睛依然向上翻着。

"继续。"普雷斯科特催他说。

隆又从头吹起。

"不对,我说了继续,从你刚才停下来的地方继续往后吹。"

"我只会这么多,除了这些,我不记得其他的部分。"

"快看这里,警徽在等着你呢,隆。难道你不想要了吗?你为什么不继续吹?"

"我做不到!我做不到!我只学会这么多,谋(没)人跟我说过除了这些还有别的。"

普雷斯科特站起身,拉着急得发毛的隆说:"起来,站起来!你跟我们捉迷藏呢!"

"也许他隔着门听到了。"本森提醒说。

"隔着门什么都听不到,"一直和隆在一起的人说,"我刚才一直和他在里面,只能听到那个女人唱歌的声音,问的问题一个也听不到。"

普雷斯科特假装生气地说:"吹不了整首歌,别想拿到警徽!"

"我怎么才能吹完我根本不知道怎么吹完的歌?"隆哀嚎着说,说的话不无道理。

普雷斯科特再次尝试,以确保这次问讯的结果确凿无疑。"好吧，我从头到尾吹给你听——我先吹一遍，让你听听怎么吹到最后，然后你再吹一遍，如何？"

"我试试。"隆战战兢兢地答应了。

普雷斯科特从头到尾吹了一遍。显然，他并没有很认真地吹，而是巧妙地吹了一遍。无论从哪个意义上，都很巧妙。

"现在，"他说，"该你了。"

隆张开嘴，睁开双眼，没有发出任何声音。"我不会，"他抽搭着说，"太多了，记不住。"

普雷斯科特拿起闪闪发光的诱饵，说："那你就别想拿到警徽。这是你最后一次机会，怎样？"

隆急切地吹起来，但还是只吹了前四句，吹到第四句，就不再吹了。

普雷斯科特把警徽还给本森。

隆开始大哭，闭着眼睛大哭，眼泪顺着脸颊往下流淌，嘴巴张得像马蹄一样，他哭得比刚才那个女人还撕心裂肺。那个女人的哭声里包含着太多内容，而他的哭声里没有任何内容，更像是小孩子的哭嚎。

他两手握拳，揉搓着眼睛，像用瓶塞塞住瓶口，接着走到墙边，靠着墙站在那儿。

"当有人这样哭的时候，"普雷斯科特降低声音对其他人说，"表明这人特别想要某样东西，太想要了，甚至可以为它献出生命。

是的，献出灵魂，如果这人知道灵魂是什么的话。这样的眼泪是没办法假装的。"说完，他走到他身边，拍着他的肩膀安慰他。他把手指伸到隆的眼睛下面，抹掉挂在他脸上的眼泪，说："看，这些眼泪都是真实的，他们是湿漉漉的，而且是咸的。"

"他没有吹这首歌的其他部分，因为他不会。他哭，因为他想吹完，但又不会。不管谋杀发生时是谁在吹口哨，那人肯定不是这个可怜的家伙。你们觉得呢？"

回应他的是一片沉默。本森的儿子第一个开口："送他回家吧，爸。不管你们其他人相信不相信普雷斯科特，我相信他。"

本森慢慢地点了点头。"回家吧，隆，"他说，"走吧，走吧。"

另一个警员走到门口，为隆打开门，让他出去。门外长方形的"公共用地"上站着一排围观者，看到隆出来后一阵骚动，往前挪了一点。

普雷斯科特提高嗓门，像上次那样阻止他们说："等一下，你们不能像这样把他赶出去，现在这样赶出去有点晚了。"

本森压抑着怒火吼道："先生，你把我搞糊涂了。在我看来，你刚刚证明了他的清白，但现在又要我把他留下来，"他愤怒地扬起下巴说，"我不能拘留已经被证明无辜的人。"

"你没听说过保护性拘留吗？"普雷斯科特问他。

"保护他什么呢？"治安官反问他。

"看看门外，"普雷斯科特扬头指了指敞开的门，"首先，当着他们的面把他带过来就是个错误，那就会让他们认为他有罪。聚在一起的人很有意思，他们会迅速得出一个结论，但这个结论来得快，去得慢。"

"即使我想拘留他，我也没地方可拘留，"本森暴躁地说，"更何况我根本不想拘留他。你们城里人想要什么花样就要什么花样；你们有闲人站岗，还有空闲的地方让人留宿，可我们呢，我们这儿只有一条规矩：如果有罪，就待在里面；如果清白，就待在外面。"旁边的人都赞同地点着头。"现在，请你离开这里，孩子。赶快走。"

"那我跟他一起走一段路，"普雷斯科特说，"至少看着他从这里走出去。"

"随你便，"治安官挥了一下胳膊，带着讥讽的口吻说，"是你把他带过来的，如果你想再把他送回到带他来的地方，悉听尊便。"

隆已经停止了抽泣，只剩下偶尔地大声喘气。他的悲伤，也像孩子一样，转眼就忘。

普雷斯科特一手拉着他的胳膊，另一只手从自己的衣服上扯下个东西。

"给你，隆，这是一个安慰奖。"他把自己的领带夹递给他。两人一起走到室外。"别抽鼻子了，伙计。你做得很好。"说完若有所思地对自己点了点头，接着说，"比你以为的要好。"

出来后，每经过人群时，普雷斯科特都要放慢速度，但只是短暂地停留一下，停留的时间不足以让人群聚集起来把他俩团团围住，但又足以让他对经过的每一群人大声说："他已经被证明是清白的了，本森已经放他走了。"

每次他得到的回应都是沉默，死一样的沉默，人群都死死地盯着他俩。

终于，两人把所有的人群都抛在了身后，来到主干道的尽头。这时，背后突然传来不祥的声音：

"本森已经放他走了，哈？"

仅此而已。

普雷斯科特让隆站在房屋尽头的沙丘旁，沙丘那边空无一人。他给了隆一条简单的建议后，让他往前走。

"今晚就待在你的小屋里，隆，别出来乱跑。你听见我说的话了吗？而且最重要的是，不要再回到村里来，明白没？不管你做什么，都不要让他们看到你回来。"说完友好地轻轻推了他一下。他能为他做的就这么多了。

他看着隆，一直等他蹒跚地走到最近的一座沙丘上，消失在沙丘的另一侧，才转过身，摇着头。"我什么也没有发现，"他闷闷不乐地自言自语，"但我不得不让他们以为我已经发现了什么，否则他们就会把缺乏证据当作确凿证据来证明他有罪。四个证人中有三个都证明了不是他，我已经尽最大努力了。"

他还在想着第四个证人，他还没有传唤的那个证人，那人的名字他刚才在警局小心翼翼地故意没有写在那张名单里。那人只听到了前四句，再也没有其他的部分了。雅典娜。他知道这个，因为他已经问过她了。

如果我错了，他自我安慰地想，什么时候都可以纠正，但如果他们错了——第一次比我捷足先登——那就再也没有机会改正了。

约束成年人的法律对待所有成年人都要一律平等。但如果这个约束的对象是个成年人，心智却还是个孩子，那这套法律又该怎样惩罚和保护这个人呢？

普雷斯科特刚睡着不到一个小时，屋外附近的空地里传来的嘈杂声和天花板上闪过的光就把他吵醒了。他的第一反应是外面失火了，就像他到这里的第一个夜晚发现庞申的尸体时失火了一样。那是个终生难忘的夜晚。可当他从床上爬起来，磕磕绊绊地来到窗前时，亮光和嘈杂声都没有了，好像都消失在远处。等他推开窗户，探出身子时，从外面传来的声音顺着路的方向变得越来越小，手工制作的灯笼一个接一个地消失在远处，直到最后一盏移出视野之外。

他的正下方有一团白色的东西一动不动地靠在篱笆前，从体型看，要么是穿着睡衣的雅典娜，要么是被风吹起的帐篷。他冲着下面喊了一声，那团白色东西转过来，一团椭圆形的东西出现在白色东西上面，证明是雅典娜。

"怎么了？外面熙熙攘攘地在干什么？"

"有人从这儿经过,他们去抓那个巴尔德斯利了,我听见他们说的。"

"他们要干什么,再把他揪过来吗?"

"治安官没和他们在一起。我不晓得他们想干什么,但我看到有个人胳膊上缠了一圈绳子,他们肯定不戏去放风筝。"

"上帝啊!"他低声说。他迅速把头缩进去——太快了,一下子撞到拉起的窗扇上——胡乱套上裤子,穿上鞋,冲下楼梯。

冲到楼梯底部,突然像想起来什么。他像苦行僧一样踮着一只脚在原地打了个转,又冲回到刚才冲下来的地方。

普雷斯科特拽出行李箱,打开箱子。他把两手伸进箱子,衬衫、内衣、手帕,像雪崩一样四处飞散。他低声咒骂着。宝贵的时间一分一秒地浪费掉了。

终于,他找到了一直在找的东西,他带着一起来这里"休假"的东西——从来没想过在这里会用到——只是因为他离开纽约时找不到任何安全的地方存放。他的点三八。他把手枪挂在手指上转了一圈,简单地检查了一下,然后装在身上。

接着他又一次冲下楼梯。

这时雅典娜已经来到前廊。"你要跟他们一起去吗?"

"不是的。"他一脸严肃地说,同时绕开她往北边的郊区跑去。

当他大步跑过大门,往朝北的路上去时,雅典娜在他身后挥着一根手指警告他:"记得回来进屋时脱掉鞋子,我可不想明天早上醒来看到地板上乱七八糟，我今天才打扫过。完事后别带人回来聊天，我们要睡觉了，霍普金斯小姐和我！"

显然，她能够容忍任何纷繁复杂的事情，哪怕是男人的突发奇想，只要这些事情不违反她打理家务的原则。

普雷斯科特飞快地往前跑，像着了魔一样，直到他的背影开始模糊，最终消失在海边的沙滩上。

突然间，他发现自己身处一片灰白色的荒野中央，根本无法辨别方向。尽管他以前去巴尔德斯利的小屋时来过这里，但他以前从来没有跑这么快过，尤其是刚从睡梦中醒来，睡眼蒙胧地这样快速跑。脚每次落在沙上，他都能感觉到脚下的东西在动，还能感觉到膝盖承受的压力。他的姿势看上去像是在半跪着往前跑。

哪个方向都看不到闪着光的灯笼，陡然间他开始怀疑自己是不是跑错了方向。四周的草和黑乎乎的隆起的东西看起来一模一样，尽管他一路跑的沙地上有明显的凹坑，但他依然不能确定那些凹坑是被风吹的。

终于，波澜起伏的大海出现在他的视野中，就好像在为他指路，让他往正确的方向跑。先是一条沿着沙滩边沿蜿蜒而去的黑色线条，接着这个黑色线条变宽，像是被用大刷子扫了一下，接着又变得非常狭窄，窄到他不得不时不时地踩着海水跟跄前行。

沙滩开始成堆出现，缩小了视野范围，只有爬到沙丘顶上，才能看到前面。爬完一座沙丘，前面还有一座沙丘，挡住视线。灯笼，他想了一下，但当他爬上面前的最后一座沙丘时，还是没有看到任何灯笼。

刚过下一个沙丘，天空中突然蹿起明亮的火苗，像成千上万着了火的沙蝇同时拥挤到同一个地方。肯定是灯笼，他想了一下，可当他抵达最后一个隆起的沙堆顶端时，才发现明亮的并不是灯笼。

是隆的小棚屋，正在燃烧。才刚开始，小屋还是黑的，小屋四周已经开始升起黄色的火焰，火星随着"噼啪"声到处飞溅，像一盏电压不稳的白炽灯突然爆炸一样。但小屋周围空无一人，看不到任何人影在动。他们已经去别的地方了，就这样丢下小屋不管不顾。到目前为止，普雷斯科特还没看到任何灯笼。

普雷斯科特知道巴尔德斯利肯定不在小屋里，可怜的家伙。说他可怜，并不是因为他们会采用最痛苦的方式将他折磨致死，而是因为如果那样，他们肯定会围在旁边看着他接受惩罚，既然他们没有围在这里，那他们肯定已经把他从这里带走了。

一阵风袭来，黄色火苗突然蹿起，舔到小屋里面的一侧，像一个快速旋转的舞者的衣服一样飘起来，又落到地上。刹那间，小屋倒塌了，几乎夷为平地。已经看不到黑色，只有一片黄色；接着黄色也越来越微弱，就好像有人关了煤气的阀门一样。小屋彻底消失了。

有个人的家彻底消失了，此刻普雷斯科特脑中只有这个。虽然只是海滩上一个简陋的小屋，但它曾经是属于那个人的家，是曾经为那个人遮风挡雨的地方,是他在为自己寻求庇护的本能驱使下搭建的家。

他一边往回走一边回头看。人们聚到一起,总能完成了不起的大事。他们一直都是如此,从未改变,将来也不会改变。一千年前,他们干过这样的事,一千年后,他想,他们还将干出这样的事。为什么?即使那个人有罪,难道他住的地方也有罪吗?如果他有一条狗,普雷斯科特想,他们也会把那条狗杀了。人们聚到一起,总能完成了不起的大事。

低矮的松树林出现在前面,很快它们变高变密,同样的庇护在内陆也能看到,比如苏珊的家旁边,苏珊从家里走出来见他的地方。一人多高的树林,高到能够……

普雷斯科特一走近树林就知道,他追上他们了。的确追上了,他们的灯笼像花束一样,在他左侧靠近陆地的地方。他转了方向,调整自己的方位。

很奇怪,他们都默不作声。有那么一会儿,他觉得自己肯定来晚了,于是拼命地往前跑。等到跑到跟前时,发现他们正要开始——但还没有开始。他们都默不作声,大家都明白彼此的心意,没什么好说的。事件的主角没有哭,因为他根本不知道将要发生什么,他甚至认为大家都在和他玩游戏,而他有幸成为游戏重要的一部分,因此他的脸上甚至有些洋洋自得,可在普雷斯科特看来,这比伤心地痛哭流涕或痛苦地倒在地上扭打翻滚更让人感到恐怖。

他们把隆的衣领扯开,拉到肩膀头,让他站到他们给他选的一棵树前,把绳子绑在他脖子上,绳子搭在选好的树枝上,绳子的一头慵懒地从树枝上垂下,暂时还没有人拉着绳子的这一头。

隆肯定说了口渴,附近肯定有水塘或其他淡水,因为有人用一顶皮帽盛满了水,端给他喝。那人两手捧着帽子,慢慢地把帽子朝巴尔德斯利的脸倾斜,以便他能喝到里面的水。

普雷斯科特突然到来,大家都把头转向他,但他们一下子没有反应过来,因此没有人上前拉住他。人群里有人甚至露出不好意思的表情,好像在说:"既然你过来了,如果你想,你可以看。"

普雷斯科特情绪并不激动,他之前从来没有阻止过私刑,他看上去很平静,甚至有些随意。

"把那个从他脖子上取下来。"他只说了这一句话。

说完,他举了一下手中的枪。他用一只手戳了一下手枪,好像给字母 i 点上上面那一点。

没有人感到害怕。

他们把绳子从他脖子上取下来。

"现在,从绳子那头儿离开。快点,离开那儿,照我说的做。"

没人动。

他又举了举手里的枪。

他们从绳子另一头离开后,站在那儿,愤怒地盯着普雷斯科特。愤怒的眼睛瞪成半圆,在灯光照耀下闪闪发光,像猞猁,像狐狸,像树林里其他狡猾的动物。"你是个大英雄，"有人不屑地说，"你带着枪过来——"

"我当然带着枪过来，"普雷斯科特打断他说，"你以为我会怎样，一对二十吗？你把我当成什么了，在拍电影吗？这才是真正需要用枪的地方，这是我用枪做得最好的事情。"说到这里他的声音变得柔和一些，"到我身边来，隆。"他的语气像是在对一个孩子说话。

巴尔德斯利也和大家一样害怕普雷斯科特，他还没有傻到感觉不到其他人对普雷斯科特的害怕，因此受他们的情绪感染，但他的智力却不足以让他看出普雷斯科特是在帮助他，不足以让他看出其他人想要对他做什么。

"这边，站到我这边来，隆。"普雷斯科特不得不又一次催促他。

普雷斯科特亲切的口吻让巴尔德斯利有了勇气，他拖着脚往前挪了几步。"那是什么？"他盯着枪问。

"别站在枪前，"普雷斯科特警告他说，"过来站到我身后。咱们马上离开这里。"

众人都往前倾着上半身，蓄势待发，一旦信号发出，立即往前冲。他们的身姿都处于一种失去平衡的状态，有些摇摇晃晃，普雷斯科特能清楚地看到他们的身子在火把的亮光下摇摆。

"后面的那人站起来！"他提高嗓门说，同时往旁边瞟了一眼，"那边的，不管你是谁，我看到你蹲下去了，站起来，不然我往灌木丛里砸东西了。"

树叶摇曳,一个脑袋和肩膀慢慢地升起来。那里原本没有人。

"两头围起来,站到一起,就这样。别想耍花招,我退着离开这里,是否有人受伤,全看你们的了。"他往后跨了一步,没拿枪的那只手紧紧地抓着巴尔德斯利的胳膊。"如果真的有人受伤,那肯定不是我。"说着他又往后跨了一步。"看着那边,隆,你带着我走。"

这在巴尔德斯利看来就是游戏。"这里有点往下……现在往上来……这里有棵树……等一下,这里有个石头挡住你了。"他捡起石头,扔到一边。

两人和行私刑的众人之间终于拉开了安全的距离。

人群中的骚动暂时停止,但一旦普雷斯科特退到看不清人的时候,人群中总有人鼓起勇气。

"卑鄙的外地人!"他身后传来一声高喊,"你干吗不管好自己的事情?你保护他到底是为了什么?想让他一个又一个地继续杀人吗?"

"先证明再说!"普雷斯科特朝他们怒声吼道,"树可不会问该问的问题!"

又有好几个人骂他。

"既然你们都聚到这里来了,"他回敬道,"就互相帮忙用绳子把你们自己吊死吧。对了,我干吗管闲事?"他自言自语,"简直是白白浪费我的呼吸。"

他们已经来到树林边缘，树木已经变得只有膝盖高。

普雷斯科特把枪收起来，拍了拍巴尔德斯利的背，半是鼓励半是怜悯地说："咱们回家，隆，我和你一起。"

他们沿着海滩往前走。两人离众人已经足够远，普雷斯科特不再担心他们从后面追上来，他们没有公然攻击他人的胆量。他时不时地回头看，后面一直空无一人。

两人在黏糊糊的沙滩上吃力地往前走。拯救者和被拯救者节奏一致地喘着气，一个心不在焉，另一个心事重重，可从呼吸根本无法判断谁是谁，因为他们两个都同样喘着气。普雷斯科特也想到了这一点：他的呼吸和我一模一样，我有呼吸的权利，他同样也有。

"我住那边。"巴尔德斯利说。

普雷斯科特注意到，巴尔德斯利的方位感非常好，尤其是对于像他这样稀里糊涂的人来说。

"曾经，"他纠正他说，"你现在跟我一起回去，隆。"

很快，霍普金斯小姐家的房子出现在眼前，巴尔德斯利好像想起来什么，惶恐地往后退。"他们不让我进去。"他颤抖着说。

普雷斯科特停下来想了一下。对于他，没有别的办法了。本森很值得信任，但本森没有任何保护设施，这个点把他喊起来也没什么用。他明天早上把巴尔德斯利带到本森那里，他们两个再想办法用船把他送到大陆去,在那里给他找个临时的栖身之地,不让这里的人再伤害到他。

"你看我可以进去,那你也可以进去。"普雷斯科特劝他说。

普雷斯科特把脚伸到前廊边的台阶上,先脱下一只鞋,然后脱下另一只鞋。巴尔德斯利跟着他做,一边脱鞋还一边高兴地窃笑。"嘘!"普雷斯科特一脸严肃地对他说,"如果我们被抓住了,那就不好玩了。"

普雷斯科特一只手勾着鞋子,另一只手拿出钥匙拧开锁,打开前门。门"吱扭"了一二声,接着乖乖地开了。他进门后又把门关上,对巴尔德斯利小声说:"把你的手放在我肩上……别了,别了,还是放在原来的地方吧。"他领着他上楼梯,楼梯的木板也发出一二声"吱扭"声。他打开自己房间的门,让他进去,又把门关上。

"成了!"普雷斯科特小声说,高兴得不像个成年人,更像是没有经过家长同意就让学校的小伙伴偷偷溜进家里来的小男孩——身为执法者——不管眼下做的是什么,总算还和他的职责沾上点儿边。女人们仅仅靠高声呵斥,就对这个可怜的家伙产生了如此大的道德影响力。

他已经把隆带到自己房间了,却不知道该怎么安排他。尽管他刚刚救了隆的命,但他并不怎么想和他同床共枕。一件事不一定会带来另一件事,他可不想半夜醒来发现自己的气管被紧紧攥在两只钢铁般的大手里。

最后，普雷斯科特从床上拿下来一条毛毯，打开铺在地板上。霍普金斯小姐大方地给他准备了两个枕头，他把其中一个扔在毛毯上。"你躺下面，"他友好但又有点生硬地对他说，"我要看着你躺好。"

他一直等巴尔德斯利躺下，才趁其不注意把手枪藏在枕头下面。这样做不是为了方便自己用，而是为了防止巴尔德斯利因好奇而伸手拿它。

"好了吧？"他问，随后关了灯。

一个在床上，一个在地上，两人都短暂地辗转反侧了一会儿，没多久都安静下来。

"睡着没，隆？"为了测试一下，普雷斯科特小声地问。

无人应答。

简直像——像父亲对待自己的孩子。呃，不对，应该是继父。"我到底是从谋杀者手中救了这家伙，"入睡前他有些不确定，"还是救了个杀人犯，这样他就可以继续杀人？"

阳光像金色的蜂蜜，涂在普雷斯科特的眼皮上，黏住了他的睫毛，把他黏醒了。事实上，他的确是用力才睁开眼睛，就好像眼皮真的被黏住了。早上的约瑟夫葡萄园到处都这么安静，别指望有什么嘈杂声会把人吵醒。窗外的天空像蓝色的球道，一团团的白云像高尔夫球一样，在球道里慢悠悠地滚动着，最后掉进地平线下看不见的地方。外面的一切都像镀了一层金。

有那么一二分钟,大脑一片空白,接着他想起来……他抬头看床下,寻找昨晚发生的事情的证据。毛毯和枕头还在那里,但没有人。他房间的门洞开,门外的走廊和走廊尽头的楼梯扶手上也镀了一层金。尘埃在空气中慢慢上升,使得光束看上去像是一大杯姜味汽水。

"见鬼!"普雷斯科特突然想起来,"我怎么不早点起来!"

他快速地套上裤子,跌跌撞撞地冲到门口,往楼梯下面看。下面有人重重地叹气,就在楼梯下看不到的地方。叹气声、粗重的喘息声和悲切的啜泣声掺杂在一起,他不知道这到底是什么声音。"隆?"他警惕地冲楼下喊。楼下的声音停了一会儿,接着又开始了。

他回到房间,穿好衣服,急匆匆地下楼梯。刚才听到的混合声音又开始了,好像是为了迎接他。他看到一把扫把正像钟摆一样左一下右一下愤怒地摇摆,扫把后面是雅典娜。尽管她周围一片金色阳光,她看上去却一点也不灿烂。

如果可以选择,他宁愿退回去,等到时机合适再出来,但她已经看到他了,他只好犹犹豫豫着走完剩下的台阶。

雅典娜挪了一下扫把,给他让路。"早上好!"他沙哑着喉咙跟她打招呼。他跨过扫把,扫把"哗啦"一声差点撞在他的脚后跟上。

雅典娜很悲伤。雅典娜悲伤的时候,从来不掩饰。她带着责备的表情看着他,他几乎能够感觉到后脑勺有两个热乎乎的黑点儿炙烤着他，像两块被太阳暴晒的玻璃一样。

他想继续下楼梯。她递给他一截绳子——有三个台阶宽度那么长——他不得不停下来。

"普雷斯科特香（先）生！"

这一次，他又像一个偷偷溜出家去游泳或干其他家长禁止的事情的十来岁小孩一样。他停住脚步，恰好站在最后一个台阶的边沿上。但他没有转过身，只准备听一下身后的她会说什么。

"雨（如）果你不关心晚上带回来的人，请你记得我们关心！"

终于，他转过身，但没怎么说话。事实上，他什么也没说，他不用说，因为她一个人就把两个人的话都说了。

"别装得好像不知道我在说谁，你明明知道我在说谁。"

"呃，他呀。"他一脸无辜地说。

"戏的，他，就戏他，"她带着挑衅的口吻说，"好像我害怕一样，他什么他！你还没有睁开眼，一大早我就撞见介样的场景！就藏在那儿，楼梯后面，从霍普金斯小姐的厨房里拿一根香蕉剥，把香蕉皮直接丢在客厅的地毯中央！"她大口喘着气，越说越生气，"他还把香蕉举到我脸前，给我吃！"

"他现在在哪儿？"普雷斯科特问她。

"我不知道他在哪儿！"她认真地对他说，"但不管他去哪儿了，他肯定早就去那儿了，因为他去得很快！身后还跟着我的扫把！"

"你把他赶出去了。"他直截了当地对她说。

"赶他出去！我在他身后追着他跑到岛的另一侧，这样赶！他跑的时候嘴巴里塞满了香蕉！"

"昨天晚上有人想要他的命，得把他保护起来。我现在要过去找他。你想让他活下去，是吧？"

"那当然，"她立马表示赞同说，"当然啊。但不戏在介栋房子里。他以前在别的地方都活得好好的，他接着还待在那里好好活着就好了，别离我待的地方太近！"

她话还没说完，就把眼光从普雷斯科特身上转到扫把上，像是在对扫把说话。

"你们这些男人都一样，总是把流浪狗、流浪汉、流浪的介，流浪的那带回家，""呼，呼，呼，""你要戏别再把我洗得干干净净的地毯弄脏，我就谢天谢地了，""呼，呼，呼，""你以为我还会用这个枕套吗？我怎么可能知道他头发里都有些什么？""呼，呼，哗啦。"

"呃，他头发里什么都没有。"普雷斯科特半认真地反驳道，因为他根本不知道巴尔德斯利的具体情况。

他一边感激地从前门退出去，一边自言自语："我竟然被一只长着尖牙利嘴的普利茅斯巨型黑母鸡给训了一顿。"

日落时他们找到了他。

鲜红色的天空（好像天上也有谋杀一样）把一切都染得通红，

人们的脸上也都红彤彤的。他们的手上都像戴着薄橡胶手套,像刚刚做完一场流血过多的大手术。沙滩也红彤彤的,就像阿拉伯沙漠和撒哈拉沙漠一样。潮水(并没有涨这么高)刚刚褪去时在海岸上留下的小坑也红彤彤的,在天空下像是涂了红色染料一样闪闪发光,就连这些小坑在海岸上的影子都红彤彤的。

血染的世界,这个颜色和人死去时的场景太配了,普雷斯科特想。

他低头看着一动不动的尸首。隆活着时没有的尊严,死神都还给了他。死神是伟大的平衡者。我们死了以后就全都平等了,普雷斯科特陷入沉思。那时我们的大脑去哪儿了?那时谁知道哪个聪明哪个愚笨?

隆的身体痛苦地扭曲着,但同时又呈现出生命终结时才有的优雅和肃穆。他的嘴巴——他们并没有盖上——再也不会说那些幼稚的、傻乎乎的话了。嘴巴也死去了,这张嘴巴现在和亚里士多德的嘴巴,和斯宾诺莎的嘴巴没有任何不同了。

他的腿上卡了一个捕鼠器,应该是多年前被丢弃的,捕捉器的两个圆环从沙下面露出一部分,圆环内侧全是锯齿,锈迹斑斑,红里透黄,圆环卡着他腿部的地方却是深黄色,看上去比铁锈的颜色要鲜亮很多。

"这东西放在这儿,是干什么用的?"普雷斯科特感到好奇。

本森摸着下巴说:"谁知道啊?看上去像是多年前丢弃在这里

的，被完全遗忘了，然后被沙覆盖住。据我所知，这里没有什么可捕捉的。"

"除非它碰巧捕捉到什么。"

"这东西不是故意放在这里用来夹他的，你应该看得出来。"说这话时捕捉器已经被挖了出来。"这东西不是被安放在这里的。而是一直被埋在沙里，直到今天才露出来，从铁锈和颜色上可以看出来。一暴露在空气中，铁锈颜色就开始变深，变得潮湿。我猜他应该是先看到有一点从沙里露出来，然后开始把盖在上面的沙清理掉，碰巧一条腿放在了不该放的位置。等他把沙清理得差不多了，捕捉器刚好可以工作了，就变成了危险的凶器，而他凑巧踩上，或者挪动时碰到了它。"

"他总是很善于找东西，"周围有人想起来了，"他把找到的东西叫作'宝贝'。"

米尔斯医生验尸时，大家都默不作声。

医生站起身时，普雷斯科特简短地问："死因？"

"脸朝下扭动时鼻孔和嘴巴里进了太多沙子，沙子在里面聚集起来，你知道沙粒有多黏，最终他窒息而死。"

普雷斯科特露出半信半疑的表情。"他为什么不翻身脸朝上？他只有腿被夹住了，上半身完全可以动，翻身脸朝上应该是本能反应。等一下，让我试试，我做给你看。"他脱下外套，递给他，开始挖沙。

"嗨，你疯了——"有人惊异地说。

"我不会把我的腿放进捕捉器里。那边，那一侧。"

他脸朝下把身体放平，接着把脑袋和肩膀摆正，像在做健身操一样。"即使躺成这样都足以把脸抬高到安全的位置，即使在被卡在这里的整个过程中他不能一直保持这种姿态，但他依然可以趴一会儿抬一会儿头，保证能够呼吸，就像游泳的人把头露出水面呼吸一样。我觉得他不像是你说的那样窒息而死的。"

有人从人群中挤过来，以便看清楚里面到底在发生什么。突然，一小股沙被搅起来。普雷斯科特不再说什么，接下来的一二分钟，他一直忙着往外吐东西。

"我想你刚才恰好找到你想要的答案了。"本森面无表情地指出。

他的儿子卢瑟突然开口道："伸出胳膊，用两只手抓沙，"他让普雷斯科特按他说的去做，"你试着抓住沙，把沙往一边扒开，这样做好让自己被往后拽的身体获得平衡，我想这样能更好地给你提供答案。"

普雷斯科特每扒一次沙，他的双手都毫无阻力地从沙里滑下来。但糟糕的是，每次他这样做，双手都会带回一小堆沙，使得脸前的沙越堆越多，一直堆到嘴巴和鼻子那里。

"还有，"老本森说，"这里到处都是坑，很小，但都是空的。他刚好在一个沙坑里。他的脸比你的脸现在放的位置要低，沙会一直从四周往下落，填到坑底，直到他没办法再把头从沙上往上抬，变得越来越虚弱，我猜，越来越累。"

普雷斯科特对这个答案还是不够满意。"那他为什么刚开始不直接滚到一边去？就像我刚开始说的那样，脸朝上。等等，我现在试试这个。你们过来两个人，抓住我的腿，往下按，就像他的腿被捕捉器夹住一样，我上半身翻过去时下半身不能翻转。"

他的一条腿被用力按住，但他把另一条腿翻过来，最终还是成功地把身子翻过来，脸朝上。

"看，"他一边站起来拍打着身上的沙一边说，"他只有一条腿被卡住了。"

"今天你可真够粗心大意的，城里人先生，"本森摆出一副高人一等的姿态说，"你再想想。你的腿是从裤子外面被捉住，腿上的皮肤都完好无损，况且压住你腿的是柔软的手，而不是带尖齿的金属夹。所以，当你的身体翻转时，腿部是没有任何疼痛的，而他的腿一直被生锈的钢牙紧紧地咬着，甚至咬进骨头里，每动一下，就像是截肢手术最疼痛的时刻——而且还没有任何麻醉。"

过了一会儿，普雷斯科特才打了个响指表示赞同。

本森朝看着他俩的众人眨了眨眼，为终于打败一次这个无所不能的城里人而欢欣鼓舞。

普雷斯科特显得闷闷不乐，但他觉得本森说的话确实有道理，尽管这件事从头到尾都让他感到诡异。"嘴巴和鼻子都露出来，却被活埋窒息而死，"他嘟囔着说，"真是开了眼界。"

"还有很多事情咱们都没有亲眼看到,"医生发表意见说,"但那并不意味着这些事情不会发生,而且是一直在发生。"

"好吧,我想这一波谋杀案总算彻底结束了,埃德,"有人对本森说,"从今天起再也不用担心有人被杀了。"

"不用吗?"普雷斯科特针锋相对地说,"你的意思是,你们,你们中的大部分,现在又要回到开头,从那里再来一遍。"他一眼就认出刚才说话的是昨天晚上手拿绳子站在树下的那个人,但他在这儿的身份并不是执法人员,而且昨晚并没有发生谋杀案,所以他没有提及这一点。

隆·巴尔德斯利黄昏时再也不会一个人到处晃悠着寻宝了,他现在终于有了伙伴,这些人将在长长的卷宗里永远陪伴着他,而他的伙伴们寻到的"宝"正是——隆本人,他此刻正躺在他们中间,躺在一条毛毯下面。活着时像个孤魂野鬼,死之后却有人要和他如影随形。

四周已经不再血红一片,暗红色的太阳已经落到沙丘后面,像被沙丘窒息而死,和隆死去的方式一模一样。

"再来一杯咖啡吧,钱斌?"苏珊·马洛一边问一边把自己的咖啡杯放在身边的前廊上。

"不用了,谢谢!这一杯我还没喝完呢。"

两人坐在廊下,屋里没有开灯,夜色越来越黑,几乎黑到看不清对方。两人手里拿的香烟像两只红色的萤火虫,时而飞起,时而又落下。

"我想现在村里的所有人都会认为你喜欢我,"她小声说,"鉴于你每天晚上都过来——"

普雷斯科特把手伸向衣领,拉开了一点。"我——我——我——"他突然间不知道该怎么说。

"我知道,"她安慰他说,"你喜欢我煮的咖啡。"接着她想了想,笑眯眯地说,"你确实喜欢咖啡,是吧钱斌?"

"呃,是的,的确是。"他有些不安地回答。

"我相信你喜欢,尽管霍普金斯小姐一直跟所有人抱怨说她完全没办法做到让你碰一下她家桌子上的咖啡杯。"

"啊,"一向能言善辩的普雷斯科特尴尬地支吾着,"我——我——我——"

"这才是我喜欢的,"淘气的女主人说,"能说会道的年轻来访者。以你刚才说的最后几句话为例,那些话的内容之精彩和范围之广博真让我惊叹,够我今晚坐在这儿思考一整夜了。"看到他无地自容地坐在椅子上,她于心不忍:"我不跟你开玩笑了。那件事情进展如何?"

这是他们现在谈到谋杀案时对它的称呼——那件事。

话题再一次回到他熟悉的专业领域,普雷斯科特的拘谨尴尬就像太阳下的肥皂泡一样瞬间消失。"没有任何进展,"他简短地回答说,"庞申,哈克尼斯,玛莎·科尔比,罗伯·斯宾纳,要是我能找到这几起案件之间的关联那就太好了,就是它们之间的某种共性,或者说把它们联系在一起的某种线索。随着事情的发展,他们之间好像越来越没什么关联了。"

"嗯,它们之间好像有一种共性……"她边想边说。

"你说的是口哨吧,那个不是。我说的是在作案动机方面的共性。口哨是条错误的线索,是故意留下的错误线索,还有在科尔比寡妇家发现的那个红色染料管也是,它们都太显而易见,太引人注目了,而且他们的指向性都太明显了。我发现箭头的时候,我宁愿寻找箭头从哪里出来,而不是箭头指向哪里。"

"那就是说你不认为巴尔德斯利是凶手?"

"我从来没有那样认为,从我到达这里的第一个晚上。我认为巴尔德斯利的能力不足以——我说的是他的智力,虽然体力上足以,但智力上不足以——仓促之中精心布置出庞申自杀的现场。但如果我当时不相信他的无辜,也许结果还好些。"

"你为什么这样说?"

"因为我为他而做的一切反倒要了他的命。我说服本森相信他的无辜,结果呢?本森拒绝保护性羁押他。如果他被控谋杀罪而被羁押起来,他的人身反倒安全了,可他们把他放走了。第一次他面临私刑时,我救了他,第二次他被捕捉器夹住了。他们说那是事故,但我表示怀疑。"

"等一下,"她一脸困惑地打断他,"有一个地方我不理解。如果有人一直在利用巴尔德斯利作为不在现场的证人,那除掉巴尔德斯利对他又有什么好处呢?"

"都是因为我,"他痛心地说,"巴尔德斯利才失去了用途。我设法证明巴尔德斯利不可能是凶手,这个信息肯定被泄露出去了,很快会人尽皆知。从那一刻开始,巴尔德斯利就从资产变成了负累,把他除掉了,真正的凶手才更安全。他先是煽动那场处决巴尔德斯利的私刑,接着又趁这个可怜的家伙孤独无助时找到了除掉他的机会。谁知道当时到底发生了什么?他有可能哄骗他去试试那个捕捉器,比如用玩游戏的方式,然后无动于衷地袖手旁观,等着他自取灭亡。还有可能是拒绝提供帮助,或者拒绝找人帮忙,那就有可能只是被动谋杀。不管哪种情况,都是谋杀。"

"那你——并不认为这一波谋杀到此为止?你认为它——还会再发生吗?"

"非常确信,就像我此时此刻正跟你一起坐在你家廊前一样确信,"他沉重地说,"像你此时此刻正和我一起坐在你家廊前一样确信,像咱俩此时此刻正坐在一起一样确信,它会继续发生。"

她禁不住打了个寒战,往周围的黑夜看了看。

"如果我能找到它们之间的共性,那我就可以找到原因到底是什么,目的是什么,就有可能阻止它。否则的话,我根本没有机会,"他用手指梳理着头发,又心情沉重地补充了一句,"根本没有任何机会。"

显然，两人对话所指的方向让苏珊感到非常震惊。她试探着伸出手，就好像要抓住他的胳膊来鼓励他，尽管事实上她并没有抓他胳膊。"那就请你，"她真切地恳请他说，"请你——尽快找到它们之间的共性，一定要锲而不舍。"

"呃，你想帮我吗？"他出其不意地问。

"我能吗？"

"当然能。我初来乍到，而你一直住在这里，你认识村里每一个人，你可以帮我补上有关这里的背景信息。"

她迫不及待地站起身，他也跟着站起来。

"此外，你还可以把你家厨房的餐桌借给我用，还有你家最亮的台灯，以及记事本和很经得住咬的铅笔。"

他们停止讨论，来到屋里。他拉过一把椅子，扯了一下领带，把打的结一直扯到腰带扣那里。他现在不再是"谈情说爱"，而是在工作。

"简直就是真正的警察局内部工作室，"她欢欣鼓舞地说，"还有别的什么我能做吗？"

"有。到了清场走人的时间，请只管告诉我，否则我有可能在这儿工作一整夜。"

她看到他在本子的最上面一行写下四个被害人的名字，每个人的名字下面对应一栏，要填上相应的信息。

"共性,现在,"他边写边说,"我们要坚持不懈,直到我们找到那个能把这四个人联系起来的因素。换句话说,我们可以把这个词填在他们每个人的名字下面,总共填四次,这个词就是我们要找的理由,这个词就是我们要找的原因。如果需要,我们要找个词典过来,把词典里所有的名词一个一个地查找。"

他把一只衬衣袖子卷到胳膊肘上方,接着又卷起另一只。

"让我们从最明显的开始。我们找到一个,我就要写下来一个,完成一个后把它擦掉,再写下一个。让我们开始。"

"那咱们还等什么呢？"她附和说。

"金钱",他边说边把这个词写在"玛莎·科尔比"下面,但这个词放在另外三个名字下面都不合适。他把这个词擦掉。"为了养家糊口,哈克尼斯的妻子不得不帮邻居洗衣服和缝补衣物。"

"性",他手中的笔从左移到右,根本没有挨到纸,因为这个词不适合任何一个受害者。为了记录,他把这个词写在旁边的空白处。

"他们有一个共性。这四个人中没有一个是年轻女性:一个老人,一堆烂肉,一个年老寡妇,一个和漂亮女孩出去约会的小伙子——但不包括这个漂亮女孩。"

苏珊贡献了下一个,她想到的是"积怨"。

"很好。这个词出现在所有案件中的比率很高,一直如此,但我们需要很多背景信息。"

"我明天可以做前期准备工作。"

他拿着铅笔比画了一圈，想找到下笔的地方。"我想这个词还是不能放在四个名字的下面，如果我把它放在其中一个名字下面，它就不适合其他三个名字。你看，阿比盖尔·怀特对玛莎·科尔比积怨很深，足以构成杀害她的动机（但她没有），但这个并不能构成其他三起谋杀的动机。她上一次和罗伯·斯宾纳说话时，他还坐婴儿推车里，只会说'早！'。这个特鲁特女孩的家人有可能不喜欢罗伯·斯宾纳，但他们和这个岛上其他人没有任何过节。在这样一个地方，积怨是很难掩藏的，这里就像个巨大的回音壁，不会错过任何一句稀松平常的话。哈克尼斯的妻子有足够的理由希望哈克尼斯死，但他被杀的时候，她在教堂里。庞申，我经常听到有人谈到他，他在这里没有任何仇人，'老大爷'和'老爷爷'。"他向她摊开手掌说，"这个先放这儿，咱们继续往下。"

绝命诱伏

两个半小时后,苏珊来到餐桌旁,轻轻地摇着普雷斯科特的胳膊。

"嗨,醒醒!"

他睡眼蒙眬地看着自己胳膊上方,说:"我没睡。"

"我知道,你把脸埋在桌子上,正聚精会神地工作呢。凌晨一点十二分了,我亲爱的朋友,你不觉得我们应该到此为止了吗?"

"明天晚上可以吗?"他一边问,一边东倒西歪地收拾东西。

"当然了,"她自豪地说,"你把我当成什么人了,半途而废的人吗?"

"保留好这些纸,别扔了,我可不想从头到尾再来一遍。"

"你刚才打盹儿的时候,"她对他说,"我数了数,你知道咱们已经想到并放弃的词有多少个吗?七十一个!"

"不会吧!"

"信不信随你,就是七十一个,都在页边空白处写着呢,从'金钱'开始,到'梦游'结束。"

"是的,我记得'梦游',"他沮丧地说,"它是可能性最小的动机。"

"说完这个词,你就开始梦游了。"

"信心没有受到打击吗?"他问她。

"我都还没有开始战斗呢。"她斗志昂扬地说。

"我已经开始了,但还没有结束。"

她送他走到前廊上。"好吧,晚安。"他把手递给她说。

"这边,钱斌·普雷斯科特。"她语气平静地说着握了握他的手。

"非常感谢!谢谢你提供的桌子和台灯,还有铅笔和纸。"

"刚才的握手已经足够了,"看着他大踏步走进外面黑暗中,她回答说,声音特意小得不让他听见,"我会永远珍惜它,可你确定你会把它专门为我保留吗?"

第二天晚上,他们从"疯癫"开始。

"这个我们已经试过了。"

"政治？"

"也试过了。"

普雷斯科特的铅笔掉在旁边——还有手——停在那里一动不动。

"没用，没有别的词了，咱们已经才思枯竭，开始重复作业了。"

"那咱们现在怎么办？"

"这样吧，"他半开玩笑地提议说，"你有词典吗？"

她扬了扬眉毛："你已经到了要用词典的地步了？"

"绝对到了。"

"'土地爷！'这里的人都这样说，"她一边说着一边把椅子往后推，站起身，"还有'老天爷！'和'上帝！'，等我们到了开始尝试这样的词时，才真叫才思枯竭了。"她边往另一个房间走边说，"我有一个韦氏词典，放在——"

"嗨！"他突然大声说。

她转过身来，把一只手放在心脏的地方。"别这样吓我，好吗？"

"你刚刚启发了我，你就那样随意地说。我都不知道咱们怎么到现在才想起来这个。你过来一下，我试试有没有适合这四个受害者名字的词，词典等会儿再说。"

她重新坐下，眼神里充满迷惑。

他手里的铅笔又重新拿起来，恢复到工作时的角度。

"土地，明白没？土地，土地所有权，或则——或者土地使用权,或者——土地继承权。不管怎样,土地。你刚才说'土地爷'这一类的词,刚好歪打正着。来,帮我试试。庞申?"

"他——呃——对啊!他和萝丝曾经一起住过的那栋房子,还有房子所在的土地,很大的一块地,都归他所有。而且据我所知,直到他去世的时候,房子和那块地一直都归他所有,尽管他租住在你的房东家里。"

普雷斯科特把这个词加到庞申的名字下面。"不管房子,"他提醒她说,"只说土地、空地、田地,就是上面盖房子的地。哈克尼斯?"

"等一下,别太快了,"她提醒他说,"我想核对一下我知道的事实。"他停下等着,她在大脑中一页一页地核对自己的记忆。"是的,"她慢悠悠地说,"我想即使不能非常确定,我也可以暂时给一个肯定的答案。也许你可以用别的方式再核查一下。我清楚地记得他可怜的妻子有一次跟我抱怨了好久,她跟我说:'如果能,他会把我们脚下的宅基地给卖了,拿它来换酒。幸好地契里明文鬼(规)定不能。他父亲死的时候给他留下的所有东西,唯一剩下的就这个了。对他也没什么好感激的。'她的原话是这样说的。"

"'是',"他在哈克尼斯的名字下面写下,"等我进一步核查。玛莎·科尔比?"

"'是',"她语气坚定地说,"这次是非常确定的'是',这是人尽皆知的事实。"

他在科尔比一栏的下面写下。"罗伯·斯宾纳？"

"他父亲拥有土地，我不知道他的名下有没有。"

"除了罗伯，他家还有谁？我不熟悉——"

"呃，还有他妈妈，和他爸——不，等一下。我刚想起来，那是罗伯的继父，他的亲生父亲在他很小的时候就去世了。他的继父强烈反对罗伯和那个可怜的凯西来往，对他甚至比亲生父亲还要严厉。"

"他家还有别的孩子吗？"

"三个女儿，但都是罗伯继父的女儿，罗伯没有亲姐妹。"

"好吧，那就等我再去了解这个家庭如何拥有土地的——通过继父，还是通过罗伯的亲生父亲——我要在他的名字下面写上'是'。"

写好后，他把纸转到她的方向，让她看看。

"这么多词中，这是第一个能从左边一直延伸到右边，能放在每一栏里的词。"她屏住呼吸说。

"'土地'，四次！"他大声喊道，接着用拳头砸在纸上，好像要用拳头盖上"完结"的印章。

"这就是——这就是你要找的共同因素，"她说，"可是——可是这还是没办法解释清楚啊，这个词没有说明动机——"

他已经站了起来，没再看那张纸，而是把纸拿在手里挥舞着。"它合适，它对上了，就是它！"

说着普雷斯科特就往门口跑去了,速度比刚刚顺利考完一场考试,离开考场的小学生还要快。

"嗨,等等!你的外套,你的帽子,还有你的领带。"

他让她把它们扔给他,免得再折回来取。

"请原谅我没有跟你道晚安就走了,亲爱的!我走了。"他欢天喜地地大声喊。他在快要出房间门时开始说最后一句话,等把话说完时,人已经到了前廊外面。

苏珊跟着追到风门那儿,这一次她提高嗓门:"你回来,再说一遍,从'请原谅'开始!"她蛮横地命令他。

他突然停下来,跷着脚尖:"啥?哦!请原谅我没有跟你道晚安就走了。"

她气愤地用手掌捆了一下风门的纱网,说:"你刚好漏掉了对我来说最有意义的那个词,那个我最想再听一遍的词。"

"啥?"

她不耐烦地用手示意他继续赶路。"别浪费你的脑力了,多一根思虑的电线,保险丝就有可能被烧坏了。快走吧,我原谅你了。那明天晚上?"

"明天晚上!"他肯定地回答,很快消失在黑夜中。他的白色衬衣像是被狂风从晾衣绳上吹飞了一样在风中飘扬,甩在肩膀上的外套像是要去追赶白色衬衣一样。

第二天晚上，普雷斯科特又一阵风似的跑过来，和头天晚上离开时方向相反。他把帽子、外套和领带扔给苏珊，好让她接住它们，结果它们飞向三个不同的方向。他还拿了个文件夹，里面胡乱放了几张纸。他用力地把文件夹拍在桌子上，好像拍苍蝇一样。

普雷斯科特情绪激昂，甚至拒绝了她递过来的咖啡，这可是前所未有。"找到了，找到了，找到了！"他重复着说，"来——先别管那个——我来解释给你听。"

"嗨，"她抗议道，"我可是在咖啡机前整整辛苦了八分钟啊。"

他从她手里接过托盘，放到一边。咖啡壶里的烟雾袅袅升起，咖啡的香味白白浪费了。

"我等不及了，我得先告诉你，我来解释给你听。咖啡凉了也一样香醇。"

她喃喃自语道："结了婚可别跟你妻子说这样的话，否则我敢打赌，要不是咖啡温度有华氏一百一十度高，她肯定会把咖啡浇在自己头上。"

但普雷斯科特眼下对他文件夹以外的任何事情都充耳不闻，视而不见。他把文件夹摊开，从里面拿出来一张长方形的硬纸板，有点像洗衣服熨烫并叠好男人衬衣之后为了让衣服有型而插的那张硬纸板。文件夹里剩余的只有大小不一的纸片，上面除了四个被害人名字的缩写，还有很多字，显然都是从长篇大论的原文中摘抄下来的。他对这些纸片也都视而不见，就那样乱七八糟地放着。

"那些是我核实的信息,看到了就随手写下来。"他用双手非常爱惜地整理了一下那张硬纸板,平放在桌子上。

"这是我画的。"他说。

苏珊扭着头,调整了好几个角度,试图看懂硬纸板上的内容。

"这是什么?看上去像个系谱,家谱。"

"这样看,"他对她说,"这样的话线条就是上下方向。我不得不把一些文字放在旁边,所以辨别起来有点困难。"

他把昨晚坐的那把椅子拉过来,因为情绪激动,椅子都快把木地板刮破了。

"昨天晚上咱们想到了土地,还记得吧?"他开始解释了。

"想到了土地,对的。"她面无表情地说。

"中了大奖了!"他兴奋地说。

"大奖是?"

"它成功了,因为成功了,所以叫中了大奖。你知道我一整天都去哪儿了吗?"她不知道,但他等不及她慢慢想。"在大陆那边县政府的档案库。那地方简直糟糕透了!他们不让在里面抽烟,所以我上午九点过去,一整天都坐在蜘蛛网上,嘴里嚼着香烟。"说完从嘴唇上往外吐那早已经不再,但回想起来依然感觉生涩的香烟纸。

"你在那儿做什么呢?"

"我简直把那里翻了个底朝天。我觉得那里有的档案和记录从麦金利政府开始就没人清理过,它们现在比我开始寻找我需要的档案时干净多了,因为我带走了那里大部分的灰尘。"说着他用大拇指拍了拍自己的胸部,低头看是否有灰尘扬出来,但什么都没有。"我查看了一些旧地契、出生证明、结婚证、遗嘱。所有的东西都被放在那里,然后就被遗忘了,那里简直就是个摸彩袋。"她把一杯咖啡放在他旁边,他看都没看一眼里面是什么,就端起杯子"咕咚咕咚"喝了一大半,然后不耐烦地推到一边。

"说说我的研究成果!我敢打赌,这里年寿最高的人都遗忘了的东西都被我发掘出来了。"

"现在,让我们从头开始……把你的椅子拉到这边来,这样你就可以和我一起看……我们要从17世纪90年代开始。最初的准许证,或者叫许可证,不管怎么称呼,总之,它也在档案库里。羊皮纸的,颜色像干透了的柠檬皮,他们用F's表示S's,我阅读的时候一直磕磕巴巴。因为附有现代英语的翻译版,所以我能搞明白上面写的是什么。好吧,上面写的是,国王威廉三世出于某种没有记载下来的原因把这整个岛——上面写的是'约费夫葡萄园'——赏赐给了一个叫理查德·奥吉威的上校。他到底是陆军上尉,还是海军上校,上面没有说明,时至今日,这个也不重要了。"

苏珊兴致盎然,但有一点不耐烦:"但你还没有发掘到任何让我感到惊奇的信息。我们大家都知道这些陈年旧事,在这儿是人尽皆知的信息——关于国王把岛赏给别人的事。孩子们一上学，老师就给他们讲这个岛的历史从奥吉威上校开始。这里的主干道不就是根据他来命名才叫'奥吉威大街'的吗？尽管现在大家都叫它'主干道'。"

带着男人特有的要把对方驳斥得体无完肤的神采，普雷斯科特一直耐心地等她说完。

"最后一点，"她继续说，"我不明白——不明白几百年前一个英国国王的特许和现在还有什么关系，那个年代的国王们不都总是把不属于他们的东西赏赐给别人嘛。1776年的独立革命和这事有什么关系吗？"

"好吧，让我来告诉你我的重大发现。奥吉威家族在独立革命后依然很强大，大概二十年间，几乎没有人记得还有约瑟夫葡萄园这回事。一直到1779年，马萨诸塞州想要搬过来，接管这个岛屿。马萨诸塞州，就像你刚刚说的那样，认为一个英国国王的特许已经失效了。接下来是一场持续了十五年的法律诉讼，从下一级法院到上一级法院，像梯子一样一层一层往上打官司。但那个年代个人权利受到强烈保护，不像现在。那时独立革命刚爆发没多久，大家最看重的就是个人。如果人们知道的话，没有哪个政府或州或立法机构敢欺负个人。马萨诸塞州最高法院最后发布裁决结果，认定奥吉威家族永远拥有这个岛"——说着他从文件夹的纸片里拿出一张——"不可撤销岛屿归属权。这个归属权只经历过一次变动，他们同意更新或改写，把'从英格兰国王获赠'改成'从马萨诸塞州获赠'。理解了吗？这个岛被认定为属于马萨诸塞州，但马萨诸塞州又认定它归奥吉威家族所有，就像任何人都可以在某个州内拥有自己的私人财产一样。"

"那么，"她飞快地说，"在这个岛上一直听人说的故事是千真万确的。而我们，也就是现在这个岛上所有的人，都是擅自占用他人土地的人，我们都是在别人的私有土地上擅自宿营，其实我们都没有权利住在这里。也就是说，如果严格按照法律的话，我们都能被赶走——"

"不能，"普雷斯科特反驳道，"这正是我想说的。并不是所有的人都是擅自占用他人土地，这里有六个人不是，但这六个人中，有四个已经遇害，而且所有的这四个人都是死于过去的两个星期内。你还会说这些遇害者之间没有共性吗？"

他的问题是设问，她不须回答，所以她只是带着惊异的表情点头表示赞同。

"好吧，我已经告诉你从国王威廉三世延续至今的地契，而且这一点这儿的人都知道，但这一点正是我们全面了解下一步所需要的信息。现在就让我们从这里开始继续往下。"

他拿出文件夹里的其他笔记，准备佐证接下来要说的话，俨然一副公开演讲者边讲边查看手中笔记的样子。

"一百二十五年里，关于这个岛的归属权没有任何麻烦出现。

奥吉威家族每一代都有一个长子继承这个岛屿,每一代的长子都顺理成章地成为这个岛的所有人。跟得上吗?"

"跟得上。"

"独立革命结束后没多少年,奥吉威家族出了一个伊莱沙·奥吉威,于是麻烦开始了。这个家族的基因出了问题,伊莱沙生了六个女儿,但没有一个儿子。显然,在老父亲的眼里,六个女儿差不多相当于六个儿子,于是他把这个岛分成了六份,这在这个家族历史上可是头一次。他找人进行勘察,最后分成差不多同样大小的六块。"

普雷斯科特深深地吸了口气。"现在,"他对她说,"我画的家谱图开始派上用场了。接下来的每件事情都可以追溯到1812年,这一年这个岛被分成六份,分别给了六个女儿。我们现在从这六个女儿开始。这是我找到的信息。"

他用铅笔尖挨个敲击着纸张底部每一栏最下面的名字,用以强调。

"所以,这就是你说的潜在动机,"他说,"但这个动机不能指向任何一个,因为她们全都不在了。这是四个受害人,在最下面的这一行。这是第五个,两年前自然死亡,而第六个女儿没有子嗣,因此这一栏下面就没有候选人。这就走到死胡同里了。"

苏珊离开了一下。"谁自然死亡?"她端了一杯咖啡,边走过来边问。这次她端的咖啡是给她自己的。

她很有可能还没有看到图上的最后一个名字，就已经明白大概意思了，这就足够了。他画的家谱图，他急匆匆写下的字都太潦草了，有的竖着写，有的横斜着写，没有翻译，完全无法辨认。

"哪一个人自然死亡？"她又问了一遍，问完把咖啡送到嘴边。

普雷斯科特绘制的家谱图

1 玛利亚 （夫乔尔·安德鲁斯）	2 玛蒂尔达 （夫托马斯·哈克尼斯）	3 玛格丽特 （夫理查德·科尔比）
儿子	儿子	儿子
儿子	儿子	儿子
女儿（婿丹尼尔·庞申）	儿子	儿子（妻玛莎·萨勒姆）
儿子，阿拉姆·庞申（鳏夫，无子嗣）。1950年8月第一个星期，意外死亡。	儿子，萨姆·哈克尼斯，无子嗣。1950年8月第二个星期，意外死亡。	儿子（老科尔比，1898年死于古巴关塔那摩山）（小科尔比，1918年死于法国圣米耶勒）玛莎·科尔比（老科尔比遗孀），1950年8月第二个星期，意外死亡。

4 毛德 （夫罗杰·斯宾纳）	5 玛莎 （夫爱德华·陶博特）	6 摩尔茜 （夫汤姆·布兰特）
儿子	儿子	儿子
儿子	儿子	女儿（婿威廉·格雷厄姆，无子嗣记录）
儿子	儿子	
儿子，罗伯·斯宾纳，无子嗣。1950年8月第三个星期，意外死亡。	女儿，索菲·陶博特，未婚，1948年自然死亡。	

"一个叫索菲·陶博特的女人,一个单身女人。我写得不够清楚,"他边说边在图上找到她的名字,"她是五个人中唯一一个自然死亡的。至少,档案里是这样记录的。如果不是因为她已经死亡,她将是接下来的第五个——"

有东西突然掉落在他们脚下的地板上。苏珊的茶碟,圆圆的,就像方向盘的轮辐一样躺在地上。两人都低下头看,好像他们两个同样吃惊。

"什么掉了?"他没有任何疑心地问,"你最好的一套瓷器——"

等她抬起头时,普雷斯科特看到那张脸完全像变了个人似的。他曾经见过不少被吓坏了的女孩的脸,但面前这张脸是他见过的被吓得魂不附体的女孩的脸。

她从他身边跑过,跑出房间,来到房子的前门,用力关上门,并牢牢地锁上。

"这是线索吗?"他一脸迷惑地问,"我还没走呢,你这样做是为了什么?我还要从那个门出去呢。"

苏珊又回到厨房,开始往下拉窗帘,她紧张得说不出话。她用力地往下拉,几乎是猛烈地往下拽。

普雷斯科特唯一能做的就是站在原地,身子随着她微微转动,好奇而惊异地看着她。

"再亮一些。"他听到她带着祈求的语气自言自语,说着把已经很亮的灯挑得更亮。

接着,她才转过来面向他。这是茶碟掉地上、他迅疾瞥了一眼后第一次看清她的五官。

"怎么了,你脸色惨白,突然间发生了什么?"

她回到桌子旁,双手放在桌子边沿,低下头,吃力地咽了一口唾沫,再把头抬起来。

他一头雾水。"怎么了,你不舒服吗?"

苏珊胡乱地抓了几下,想抓过一把椅子。他把椅子拉到她身后,她这才坐下来。

"不止——一次——我已经感觉好多了。"她吃力地回答,声音很小,像是含着沙砾说话一样艰难。

"我能为你做点什么?"

"握一会儿我的手,这是你现在能为我做得最好的事情。"她告诉他。

他抓住她的手,牢牢地握着。她一阵阵地颤抖,但不带有任何卖弄风情的意味,只有实实在在的恐惧。

"怎么回事,你的手冰得像石头!"他这才发现。

她已经开始恢复,或者说,她开始强迫自己恢复。她告诉他紧急情况下对她行之有效的一套方法:"现在,把一只手拿走——不是两只——给我点上一根香烟,放到我嘴上。我一直都认为抽烟不健康,但现在只有抽根烟我才能好好说话。如果你把我的两只手都放开,我知道它们会像墨西哥豆一样跳个不停。"都已经这样了,她还能鼓励他,"我不会有事的,别那么慌里慌张的,最糟糕的时候已经过去了。"

她吐了几口烟,把香烟丢掉,说话的声音已经自然了不少,尽管她的声音还因为警惕而故意压低。

"有一栏的子嗣中你没有写到最后。也许档案库里没有任何相关记录,或者有,但你不小心翻过去了。索菲·陶博特不是那个分支的最后一个。她是个死胡同,但她那里不应该只有她一个,还有一个双胞胎。她有一个妹妹,叫卡萝丽。也许你应该去你的城市纽约找她的出生证明,因为她是在那儿出生的。她的父母把她留在这里,带着她的姐姐离开了这里,在那里继续生活了十来年。后来他们又回到这个岛上,带着两个女儿。卡萝丽年轻的时候离开这里,出去开始独立生活。她回到了她的出生地纽约,在那里找了一份工作。对于她那一代人来说,她的思想非常超前。她为杂志插图,工作很出色。她后来爱上一个纽约客,并嫁给了他,他的名字叫霍华德·马洛。(现在谁的脸色开始变得苍白?)索菲比卡萝丽和霍华德·马洛都要活得久。索菲四十八岁去世时,把这栋房子——和这块土地,就是这栋房子下面和周围的这块土地,呃,是啊,就是这块,这块土地——给了她唯一活着的亲戚——马洛的女儿,苏珊。

"我就是讣告上下一个要出现的人,我就是第五个将要被杀的人。"她说这些话的时候试图微笑,但她挤出的微笑和她所说的话一样,像裹尸布上的一块猩红色污渍。"我想尖叫,我想狂奔,我感觉不太好。"

普雷斯科特对这一信息的反应和苏珊之前的反应大为不同。他没有把时间浪费在门、窗帘和灯上,毕竟苏珊已经处理过了,他表现出惊人的专业素养:非常冷静,非常专业,和漩涡上的冰一样冷静。

"你的包在哪里?"他问她,并开始往楼梯口走,"你想让我上来帮你收拾东西,还是想自己挑一下你要带的东西?你要离开这里,必须马上,我们只有五分钟时间。"

"哦,谋杀。"她情不自禁地小声说。

"就是它,谋杀,"他附和着,"快点,我们要走很长的路,我想把你带到有人的地方,带到有灯光,有其他房子的地方。"他走了一半又停下来,转过身,等着她做决定。

很快,苏珊就走到他身旁。"你在楼上翻找东西的时候,我可不想一个人待在下面,我现在就是个小孩。"她惊恐中带着点兴奋地承认说,这两种情感掺杂在一起,简直难以想象是什么样,"我还不能说我已经迈入第二个童年[1],但我现在肯定已经退回到第一个童年了。我害怕黑暗,害怕有人扒在窗外。此外,一个未婚女性永远都不应该让一个单身男士为她收拾贴身衣物,如果村里其他

---

1 第二个童年(the second childhood),委婉语,即老年。

女人知道了,谁知道她们会说什么?"

普雷斯科特看了她一眼,非常佩服她在这种时刻还能用开玩笑的方式来掩盖真实而强烈的恐惧。

苏珊拉开抽屉,里面一沓一沓花花绿绿的衣物都叠得整整齐齐。她把这些衣服都装到箱子里,从衣橱的钩子上取下一件外套,搭在胳膊上,准备出发。整个过程他都没有参与,只是帮她拿着台灯,(趁她不注意)时不时地往窗外看,等箱子一合上,立马把台灯关掉。

"收拾妥当了?"

"是的,用你们的行话,这叫速战速决。我想我只能把我的画都留在这里了。"

他对她的画可没有那么大的同情心。他对自己嘟囔了一句,没再说什么。

他们开始下楼梯,他要做好离开这里的最后一项工作。他关上一盏台灯,又把手伸向另一盏,准备关掉。他们的影子在他关台灯的时候显得特别打眼。

"今晚晚些时候——或者明天晚上——或者后天晚上——你这个家里就会有一个不请自来的客人,而且是在访客时间过了很久之后,那时这栋房子可就空空如也了。"他边关灯边说。

她突然停下来,一动不动地站在那里,看上去若有所思。

"他也会在那里,在这个村子里,在你现在要带我去的地方。

他只能在那儿,因为村里每个人都在那儿。"

他误会了她。"你会非常安全的,你可以和我一起去霍普金斯小姐的家里——"

"我不是那个意思。他会知道我在那里,即使今天晚上不知道,最迟明天也会知道。他会知道,他肯定会知道,因为这个村里没有秘密,任何事情都会泄露出去,就像水会从缝里渗出去一样。"

这时,她的包掉在地板上。他不明白原因,但显然不会是因为包太重了。

"他会知道我在那里,已经离开了这里,所以呢?所以他就不会再来这里。结果呢?结果我们就不会知道他是谁。"

"你这是要——"他已经有点生气了。

"现在,如果我留在这里(放弃这个想法),如果我继续留在这里,假装我们还没有发现今晚已经发现的信息"——她把手指伸向嘴角,戳在那里;手指抖了一下,但依然是根勇敢的手指——"那样我们,你和我,就会知道我们在等什么,就会知道下一步会在哪里发生,但他不会知道我们已经知道了。你还没明白吗?这一次,我们将占据有利地位,所以这一次,他会遭到突然袭击,这对他来说还是第一次,而之前那几次都是他突然袭击别人。"

他提高嗓门,听上去像是在吼叫:"你是说——"

"不是我一个人!"她快速将自己的两个手掌平放在他的胸前,请他冷静下来。"别理解错了,我不是一个人留在这里。"

"换句话说,诱蛇出洞?"他用专业术语表达她想说的意思。

"又一句你们的行话?我不能完全理解,我猜它和蛇没有多大关系,但我想也许这就是我想表达的意思。"

"就像把奶酪放在捕鼠器上,"他几乎带着哀求的语气跟她说,"你不想当捕鼠器上的奶酪,是不是?即使捕鼠器一切正常,但老鼠依然会离得非常近,它会把鼻子凑到奶酪上面去嗅。"

"我肯定是疯了,我知道,"她若有所思地承认,"况且我可没有看上去那么无私,那么高尚。我想举个例子来解释我要表达的意思。我小的时候,有三个关系亲密的小女孩——我的两个小伙伴和我——总是一起去看牙医。每次护士走过来,打开门,我总是挣扎着站起来,第一个被带进去。按我的方式,一直都没有太大问题。可当我出来的时候,另外两个可怜的女孩还坐在那里,吓得瑟瑟发抖。'苏,'她们每次都会对我说,'你为什么那么勇敢?'每次我都会跟她们解释说:'按我的方式去做,长痛不如短痛,'但她们永远都记不住我说的话。

"对,这一次也一样。如果我留在这里,痛苦不会持续太久;如果这次我溜了,很难说痛苦会持续多久。几周,也许。但我们永远追不上他的步伐。事实上,我在那里也会和我留在这里一样,整夜吓得瑟瑟发抖,一直想象着有人拉开窗户,爬进来,对我下手。不!"她语气坚定地说,"我宁愿这样的恐惧有个时间期限。如果非要这样,我想我能坚持两个晚上,或者三个,一直吓得魂不附体。

但我不能一直这样下去,完全不知道这样会持续多久,那我才要疯了。"

"但是,"普雷斯科特反对道,"我根本不知道这里有几个人能指望得上帮我们一把,我甚至都不知道我是否会找人来帮忙,因为我不知道谁会不小心说出去,谁会守口如瓶。话很有可能会传到不该听到的人耳朵里。更何况我们根本不知道他是谁,我有可能直接走到他面前,请他来帮忙,到那时我们就没有任何有利地位了!"他把一只手掌翻过来,"本森年事已高,还整天唠叨个没完。他有事没事都爱和老朋友一起嚼舌头,指望他守口如瓶简直是个奇迹。他儿子倒是可以派上用场,但是——他还不是正式警察,他需要从他父亲那里获得许可,而不是从我这里,我没有这个权力,所以他也派不上用场。"

普雷斯科特真正的意思是,他和卢瑟是情敌,关于她的事情,他可不想找他帮忙,但他并没有这样说。

"好吧,可为什么非要找人帮忙呢?"她无所顾忌地问他,"你一个人处理又有什么问题呢?你能处理。你身强体壮,又不是残障人士。我也不需要一支部队。"

"可我还是没看出来这对你来说算是什么有利条件。"他半信半疑地提出异议。

"钱斌·普雷斯科特,你是半途而废的人吗?你害怕一个人待在这里吗?"

"这太老套了,想用羞辱的办法让我屈服。我想说的是,事关你的安全,我可不想做不必要的尝试。"

"就是说你对自己信心不足,是吧?我还以为大城市里的警探都独立自主,能——"

"跟惹急了眼的女人争论。"他不满地嘟囔着说。

她用一只脚把包踢到身后。"好了,我要留下来!就这么定了。你想怎样就怎样,但如果我不想走,你不能强迫我走。要么你和我一起留下来,要么你自己回去。"

"好!"争论失败,普雷斯科特憋了一肚子火,气呼呼地说,"留下!留下!留下!"他在房间快速地转了几圈,让自己的火气消掉。他一平静下来,就走到她身边,从衣服下面掏出手枪,递到她手里。"给你,知道怎么用吗?"

"我不是专家,"她承认说,"但被逼急了,自然就会用了。不得不快速学会的时候,自然就学得快。"

"你要把它放在衣服里面,这里。"

"那你还有什么?"她带着一丝内疚地问。

"我会待在外面,我有这个。"说完,他握紧拳头,伸给她看。

"咱们胜算的可能性有多大?"她信心百倍地拍着手里的枪,好奇地问,"三对一。你,我,还有这个,咱们肯定对付得了他。"

"好了,把枪收起,别让人看到,我要把窗帘再拉起来了。"他说完并没有立马拉窗帘,而是惊讶地看了看她,"我从来没有见过像你这样的女孩,你是真的胆识过人,还是装模作样?"

"我胆子也就这么大,"她解释道,"所以我才被吓得魂飞魄散,但既然非此即彼,还不如来得痛快些,这样更适合我。咱们什么时候开始?"

"已经开始了,"他把窗帘拉上去,"根据我们掌握的情况来看,从我今天晚上出现在这里的那一刻开始,外面很可能就已经有一个观众了。你还好吧?都准备好了吗?"

苏珊的手开始伸向喉咙,就好像她已经感觉到喉咙部位有人在用力攥紧一样。她快速地摸了一下喉咙,又把手放下。"我的表演一定会一鸣惊人,"她情绪高昂地说,"连赫本[1]都会嫉妒我的演技。"

"窗帘拉上去了,接下来上演第三幕:依依惜别。我们要把舞台搬到前廊。"他端起两个咖啡杯,递给她一个,然后两人一起前往"舞台前方",靠近"脚灯"的地方,即房子大门外的前廊。

他们一起在黑暗中坐了一会儿。屋里的灯开着,从他们背后照射出来,她的白色长裙和他的白色衬衣在灯光的映衬下显得晦暗模糊。

苏珊等了一会儿,然后端起咖啡,暗示他开始。他偷偷地把脚

---

[1] 美国著名女演员凯瑟琳·赫本(Katherine Hepburn, 1907—2003),代表作有《清晨的荣誉》(1934),《猜猜谁来吃早餐》(1967)和《金色池塘》(1982)等,多次获得包括奥斯卡最佳女主角在内的国际电影大奖。

滑到她的脚前，轻轻碰了一下她的脚尖，回应她，然后又把脚收回。

"再来点儿咖啡吧，钱斌？"

"大点儿声。"他小声说。

她提高嗓音："再来点咖啡吧，钱斌？"她的声音听上去很紧张，又尖又细。

他把空了的咖啡杯放在前廊的扶手上，故意晃了一下杯子，让它发出声响。他也提高嗓门，就好像她在屋子里面，而不是坐在离他只有几码远的前廊。"不用了，谢谢！我想我得走了，天色肯定已经不早了。"

他站起身，故意伸了个懒腰，还冲着黑夜打了个大大的哈欠，一边打哈欠还一边用手拍着嘴巴，发出"啊啊啊"的声响。

他借机用手捂着嘴对她说："把我们身后的灯开得更亮一些，这样我离开的时候会更加显眼。"

苏珊走过去，打开前廊桌子上的台灯。在明亮的灯光照射下，两个黑色的轮廓在几百码外都能看得清清楚楚。

她颤抖了一下。"挺吓人的，是吧？"她靠近他，假装在帮他整理领带，趁机压低声音对他说，"不知道有没有——你真的认为外面离我们很近的地方有人在盯着我们，一直等着，并且听我们说的每一句话吗？"

"要想知道外面是否有人，这是唯一的办法。不要往外面看，一直看着我。"看到她的下巴已经不由自主地扭向那边，普雷斯科特用手托着她的下巴,轻柔地扭回来,对着他。"别怕,你不是非要这样做,你可以立马跟我一起去村里,住在霍普金斯小姐家,明天白天再过来。"他用手抓住她的胳膊,再次确认,"只要你同意。"

"不,我要留下来,"她立马回答说,"我说了我想这样,所以我要留下来。"

"你只需要一个人待十分钟。我要沿着这条路往前走,走到树林里,然后从树林里折回来,回到房子的后面。"

"你难道不应该回到霍普金斯小姐家,让人看到你进去吗?也许有人正在监视,以确保你回去了。"

"你一个人待那么久,我可不能冒这个险,一来一回要半个小时。况且,如果有人监视,他应该是在这边的外面,而不是那边的家门口。他要监视的是你,不是我。只要他看到我离开了这里,只要我顺着这条路走了,就足够了。别担心,我会神不知鬼不觉地拐回来。这可是我的专业——跟踪和防跟踪。"他抬起手,放在她靠近灯光一侧的面颊旁,用双唇响亮地亲吻了一下。"这是为了确保看起来我是在追求你。"他跟她解释。

"现代社会,什么都有替代方式,是吧?"她若有所思地小声说,不等他回答,就立马追问道,"我怎样确信你回来了?"

"回来的时候我会告诉你,我会在外面黑暗的地方待着,你只要喊一声我就能听到,一整夜都在。"

"那可不够,我要确信你在那儿,我要得到你已经在那里的信号,否则我一整夜都没办法闭上眼睛,我会在床上一直像寒风中的树叶一样抖个不停。我必须得知道我不是一个人。"

"打开后门的窗户,你卧室的那个,随意些,就好像你要让房间透一下气,要先确信你身后没有任何亮光。我就在你的窗户下面,那儿的灌木丛很浓密,你看不到我,但仔细听,竖起耳朵听,你能听到我喊你的名字。这个怎样?"

"这个可以,这个会让我不再颤抖。只要我知道深更半夜我不是一个人就行。"

"我得走了。夏日恋情总是让人难分难舍,但我们不能演过头了。"

"呃,这两者能同日而语吗?"她气馁地说,"幸好我发现它们不一样。"

普雷斯科特缓步走下廊前台阶,脸一直朝后看着她。她站在台阶上面,把手伸向他,"那好,晚安,"她语气有些生硬地说,"改天再来!"

"谢谢!我会的。谢谢你的咖啡!"

他降低声音:"你的手冰凉,别怕,我就在外面。"

他离开前廊往外走,依然回头看着她。

不管怕还是不怕,现在苏珊如愿以偿了。她站在那儿,一直等到他走到房子的拐角处,才冲着他的背影喊:"替我向霍普金斯小姐问好!"

"我会的!"他们的声音在寂静的夜里传了很远。

"晚安!"她挥着手说。随着他越走越远,她看上去也越来越小。

"晚安!"他回应道,"做个美梦!"不知不觉中,他左手的两个手指交叉,为她祈求好运。

他顺着路继续往前走,慢悠悠的步态,一看就知道是要回家上床睡觉。

苏珊转过身,走进亮着灯的屋里,手里还拿着一盏台灯。关门的"哐当"声在寂静的夜里向旷野中的他传去。门里面的她靠在门玻璃上站了好一会儿,接着,她的身影往里面挪动,越来越小,最后消失。又过了一会儿,灯熄了,房子的一楼一片漆黑。接着,灯又亮了,这次是二楼,她卧室的窗前。

窗外,寂静无声,只有林中小道上慢悠悠往家走的普雷斯科特脚踏在地上发出的"咯吱咯吱"声。此外,还有附近一只蟋蟀不停地"唧唧……唧唧……唧唧吱",像小型电报正在发出死亡的信号。

苏珊把头发解开,垂到肩膀上,看上去像个十几岁的女学生。蓝色睡衣让她看上去更加瘦削,但没人看到她现在的模样。她让卧室和盥洗室之间的门开着。夜晚能听到的声音都非常细小:她身后卧室的钟表传来的"嘀嗒"声,她往牙刷上泼水,然后再把多余的水磕掉时,牙刷磕在水杯边沿发出的声音,窗外的"唧唧……

唧唧……唧唧"声，是只蟋蟀。

她把牙刷挂到钩子上，牙刷在钩子上轻轻地荡来荡去。又少了一种声音，现在只剩下两种了，钟表的"嘀嗒"声和蟋蟀的"唧唧"声，一唱一和。"嘀嗒……嘀嗒……嘀嗒"，接着是慢一些尖一些的"唧唧……唧唧……唧唧"。

盥洗室的灯熄了，她回到卧室，窗户上的窗帘拉下来了。

她看着墙上的钟表。她大概十分钟前上楼，这个时候他肯定已经回来了，应该已经在窗外了。

她关掉梳妆台上的灯。蓝色的暗光投进卧室，有的地方暗，有的地方亮。床边的一盏小灯还亮着，但这盏灯罩着灯罩，只有狭窄的一个光圈照射出来。

她走到床前，坐在床沿上。她突然往后甩了一下头，一头秀发都披在肩上和背上。她把手伸向台灯。

窗外突然传来树枝被折断的"咔嚓"声，蟋蟀的叫声陡然停下。她听到蟋蟀止住叫声，这应该是因为它们附近有人在小心翼翼地靠近。

现在只剩下一种声音了——钟表的"嘀嗒"声。

她的手朝着台灯的方向，停在那儿，没再做动作，但并不是很稳。

她一直等着蟋蟀再叫，但它一直没有。它附近肯定有人，肯定就在它旁边。

那人肯定是普雷斯科特，肯定是他。他说了他会回来，他肯定就在那里。他离开她已经十二分钟了。

她伸手去够床上的枕头，掀开枕头的边，露出一个黑色直角——一个平楔，一把枪，他塞到她手里的手枪。她摸了一下手枪，没有拿起来，这就足够了。枪好像往她胳膊里注入了勇气，勇气又从胳膊进入她的身体。她把掀起的枕头放下。

她一直伸着的手终于完成了原本要做的动作，她吹灯，灯熄了。房间的颜色再一次发生改变，就好像某种彩色胶质滑过聚光灯，浅蓝色阴影变成了深蓝色，又从深蓝色变成了黑色。

她站起身，悄悄走到窗前，一动不动地在拉低了的窗帘后站了一会儿。

蟋蟀固执地不肯再叫。外面传来极其轻微的叹息声。一簇树叶，也许，晃动起来，接着又稳住不动，可能只是一阵微风吹动了树叶。

她伸手拉窗帘绳，窗帘随着绳子的"咝咝"声往上升起。

"随意些，就好像你要让房间透一下气。"他是这样交代的。

夜晚的微风吹进来，她的睡衣动了一下。

她什么也看不见，漆黑一片。天上繁星闪烁，再往下是一个个挤在一起的圆锥形的树影，再往下——什么也没有。

她假装伸懒腰，一边伸还一边担心自己做得不够自然。她可不像他那样会演戏。

没有任何声响。死一样的沉寂。

她的心跳开始加速。他还没回来。蟋蟀已经停止了叫声,树枝已经"咔嚓"响过,树叶已经轻轻晃动——窗户外面有人,但不是他。

恐惧像针一样,细密、冰冷,一根一根地开始戳进她的心脏。

她抓住窗户框稳住自己。她知道她不应该这样做,但她忍不住——她的头和肩膀不顾一切地往外伸,往下伸,一直伸出窗扇。

她喉咙像是卡住了一样,从里面艰难地发出很小的声音,穿过嘴唇:"你在那儿吗?你——你在下面吗?"

寂静无声。她支棱起耳朵听。她的一只手伸向自己的喉咙,握住它,也许是为了压下她马上就要发出的尖叫声。寂静无声。

突然,不知道从哪里传来低声回应。声音压得非常低,低到几乎听不到。

"你知道我在这儿,什么都不用担心。"

接着,又是寂静无声,就好像她刚才根本没有听到任何声音。

她在窗棂里直了直身子,长长地舒了口气。一股热气从她嘴里涌出。然后她转过身,好像刚喝了烈酒一样抖了一下,接着穿过漆黑一片的卧室,往床前走去。

她跌在床上,趴在那儿。他就在那里。今晚死神不可能进到这里来了。

蟋蟀又开始叫了,"唧唧……唧唧……唧唧……唧唧吱",好像小型发报机发出预警的信号。

清晨的阳光洒在房子的山墙上，好像蛋糕上慢慢融化的糖霜。普雷斯科特动了一下。他已经连续好几个小时待在这里，一动不动，感觉像很多年一样久。他全身僵硬，疼痛得简直想要死去。他真希望有个见义勇为的人走过来，仅仅因为人道主义，把枪对着他的脑袋，扣动扳机。之前因为恶棍在他身体里留下子弹而躺在医院时，感觉都没有如此痛苦，那时至少他全身上下是干爽的，而现在露水完全打湿了他的衣服。直到今天，他才知道乡村清晨的灌木丛有多潮湿。他原本还以为人们得经常给这些灌木丛浇水，就像城里的卫生部门都会让洒水车定期往街道上洒水一样。现在他终于知道了。他全身上下所有的关节都僵硬，胡子拉碴的，眼睛里也布满血丝。

而且，都已经这样了，还没有成功。

他艰难地站起身，一边揉着身上疼痛的部位，一边一瘸一拐地穿过树林，往回走。每走几步他就停下来，跺几下左脚，让麻木的左脚慢慢恢复知觉。

但最后一定会成功。想要成功，必须持之以恒。如果今天晚上不成功，明天晚上一定会；如果明天晚上还不行，那后天晚上一定会。他会一直坚持到最后一刻，即使要花一周甚至一个月的时间。即使因为长时间躺在湿漉漉的地上而得肺炎，他也要躺在担架上，让人把他抬到这里，在她房子外面守望一夜，第二天清晨再让人把他抬回去。

某个夜晚，死神会趁天黑偷偷摸摸地袭来，他一定要在死神以为他最不会在那儿的时候守候在那里。

他走进霍普金斯小姐家。以防被别人听到，他准备尽量轻轻地推开前门进去，但他枉费心机。

雅典娜正坐在餐桌前，手里拿着一大团布。霍普金斯小姐坐在椅子上，椅子放在他上楼的必经之路上。霍普金斯小姐看上去僵硬得像根通条一样，双臂紧紧地抱在胸前。空气中弥漫着即将爆发的道德批判的紧张气氛，使得他很想竖起外套领子，偷偷地溜上去。

"我——我在树林里散步时迷路了，"他支吾着说，像没睡醒一样，"找不到回来的路了。"

屋里的温度陡然下降了不少。

"呵！"霍普金斯小姐从鼻孔里喷了一股气，一脸怀疑地突然把头扭到另一边。

"他们都一样，"雅典娜对她的雇主说，"他们介些人，一个都不能信。嫁给他们的女人才是傻瓜！"

直到他安全地抵达自己的房间，关上房门，才明白她们两个暗示的是什么。他的脸像罂粟花一样红。"我可是在救她的命，"他尴尬地自言自语，"搞得我像是在败坏她们的名声一样。"

苏珊放下头发，披在肩上，看上去像个十几岁的女学生。睡衣让她显得更加瘦削,身子看上去像魅影一样轻飘飘的。她站在那里,让盥洗室的门开着。夜晚能听到的声音都非常细小:隔壁卧室里的钟表传来的"嘀嗒"声,窗外蟋蟀的叫声,还是昨晚那只蟋蟀。

她把牙刷挂在钩子上,牙刷在钩子上荡来荡去。她熄灭灯,回到卧室。窗帘还没拉开。床边的台灯灯罩下射出狭窄的一圈光,像个光晕,映在台灯上方的墙上。

她走到床前,拉开枕头的一角。他的手枪赫然在目,在白色的床单上显得特别打眼。她放下枕头盖住枪。

她吹灭台灯,房间随之变成深蓝色。她走到窗前,窗帘在她手下方随着"咝咝"声上升。微风撩拨着她的睡裙。

一个自信,且听上去毫不怀疑的声音从她嘴唇里发出:"你在那儿吗?"

生死时速

应答声像是从黑暗中漂浮上来,像个看不见的肥皂泡,在她耳朵旁轻轻地破裂,这样只有她一个人能听到:"当然在,别担心。"

她转过身,摸黑走到床前。房间里只有她一个人,可她今晚甚至一点都没有感觉到害怕。

被他俩的低语打断的蟋蟀又开始叫了。对于蟋蟀的叫声,她也习惯了。蟋蟀叫并不意味着什么,只是个蟋蟀,只不过是一只夜间活动的昆虫而已。

她看上去像个女学生。她把牙刷挂到钩子上,牙刷在钩子上荡来荡去。她熄灭台灯，走进卧室。台灯的光圈映在墙上。她打了个哈欠，懒洋洋地用一只手盖住嘴巴。她没有掀开枕头查看手枪。它在那里，这就够了，她不用每隔五分钟查看一次。

她熄灭台灯，接着，纯粹出于习惯，她轻松自然地走到窗前。这不再是紧急信号，而是已经成为他们两个互道晚安的方式。

窗帘拉上去，她放松地侧身在飘窗上坐了一会儿。

"你在那儿吗？"她朝着下面小声喊，更像是为了好玩。

下一刻，应答声以同样的口吻传上来："我想你应该知道我在这儿，这个点儿。"

她笑了一下，趁着天黑，晃了晃一根弯曲的手指，跟他道晚安。

下面立马传上来告诫的声音："停下，不要那样！"

她站起身，离开窗户。

穿过房间时，苏珊的嘴唇上挂着无声的笑。到底是什么让他们认为在这样浪漫的夜晚会有人想要对她下手，难道不是已经到了停止晚上捉迷藏游戏的时候了吗？这一切已经开始显得有点荒唐了。她这辈子都没有觉得如此安全过。

只不过是一个宁静的乡间夜晚，一只"唧唧"叫的蟋蟀，还有睡眠的幸福。

普雷斯科特畏惧了，至少，他已经处于一种接近畏惧的极度不舒服状态。他经历过被亡命徒用装满子弹的手枪瞄准自己的危急时刻，那时他都没有感到畏惧。但他现在感觉到了——前廊四到五码远的距离让他感到畏惧。不得不穿过这段距离，让他极其痛苦。如果有任何其他方式可以离开这里的话，他一定会绕得远远的。可惜没有。她们也看到这一点了，故意把后面锁上，这样他就不得不从这里走，经过前廊上哨兵一样的摇摇椅，接受她们谴责的眼神像鞭子一样抽打在他身上。她们正在发动一场针对他的战争，一场无声的、冷酷的道德反对战，即使清白无辜的人也很难对付这场战争。珠儿·霍普金斯是这场战争的将军，雅典娜则是她的副官。

再没有什么比女人道德谴责的犀利眼神更让男人感到畏惧了。

他还没有离开，就能在房间里听到前廊上的摇摇椅在她俩身下长时间负荷工作时发出的声响。声音小点的——那是霍普金斯小姐坐的摇摇椅——一直"嘎吱，嘎吱，嘎吱嘎"，而声音大的，那是雅典娜，一直"框唧，夸唧，框唧夸"。

他感到畏惧，于是紧了紧腰带，给自己打气。他关上房间门，朝楼梯走去。他真希望自己能隐身。

脚踏在楼梯上发出的第一声"嘎吱"响像发电报一样，通知廊前的人他下楼了，于是摇摇椅的"嘎吱框唧"声随之加速。她们为了出手而寻找最佳的摇晃速度。

"如果她们说点什么，我还可以就着话题聊一两句！"他无助而又忐忑不安地想。

他推开门,出现在前廊上。两人同时停下来,一下子陷入死一样的寂静,简直像事先约定好了一样。两双眼睛同时开始鞭笞行动,一侧一双。

他从她俩之间的廊前穿过,来到屋外的台阶上。"呵!"左侧突然传来刺耳的一声;"呵!"右侧也传来鄙夷的一声。

他能够感觉到她们的眼睛就像鱼钩一样戳进他后颈的皮肤里,拉着他使劲往后拽。

良心把所有人都变成了懦夫,即使是清白无辜的人。

他在台阶的尽头突然转过身,用受伤的眼神看着她们。"其实,"他为自己辩护说,"我知道你们在想什么,但我——我正在处理一件事情。我在工作,我跟你们说!"

"他们都介样说,"雅典娜耷拉着眼皮,洋洋自得地对她的女主人小声说,"但可不是你说的那种工作。"

"我可没说一句话。"霍普金斯小姐实事求是地说,接着追问雅典娜,"我说一句话了吗?"

普雷斯科特狼狈不堪地转过身,从来没有如此狼狈不堪过。

"呵!"左边传来一声;"呵!"右边回应了一声。

他走到院门时,明显感觉到从后颈开始扩展开的潮热,让他浑身不舒服。

夜晚又降临了。寂静、毫无伤害的夜晚又一次降临了。宁静、无声，和这个夜晚之前的所有夜晚没有任何不同。苏珊床边的台灯亮着，温馨，让人感到安全。她的头发披在肩上，看上去像个女学生，她的身形显得很瘦削。她的牙刷碰到玻璃杯的边缘时发出的"嗒嗒"声，窗外，同一只蟋蟀还在重复叫着，"唧唧，唧唧，唧唧吱"。她以前好像从来没有听到过，只是现在已经习惯了它。

她把手从牙刷上拿开时，牙刷在钩子上无精打采地荡了几下，接着盥洗室的灯熄了。她来到卧室，在梳妆台的镜子前站了一会儿，拿起一把梳子。

蟋蟀的叫声停了。呼吸的间歇，非常像。蟋蟀们呼吸吗？她想是的，可能吧。所有生物都要呼吸，只是呼吸的方式有所不同。很快蟋蟀就会再叫的。

它没有。蟋蟀的叫声没有再次响起。她手里拿着梳子，一动不动地停在那里，静静地等着。好吧，就算没有再叫，也并不意味着什么。也许它睡着了。她想，它们也要睡觉吧，像其他生物一样。

梳子伸到脑后，往下梳了一下，然后又停下来，停在那里，停在后脑勺那里，就好像要把头发卡在那里一样。

从没听过的声响在夜晚都显得极其细小，她甚至有点怀疑自己是否真的听到。也许是耳朵欺骗了自己，或者是夜晚的气流穿过树枝形成的音箱时发出的呜咽声留下的奇异效果。

她的肩膀向上耸起，但没有再放下。

声音又有了。一起一伏，"嘣嘣"，像拨弄松弛了的金属线时发出的声响。

她放下梳子,快速地用手盖住耳朵,声音又没了。她把两手拿开,声音还在。声音是从外面传来的,而不是像她想象的那样,是从她自己的脑袋里传出去的。

声音比刚才大了,而且更加密集。一声接着一声,不像刚才那样两声之间有间歇,两声之间有明显的间隔。这就意味着越来越近了,近到一直都能听到,而不是像最初那样时有时无。

声音变得越来越大,简直像是在弹奏乐器一样清晰可辨。当然不是美妙的乐器声,而是近得几乎都能判断出声音的目标是什么。

她转过身,依然站在原地,镜子里映着她的后脑勺。

这时又传来另一种音符声,接着第三种,接着第四种。突然之间,这些音符发出的声音汇在一起,形成一支连续不断的曲调。接着又从头开始,比上一次更加清晰,更加强烈。也就是说,现在离得更近了。

她现在知道接下来会是什么了。她知道是什么引起声音,是什么发出声音:是人撅起的嘴唇呼出的呼吸发出的声音。从那人的嘴唇里吹出的口哨声,就在外面的黑暗中,就在外面的黑夜里,稳健地朝她的房子靠近。

音符声再次传来,单调的音符声,和之前的顺序一样。升,升,降,升。

"《扬基·杜德尔》!"

她的背影从镜子里迅疾滑过,来到台灯前,紧接着灯熄了,房间一片漆黑,里面什么都看不见。

音符声再次传来,第四次。升,升,降,升。声音现在变得很响,很清晰,不可能再听错。又近了,更近了,非常近。

随后,声音停下来。前四句吹完了,接着进入中间部分。

窗帘被快速拉起,她急促的呼吸冲击着外面的空气。

"你在那儿吗?你听到了吗?在另一侧——"

她半蹲着趴在飘窗上,她发出的"咝咝"声像刀子一样在黑暗中飞向窗外。

他肯定听到了,他肯定比她听得还要清楚,因为他就在窗外的旷野里,而她在屋子的里面……

无人应答。

"你在那儿吗?钱斌,你在那儿吗?快点,告诉我,我现在该怎么办?"

无人应答。

口哨声突然停止。现在悄无声响,根本没有任何声音。前面没有,后面也没有。

突然,她低声的求救变成了刺耳的尖叫,穿过黑暗,传到外面,叫声里充满恐惧和对尖叫后果的无所顾忌。"钱斌,上帝啊!你在哪儿?回答我,快点回答我!我能听到前门口的鹅卵石'嘎吱嘎吱'地响!"

无人应答——没有声音——什么声音都没有。空无一人，寂静无声。

她的尖叫声像刀子一样飞出去，划破黑暗，穿过树林，最终落在地上，而远处却什么都听不到。

"钱斌，救命！他就在门口。我听到他在开门！钱斌，你听不到吗？救命！快点！"

冷酷无情的寂静无声。外面没有任何人可以求援，近处没有，远处也没有。

车站站台空无一人。站台两头的屋顶下各挂了一盏晦暗的灯，投下一小片昏黄的光。

普雷斯科特在两盏灯之间走来走去，走来走去，已经走了七八分钟。他的包放在站台的边沿，包的一角伸到轨道的上方。

每次经过他的包时，普雷斯科特都会停下来，站在旁边，抬起一只脚放在包上，点上一支烟。紧接着，他把烟扔掉，几乎随着刚点着烟的火柴梗一前一后地扔出去，然后再继续来来回回地走。

他又看了一下手表，这应该是第十六次。火车到站还要五分钟，更准确地说，是四分半钟。他真希望火车已经停在这儿了。这是今晚回纽约的最后一趟火车，如果他赶不上……

命令写得清清楚楚，必须执行。他这一辈子从来没有收到过如此简短的命令，当然不能当作儿戏。他在一盏灯下停住，从兜里掏出电报,再看一遍。这应该是第十五次。手表又往后走了一分钟。

如果命令不是如此明白无误的话,他至少可以推迟到明天早上再离开,但是……

速回。乘今晚末班火车。上级正式命令。不得有违。速回,极其重要。毋打电话。机密。紧急。

发报人:德·韦斯特法尔。

普雷斯科特又把电报收起来,用力塞进衣服兜里,幸好是电报纸,否则都要把衣服衬里捅破了。完全是韦斯特法尔的做事风格。好吧,这就是他的风格,鞭子刹那间甩出来。他肯定会是一个优秀的盖世太保首领。连去她家说一声的时间都不给他留……

如果他能早一点点收到电报,或者如果还有一趟比这晚一点的火车,那该多好啊。但他只能二选其一,没有时间完成两件事。

如果她能及时收到他的信息,她也会平安无事,毕竟他的手枪在她那儿。

车站空无一人,更没有人告诉他电报是什么时候送到他住处的。到处都紧闭着门,门上着锁,所有人都回家睡觉了。车站站长、行李搬运工、电报收发人,是同一个人,不是三个不同的人。这三个职务由同一个人担任。

他再次走到大门紧锁的发报室,从黑乎乎的窗玻璃往里面看,没有人。在此之前,他已经重复这个动作无数次了,无一例外都是出于极度紧张时的本能反应。第一次看,就知道里面没人了。

普雷斯科特再次朝其中的一盏灯下走去，边走边看表。第十七次。还有两分半钟。

轨道尽头黑暗中传来一声拖得很长的火车笛声，听上去非常悲戚。再没有比偏僻乡村小站深夜传来的火车笛声更让人感到凄凉，一旦听到，就绝不可能听错。这鸣笛声比死亡本身还让人感到悲伤，它就是死亡——永别的死亡。

车来了，不早不晚。

他往站台边沿挪了挪，焦急地盯着黑乎乎的狭长轨道坑。

一个小型的太阳在不远处的黑夜中冉冉升起，顺着轨道朝他滑过来。

他抓起包，站在那儿等。

苏珊手里握着手枪，稳稳地握着。这是现在唯一能让她稳住的东西，它就像一个紧紧的拥抱，把她抱在一起。手枪给她力量，也让她感到平静。枪真是好东西，难怪男人都喜欢枪。在此之前，她一直无法理解，现在她终于明白了，再明白不过了。

后面。她要从那里出去，她应该早点想到这个，而不应该像刚刚那样冲着窗外撕心裂肺地喊叫，那样恰恰暴露了她的位置。如果死神想要进入这栋房子，那就进来吧。他从一个门进来，她就从另一个门离开。死神也不能同时出现在两个地方。从前门传来微弱的"叮当"声，这表明他就在前门，忙着找锁，或者在试万能钥匙。

小心翼翼地，一个台阶一个台阶地，她在黑暗中摸索着往下走，握着手枪放在胸前，枪对着外面，像船舵一样指引着她。她不敢用台灯，那样会暴露，让他看到她移动的方向和目的……一个台阶又一个台阶，她小心翼翼地伸出一只脚，往下试探着碰到台阶，再把身体的重量落在上面。要是脚踩在楼梯台阶上不发出"嘎吱"声，那该多好啊！如果楼梯台阶不发出任何声音，给他发出警报，那该多好啊！

又一个。往下，又一个。再往下，又——

这是那个有问题的台阶，她想起来时已经晚了。白天的时候，这个台阶"咯吱咯吱"响，像是在痛苦地呻吟。白天的时候，怎样都无所谓，因为白天它不会要命。

楼梯台阶发出呻吟，紧接着又响了一声。她想把脚收回——太晚了，警报已经发出去了。门把手和门锁那儿传来的窸窸窣窣的声音突然停住。他听到她了，他猜到她下来了。

蹑手蹑脚变成了公开的赛跑。她现在知道要做什么了，唯一能做的事，也是她唯一的机会。快速返回到那里，从那里逃走。

她发出一声努力压制但没有成功的嘶叫，凄惨中还掺杂着一丝兴奋，同时快速冲下楼梯，往后面跑，像个游魂，在一楼的黑暗中飞速滑过。

什么都看不见，她只能凭借记忆，往后门方向跑，离门还老远就伸手去够门把手。她用没拿枪的那只手抓住门把手，拼命地拧。可门把手不肯动，完全不听她的使唤，每拧一下它都像是在往相反的方向用力。原来还有人在拧它，朝相反的方向，在门的另一侧，和她一起在拧。

他刚才肯定在和她赛跑，他在房子外面，她在房子里面，他和她几乎同时到达。现在打开门恰好是帮他开门，让他进来。

她像撒开毒舌的牙齿一样撒开门把手。此时此刻，他也不拧了，而是想往前用力，把门挤开……门抖了又抖，但没有开。

她想起门上半部的玻璃时，他也想到了。玻璃瞬间炸开——他肯定是用拳头砸——碎玻璃"哗啦啦"地洒落在地上……有一块玻璃扎进她的脚踝，像刺一样戳在里面。

门帘往里飞了一下，她看见他的胳膊伸进来，往下摸索着找锁。胳膊像个钟摆，死亡之钟的钟摆，从胳膊肘那里一前一后地摆动。再摆一下，顶多两下，就会够到锁匙，一转锁匙，门就要开了。

她握着枪，像拿着一把刀一样，猛地朝门上玻璃破碎后的洞捅了一下。

她的声音因为恐惧而变得粗粝："往后退，否则我开枪了！听到没？走开，否则我开枪了！"

他回答了。这是今晚整场噩梦中他第一次，也是最后一次开口说话。她没听出来是谁，恐惧让她失去了判断。声音离她很近，就在她脸前，听起来异常令人恐惧。黑暗中他们看不到对方，但感觉就像他在朝着她的脸上呼气。

"我听见了,"他说,"开枪啊。"

她瞄准他的头,简直都要碰到它了;她扣动扳机,扳机拉回来又弹回去,刺耳的"咔嗒"声在空空的枪膛内擦过。

不!不!保险栓肯定拉上了!她用大拇指接连扣动了三四次。没拉上,枪在待机状态,她记得在楼梯台阶上时已经拉上了。

枪里有六发子弹,普雷斯科特告诉她了。六发子弹,以防万一。扳机前前后后又扣动了五次,除了金属碰撞金属的声音,其他什么都没有。枪里是空的。

不管他是谁,他肯定知道她有枪,他肯定趁她白天出门时溜进来,溜进这栋房子,取出枪里的子弹,再把枪放回枕头下。

苏珊惊恐的尖叫声和他冷静的恐怖笑声混杂在一起。

她用枪砸他,让他后退,但她砸不到他,撞在残留在门上的玻璃上,玻璃碎片在黑暗中往外飞溅,但并没有伤到他赫然耸现的脑袋。

像钟摆一样的小臂突然停住,刚好抓到门锁匙。手腕用力一扭,锁打开了,通向里面的通道打开了。

伴随着火车停时总是会发出的一声疲惫叹息,火车停下了。站台上被随手丢弃的报纸翻飞了几下,火车头上喷出一股白烟。

普雷斯科特拿着包往最近的车厢门走去,通过台并没在他刚才站的位置。

他一手抓住门旁的垂直扶手,把包扔进他前面的通过台里。通过台的门被轻轻推开,从里面走出一个人,门又关上,通道被堵住了。一个睡眼蒙眬的男人慢吞吞地走下来。

普雷斯科特往旁边挪了挪,给那人让位置。有那么一刻,两个人几乎面对面,都带着不确定的眼神看着对方。等他们身子已经完全错开了,才认出彼此。两人同时回头,普雷斯科特站在通过台上,那人站在站台上。

"你要下车?"

"你要上车?"

火车已经做好了再次开动的准备。铃声响起,头顶上不知道从哪里传来缓慢沉闷的声音:"上车!"

认出对方后,普雷斯科特突然想起来什么。"嗨,等一下!"他冲着刚下车的那人喊道,"那个电报什么时候到这里的?你什么时间收到的?"

"什么电报?"

普雷斯科特从兜里抽出电报,打开凑到他脸前。通过台开始顺着站台方向往前滑动,那人不得不顺着轨道走了几步,好和通过台保持并列。"这个!就这个!"

身兼站长和发报人的那人摇了摇头。"我的办公室没有收到你任何电报,今天没有。你不可能从我这里收到,我中午之前就锁门了。我中午赶去伊斯顿,这才回来。我去那儿参加我哥哥的葬礼,他今天下午下葬。没有人可以托付,我就把门锁了。"他掏出一样东西,那东西在火车车窗里射出的光下闪了闪,一晃而过。"这是钥匙,在这儿!"

那人已经开始往后退了,转眼间离车尾已有半节车厢远了。

普雷斯科特突然跳到最后一个台阶上,转了一下身,落到站台上,一只手和一个膝盖撑着地,离站台的边沿只有一码远。他站起来,火车"呜"的一声擦身而过。由于跳下来时撞到膝盖,他只好瘸着腿往回走。

站长正在打开发报室的门,普雷斯科特走到发报室时,门刚好被推开。站长把钥匙放到另一只一直没用的手里。

"有人冒用电报机发电报了。瞧那个!"站长兴奋地喊,"我不在时有人闯进来了!地上到处都是电报纸。"他茫然地盯着普雷斯科特,"想想看,谁会做这样的事情?为什么?"

警探突然转身,沿着站台侧着身子快速往前跑,看上去像是突然改变了主意,要追上早已开走的火车。他的包还在站台上。

"我不知道是谁,"他边跑边喊,"但我想我完全明白为什么!"

站长站在门口,嘴巴张着,望着他的背影,"嗨,你要去——"

警探已经跑到站台尽头,眨眼间消失在黑暗中,远去的脚步声听上去像是跑着去拯救性命。

他的确是跑着去拯救性命,但救的不是他自己的性命。

那就去前门。如果他在后门,前门就是安全的。即使他就是死神的化身,他也不可能同时出现在两个地方。苏珊明白,即使能跑出前门,也并不意味着逃脱,只意味着从这栋房子里逃脱,但总比待在房子里好些。他肯定会在旷野里追她,而且不会跑出太远就能追上,他肯定会捉住她,但在黑夜的掩护下,灌木丛或树木也许能让她躲起来,这样至少还有一线希望。而待在房子里面,意味着根本没有任何希望。

她从黑暗的过道里往房子的前门跑去,面朝着门冲了过去,差点失去平衡撞在门上。她用力扭,往外推,可门打不开。

原来有障碍挡着:原本放在前廊的两把笨重的椅子,一把椅子倒过来扣在另一把椅子上,紧紧地抵住门。她用尽全身力气往外推,往外撞,椅子动了动,但由于它们重量大,重心低,很难推动。两把椅子犬牙交错地扣在一起,想要挪动它们,得先把它们分开,但她从里面根本没办法做到,因为没有足够的地方让她伸开胳膊。

她听到背后另一扇门的门玻璃被摇晃松动后擦着地板打开了,他进屋了。他们两个之间已经没有任何障碍物了,再试图从窗户逃走已经迟了,她还来不及整个身子跳出去,他肯定就已经追过来抓住她了。

当他刚踏着洒满碎玻璃的地板朝屋里走来时,苏珊突然转过身,朝他的方向冲过去,像是要拥抱死亡。但看到两人之间还有楼梯时，她突然转到一边，往楼梯台阶上冲去，靠着身体的惯性，扑到台阶板子上，两手抓着台阶板子往上爬，同时用脚疯狂地踢掉脚下的板子，就像游泳的人顺着波纹板滑道往上爬一样。终于，她爬到了楼梯顶端。

就像刚才她在一楼时一样，她又迅速地瞥了一眼，只见一个和男人一样高、一样宽的黑影在沿着一楼稍微有些亮光的过道朝她移动过来。

她关上卧室门。已经来不及锁上了，于是她把旁边一张桌子拉过来抵住门，然后开始往下扯床单。她用了很长时间才把床单扭成绳子，两头绑在一起。

门前的桌子突然动了，好像是桌子自己移动的。桌子挪动了半英尺左右，但门外没有听到任何声音。接着桌子不动了，静止了一会儿，就好像刚才的移动是视力错觉一样。

她把笨重的床单丢在地上。已经来不及用它了。

桌子着了魔一样，突然被推开。现在挪开的距离已经有一英尺了。接着，它又静止不动了。她凄厉的尖叫声和桌子一下一下的跳动一唱一和。外面什么声音都没有，连刚才听到的粗重的呼吸声也没有了。

她跑到桌子旁边，用自己的身子使劲地抵住它。她看到桌子上有个东西，便伸手去拿，勉强能够到。原来是一把不堪一击的指甲剪。

一个肩膀从墙和门之间的缝隙挤进来,她用手里的指甲剪戳它。突然,她的手臂被牢牢地攥住,一动也不能动。一只手已经从下面她没有留意的地方伸过来,抓住她的胳膊。死神正在用力拉扯她的胳膊。

她的头往前下方伸,头发垂到前面来。

她看上去像个十几岁的孩子,一个被死神紧紧攥住的孩子。

有好一阵子,整栋房子里没有任何声音,尽管它似乎被普雷斯科特沉重的脚步声震得一上一下地抖动着。

他的外套已经被脱下来甩在身后,但一只袖子还套在胳膊上。他把袖子扯掉,甩到一边。

突然,一声尖叫从楼上的窗户传来,像是在对他发出召唤。

他从来没想到自己能跑得比这更快了,但那一声尖叫好像让他整个人飞离地面,他几乎都感觉不到双脚挨地。前廊的地板已经在脚下了,他直接冲到了挡住大门的两把椅子上。已经在里面了,她也在……已经在楼上了,她也在楼上,因为椅子挡在门外,不可能是她把椅子摞在这里的。

楼上有人发出喉咙被扼住时发出的"咳咳"声。只有这一种声音,再没有别的声音。在这寂静的黑夜,在这寂静的房子里,只有这一种听上去很微弱的声音。

他使出全身力气把椅子扔到一边,其中一把椅子直接飞出前廊,落到房前的草地上。

楼梯比他记忆中走过的都要短些。他甩开膀子,三步并作两步,几下就跨到楼梯顶端。

上面的声音依然很微弱,几乎听不到。如果靠近仔细看的话,只有缓慢的移动。在她漆黑一团的卧室门口,普雷斯科特认出了她。她双膝着地,就好像掉了什么东西,没有点亮火柴,就趴在那儿吃力地寻找。一双手从门后伸出来——一双属于看不见的某个人的手——攥着她的脖子。她的双手举起来抓住另一双手,四只手井字交叉,僵持在那儿。她几乎一动不动,纱质睡衣像从地板的缝隙里冒出来的烟,慵懒地摊在地上。每隔一会儿,她就会发出轻轻的咳嗽声,一声比一声微弱,可以看出,剩下的咳嗽声已经为数不多了。

怒火在普雷斯科特的脑中一下子炸开,就好像发射火箭的火药被放错了地方,不小心放在了他的脑袋里。他再也不想找出凶手是谁,他也不想再逮捕任何不法分子,更不想侦破任何案件。他现在和自己一直穷追不舍的亡命之徒一样,和他们没有任何区别。他只想杀人。

苏珊的身子在他们两个之间慢慢倒下,就像溺水的人从水面上一点一点地落到水下面。但她的身子还没有完全倒下,她的两个拳头和胳膊就已经从她的身体上空瘫软下来。

她从他们的视野中消失,尽管她还在地板上。她还活着。普雷斯科特能听到她发出的微弱的咳嗽声——像一只饿极了的小猫正在拼命地啃一根鱼骨头时发出的声响——尽管对于她自己来说,这咳嗽声简直惊天动地,就像足以把树劈倒的炸雷一样响。他想去帮她,但他做不到,因为他不得不为了自己的性命而搏斗。这搏斗引爆了他身体里刚才尚未点燃的火。这可不是好兆头,因为狂怒就像刚好射进眼睛里的头灯一样,并不利于搏斗。

他担心自己一不小心踩到苏珊,那样也会妨碍他。她就在地板上,但他不知道她的确切位置,因此每动一下都生怕自己沉桩一样的腿落在她毫无抵抗力的身子上。他往后移动了几步,想让两个人的搏斗场地离开她躺的位置。但这移动妨碍了他,就好像一边打一边试图从一个角落里移出,但又被角落里往两个方向拉扯的绳子限制了移动的自由。

普雷斯科特的对手却没有受到这样不利条件的制约,因为他根本不关心她的死活,他甚至还一心想要杀死她。不管用他的双手把她扼死,还是用他的双脚把她踩死,结果都一样,所以哪里对他有利,他就毫无顾忌地把脚踩到哪里。有那么一次,他甚至把脚直接踩在她身上,冲着普雷斯科特的脸挥拳。打过来的拳头像过山车一样,忽地向下,忽地又朝上,接着又向下,普雷斯科特以为从他的身体正前方冲来一个推土机。

普雷斯科特的对手可不是容易对付的角色,他的胳膊上填充了碎石头,他的拳头上绑了铁屑。当他的对手由女孩换成男人时,他身体里的发电机提供的电流完全不一样。他和普雷斯科特在城市里搏斗的凶手完全不一样，那些人手里只有一把点三八手枪和一身口香糖一样的筋骨，而面前的这个人随身携带着全副武装。要想解除这套武装，需要有一个解剖台，而普雷斯科特既没有解剖台，更没有解剖的时间。

普雷斯科特刚刚飞速跑了那么长一段路，上气不接下气，更让他处于劣势，而他的对手在此之前只是扼住一个女人柔软的喉咙，练了一下手。

普雷斯科特的头部被重重地击中，感觉就像房梁掉下来，刚好砸在他的脑袋上。他的头晃了几下，像唱机的转盘一样，大脑的血液像停止了流动，他的眼前一片模糊。

他不能让搏斗先暂停，因为这可不是正式的职业拳击赛。这里没有裁判，没有中立角，倒地后更没有暂停。除了一拳打死对方，或者被对方一拳打死，其他什么都没有，甚至都不能倒下，否则你的对手立马冲上来，一拳把你打死在地上。

接着，又一拳打在普雷斯科特脑袋的另一侧。奇怪的是，这一拳反倒把普雷斯科特打清醒了。有那么一下子，他好像完全恢复到之前的状态。至少这一拳消除了上一拳造成的不良后果，就好像脑袋两侧的脑震荡互相冲击，恰好互相抵消。

他的两只眼睛不再像刚才那样模糊了，尽管依然看不清，但至少能够聚焦了。他朝一个高脚柜或者她卧室里的其他什么东西扑过去，也有可能是那东西朝他扑过来。殊死搏斗的地方就不该有任何家具。

他想要往后退，同时出拳，结果却用错了力气，只听到高脚柜上一排的黄铜环把手从上到下同时叮咚作响。

杀手伸出手想去掐普雷斯科特的喉咙，普雷斯科特不得不一个抽屉一个抽屉地往下移动身体。但杀手现在可不像刚才对付苏珊那样，他现在要扼杀的不是一个皮肤细腻的女孩，他知道现在该用哪个档位。现在是他发挥最大杀伤力的时候，双手扼制的力量足以让树里的汁液喷射出来。

他把普雷斯科特的头夹在两只胳膊下，像坚果钳夹住坚果一样，小臂内侧的筋紧挨着他的脑袋两侧，两只手像帐篷或帐篷尖顶一样慢慢靠拢，这样刚好可以在他想要的位置紧紧地控制住被夹者的头。接着，他抬起一只膝盖，用膝盖头卡住普雷斯科特的下巴，然后继续往上顶。卡住他的下巴之前，整条腿往后甩，获得动力后再用力甩回来，就像活塞一样。

这个动作只需要两下，不仅足以把普雷斯科特的气管和后背撞碎，甚至还有可能把他的脊椎从脖颈处扭断。

他的膝盖撞击第一下后，普雷斯科特感觉到脖子上所有的筋和腱都像橡皮筋被狠狠地拉断了一样。蓝色的火焰，像静电一样，在他的脑袋里"噼里啪啦"乱炸了一会儿，伴随着针扎一样的疼痛，他能感觉到自己的眼球往外冲，有那么一会儿，他以为眼球已经飞出眼眶了。

杀手的这条腿完成第一下撞击后，准确开始第二次之前，有个短暂的空隙。

普雷斯科特也有两只胳膊——就算奄奄一息的人也有两只胳膊——而且这两只胳膊还安然无恙地挂在肩膀上。他把两只胳膊垂直往上举，同时从胳膊肘到手腕一起靠拢发力，就好像两只手臂要钉进天花板一样，试图分开像坚果钳一样钳住他脑袋的两只手。接着，他也抬起腿，用脚掌朝着那人凸起的胃部，使劲踹过去，整个脚和脚踝都踢了进去，就像猛踢空了的开水瓶一样。杀手猛地往后一仰，身体反转过去，趴在地上。

可是，普雷斯科特不能追过去——甚至连和杀手之间咫尺的距离都挪不过去——趁机反扑。他只顾忙着吸进去一点点空气，等空气到达它应该去的位置后再呼出去。他们把对方撞开，但之间的距离只有几码远，两人都神志不清，但都又很清楚对方就在几码外的地方，两人都像严重哮喘病患者一样大口喘着气，谁都伤害不到对方。

普雷斯科特伸出舌头，让体内的炽热消散。他感觉到自己的舌尖上像有一股热血正在奔涌。很快，他的呼吸就不再那么短促，他缩回舌头。

周围陷入寂静时，又传来苏珊微弱的咳嗽声。事实上，在两人急促呼吸时，根本没有寂静的时刻。从声音传来的方向判断，她就在房间的另一侧，肯定是刚才为了躲开他们两人的拳打脚踢和横冲直撞而艰难地把身子挪到了安全的地方。

他看不见她，但她的咳嗽声对他来说就是莫大的鼓励。她不再像刚才那样奄奄一息，生命的活力开始复苏，现在的咳嗽更多的是刚才杀手给她造成的创伤性后果，而不是最终的结局。

在他的注意力转向她的时候，突然间，伴随着一阵骚动，一团黑影在黑暗中慢慢拉长。他看不到，但能感觉到他的对手双脚着地，摇摇晃晃地想要站起来。

接下来，这团黑影并没有朝他再次发起攻击，而是以出人意料的速度跳过普雷斯科特伸出的双腿，跑到门口，冲出去，冲下楼梯，像一股疾风拂过一堆干树叶一样，发出一阵窸窸窣窣的声音。

他冲出去的速度太快了，以至于普雷斯科特都能感觉到脚下的地板随着那人顺着楼梯往下冲的脚步而颤抖。

杀手恢复之迅速，也让普雷斯科特为之一振，随之恢复到战斗的状态。搏斗中的男人就像动物一样，大都如此。如果你静止不动，敌人通常也一样；如果你跳起来，立马行动，那恰好会招致你一直尽力避免的事情发生：对手也会立马行动起来，开始追击你。这简直是难以抗拒的模仿。

只要对方戳在那里不动，普雷斯科特也会一直保持不动，但一旦对方站起来逃走，普雷斯科特也立马站起来，开始追击。他用尽最后一丝力气，让自己行动起来。对手跌跌撞撞地逃，他摇摇晃晃地追。

他顺着楼梯往下，身子像喝醉了一样往前倾，而不像平时下楼那样挺直腰背。杀手撞倒在一把底朝天的椅子上，普雷斯科特趁机追上，但紧接着他也撞倒在同一把椅子上，两人之间的距离又恢复到刚才那么远。

很快，他们都来到树林前的旷野里，像刚才一样保持着几码远的距离，也像刚才一样跌跌撞撞，就好像两人都在跑越野赛的最后一圈。

普雷斯科特模模糊糊地意识到——他的大脑靠仅有的一点能量储备在运转——他唯一能追上杀手的机会就在房子和树林之间。一旦他跑进树林，就只能和他说拜拜了。但普雷斯科特没再继续跑了，他弯着腰，上半身一起一伏，好像要在地上软一点的地方躺下，但怎样也找不到合适的位置，连怀着崽的母牛都能从他手里逃脱。

前面越来越模糊的黑影似乎也不顺利，给人的感觉就好像他是在及膝深的沥青里艰难跋涉。但区别在于，树林充当的保护屏障像帷幕一样，即将首先降落到他的身上，之后才是普雷斯科特。根据两人移动的方向看，只能如此。所以，不管杀手现在走得有多艰难，他现在的感觉应该都像是踩在天鹅绒上一样，尽管他和普雷斯科特之间的距离只有五六码远。

普雷斯科特想要缩短两人之间的距离，但他实在无法做到。逃走的影子已经到达树影下。

普雷斯科特已经看不到他一直追逐的人了。没过一会儿,他也来到树下。树根打着他的胫骨,树枝裹着他的肩膀,树枝上的松针戳进他的脸。现在,他根本就没办法再追了。

刚开始还能听到几声泄露那人方位的脚步声,就在普雷斯科特前面,紧接着,脚步声越来越远,他再也听不到了。

五分钟后,普雷斯科特停下来,孤身一人,两手空空。四分半钟前,他就应该知道自己错失良机了。他耸起肩膀靠着树,让树支撑着自己的身体,像垂死挣扎一样艰难地扭动了几下。

四周寂静无声。那个家伙根本不存在,周围的树木似乎都在跟他说。他此刻也没打算和任何一棵树争论,因为此刻哪怕树上的一根松针掉在他头上,都足以让他瘫倒下去。

陡然间,他对自己产生深深的厌恶。这是他开始复苏的第一个迹象。

"四肢健全的警探,"普雷斯科特对着松树皮说,"却没抓住一个近得差不多就在自己怀里的家伙。递给我,我的拐杖和轮椅,我要离开这里。"

他转身朝房子走去。既然自己已经累得半死不活,他想回房子里看看能否帮一把只剩下半条命的苏珊。

苏珊缓慢地走下楼梯。屋里异常安静,安静得就好像刚才楼上的扼杀和搏斗根本没有发生过一样。普雷斯科特靠着楼梯那一头的墙站着,一动不动,只有胸脯像大游行时的黄铜鼓一样快速地一起一伏。他看上去像是刚从脱粒机里被甩出来一样。

她在楼梯的最后一个台阶上站住。她看上去像个十几岁的女学生,一副大病初愈的样子。她的手还摸着自己的喉咙。

"你没抓到他?"她低声问。

普雷斯科特沮丧地低下头,点头承认。他的双手在背后交叉,背靠在手上,就好像不信任自己的双手,担心它们出拳一样,尽管屋里已经没有攻击的对象了。

"是谁?"她惶恐不安地小声问。

"你不知道是谁吗?"

"他脸上遮了手帕,完全——"

他从肩膀上残存的衬衣袖子上撕下一条白布,弯下腰,用白布擦拭鞋子。接着,他直起身,把手里的布扔到一边。

"走吧。你觉得你能和我一起走到村子里吗?"

"你想让我和你一起进村里吗?为什么?你担心他会再回来?"

"不,他不会再回来了,但我得进村去,我得去找本森。在我找人过来陪你之前,你得一个人待一会儿了。"

她想了一下,做出选择,言不由衷地称赞他说:"两害相权取其轻吧,我想我宁愿和你一起去村里。我现在特别紧张,我真想把自己当成一个孩子——"

听到她这样说，普雷斯科特并没有表现出格外高的兴致，肢体上也没有任何表示。停了一下后，她继续刚才没有说完的话："真想被一个老妇人抱在怀里，轻轻地拍，温柔地抚摸，"她疲惫地补充道，"就像你的房东霍普金斯小姐这样的人。我真想有个人在我耳边说个不停，并且用手抚摸我的头发，直到我整个人完全平静下来。"

"那就走吧，"他说，"走得越早，你的愿望就实现得越早。"

他关上门，他们一起走下台阶。

一路上，两人都没怎么说话，只有三次，两人简短地交流了几句。毕竟，他们现在不是为了散心或聊天才出来走路。

他们刚出发，她就说："你不用扶着我的胳膊，这样只会妨碍咱们两个走路。"

他没说话，只是把手松开。

快走到一半的时候，他猜测差不多走到一半路程的时候，他对她说："你要是想，可以随时坐下来休息——"

"受伤的不是我的脚，是我的喉咙。继续走吧。你想去报警，我想去到有灯光的地方。"

她在恼火什么？他很好奇。她肯定在恼火什么。

行程结束的时候，她好像经过一路的思考后得出结论，突然说："我想我现在知道他是谁了。"她更像是对她自己说，而不是对他说。

"如果没有看见他的脸,"他问,"你怎么知道的?"

"可能是我的直觉吧。"

"不,我觉得你并不知道他是谁。"他非常肯定地反驳她。

"就这你也不肯告诉我?"

"我得先见到本森。"他避开她的问题说。

此外,他再也没说什么。她也没有再追着他问。

他在门口把她交给珠儿·霍普金斯——其实就是推了她一下,轻轻地,充满怜悯。"这位女士刚刚经历了艰难时光。是的,那个又发生了。你要是能给她点母爱,那最好不过了。"

珠儿·霍普金斯像被反射机制指挥一样伸开双臂:"呃呃,我可怜的孩子!"她用涂了蜜一样的拖长的声音低声耳语着,极尽温柔,这正是苏珊最需要的。

两人挽着胳膊,转过身去,背对着普雷斯科特,一起往楼梯上走去,他也转身朝他的目的地出发了。

普雷斯科特这会儿正在本森的办公室里,等着他过来。本森被普雷斯科特从窗户外面喊醒,正在穿衣服。他刚才把钥匙扔给普雷斯科特,说他马上过来。灯罩下的油灯已经点燃,火焰正不安地前后摇曳,使得墨绿色和黄色相间的窗帘好像贴着墙上下跳动。

普雷斯科特没等多久。一个他只知道叫汉德利的人出现了,他汗衫上套了件褐红色外套，手里拿着来复枪，应该是情况紧急才临时充当警员。

"你头上还在流血。"这是他跟普雷斯科特打招呼时说的第一句话。

"让它流。"普雷斯科特简短地回答后就看向别处。

接着又一个人过来，叫布拉特还是布拉特森（他不确定），手里也拿了一把枪，边走边往腰里塞衬衣。

"本森说你看见他了。是谁？"

普雷斯科特好像没听见他说话一样。

接着，本森过来了，带着第三个，也就是最后一个义警队员。

"我说了让你单独过来。"普雷斯科特恼火地对他说。

"你是说了，但你还跟我说你看到他是谁了，那就需要更多的人手，只有咱俩不行。这个岛很大，你知道的。我不想让他从咱俩手下溜走，再折回来。他从这边可以跑到船那儿，但从那边可不行。"

普雷斯科特嘟囔了一句什么，听不清，之后又说了一句令人不解的话："如果他能跑到船那儿，也许还好些。"

本森正在往兜里塞备用的弹夹。

"你能让他们几个出去等吗？"普雷斯科特突然问道。

"你们听到他的话了？孩子们。"最终，本森还是把普雷斯科特的话转达给他手下的三个人。

他们刚出去,普雷斯科特就把门关得紧紧的。罩着垂饰的油灯还在摇曳,但没有刚才那么剧烈,黄绿相间的窗帘贴着墙轻轻地摆动,也不像刚才那样上下跳动了。关上门走回来时,普雷斯科特伸手稳住窗帘,好像他的神经再也忍受不了窗帘的晃动。

"坐下,本森。"他对本森提议说。

"你这样好像咱们还有整个晚上的时间。"

"把你的枪放到那边墙角。"

"你觉得我等会儿不需要它吗?"本森不情愿地把枪放下。

"你应该一个人过来。让你的人在外面等着我跟你把话说完。我总不能半夜三更站在你窗外的空地上对你大喊大叫吧。"

"大喊大叫什么?"本森这才缓缓坐下,好像根本没有意识到自己在做什么。"你在说什么?你要跟我说什么,伙计?你到底要跟我说什么?"说这话时,他的脸色开始一点一点地发白。

也就是说,本森在普雷斯科特告诉他之前肯定已经知道了。在听到普雷斯科特要说的话之前,他的脸色就已经惨白得像死人一样。只有当一个人一生的希望和梦想突然破灭,他再也没有任何值得骄傲,没有任何值得憧憬,没有任何东西剩下——死了之后没有任何东西留给后人——的时候,脸色才会如此惨白。

"那个想要杀她的人,那个杀了其他人的人,是你儿子。他用拳头打了我,我也打了他,就在今晚。"

治安官没有和普雷斯科特争辩。"我进这个门时,没有看到他比我先到——我想那一刻我就知道了，只是那一刻我还没有意识到我已经——知道了。我刚才去他房间喊他起来时，他不在。他也没在房子里——任何其他地方——"

普雷斯科特转过身，背后传来抽鼻子的声音，声音不大，但听上去很可怜，就好像有人鼻塞后想让鼻子通气而发出的声音。除此以外，再没有别的声响。

"我们去，"普雷斯科特说，"你留在这儿。"

等他再次转回身，本森已经站了起来，一副威风凛凛的样子。他正在往后面的裤兜里塞红色的东西，好像不会再用，也不打算再掏出来这东西一样。红色东西上点缀着白色大圆点。

"我是这里的治安官。如果有人杀了人，不管是一次还是三次，即使是杀人未遂，就像今晚一样"——他的声音有点儿抖，但很快又恢复平静——"那我就要追捕他。别人我会追捕，同样，这个人，我也要追捕。"

本森走到墙角，拿起枪，重重地拍了一下枪管。

他走到破旧的办公室中间，伸手去扭油灯上的开关，刚好和房间另一头的普雷斯科特四目相对，但他迅疾低下头，垂下目光盯着地上。"别那样看着我，"他沉重地命令普雷斯科特，"谁都没用——谁那样看着我都没用，我是治安官，这里的治安官。"

本森的大拇指扭了一下，狭小的办公室顿时一片黑暗。

离别之曲

  他们每人手里拿着一把枪，另一只手提着一只灯笼，开始在树林里搜捕。本森在中间，这和他的身份相符。左边是普雷斯科特，再往外是汉德利，右边是另外两个人，布拉特和另一个人，普雷斯科特从始至终不知道他叫什么名字，因为这场搜捕来得太突然了。

  他们只有这几个人，而要搜寻的范围却非常广，再加上丛林密布，他们根本没办法靠得太近。但根据本森的命令，他们要保持在能看到其他人手里的灯笼的距离内，这样大家可以保持平行，一同前进。"如果大家之间距离太大，就会有黑暗的空隙，那样就给他折回来、溜到我们另一侧的机会。另一侧可是有很多船，但这一侧一艘都没有。"他下达这一命令时听上去非常平静,就好像他说的这个逃犯没有任何不寻常,好像这次搜捕和其他的搜捕没有任何不一样。

五只萤火虫在树下蜿蜒前行,好像在它们身后留下荧光。当然,这个只是灯笼在树干和低垂的树枝映照下的余晖。为了避免两人之间留下黑暗的空隙,他们左右摇摆着往前走,一会儿往左靠近左边的那个,一会儿又往右靠近右边的那个,这样他们就像拉开一张网,谁都不能从这里漏过去。

他们要搜捕的人不可能躲在树干后面,然后随着灯笼的光围着树干慢慢移动到树的另一侧,最后再绕到树干后面。树都太小了,树干不够粗,根本不能完全挡住一个人的身体,这一点他们非常确信,因为这些都是小松树。他们慢慢地往前移动时,他们要搜捕的人不得不一直往后移动,很快他的遮挡物就要用完了,因为到树林边缘了,接着他就到了空旷的野地里。后面是他们五个,前面是没有任何桥梁可通过的海湾。火车通过的栈桥在海岸的另一头,离这里太远,也没办法从那里逃跑。要想从那里逃跑,杀手只能从另一头,从村子那边沿着海岸线走,但他没有往那边走。栈桥横跨海峡,但并没有在海峡最狭窄的地方,而是在最宽的地方,几乎就在入海口处。此外,栈桥虽然从海峡上跨过,但不是垂直的,而是像长长的斜角线,那头延伸到大陆的海湾,而不是在小岛的正后方。他们还可以给海峡那边的总机打电话,让他们在那边抓住他。正因为如此，杀手才选择了树林，而没有选择沿大路逃跑。也就是说，他选择树林作为掩护，而没有选择完全暴露在外的钢轨。

普雷斯科特不常用来复枪，很不习惯来复枪。关于来复枪，他只知道一件事：拿枪的时候要一直斜着朝下，除非你要用它们。他接受的训练和所有的用枪经验都是手枪。他的手枪在苏珊那儿，让她用来保护自己，结果却什么作用也没发挥。来复枪的重量，枪管的长度，都让他感到紧张，尤其是在和一个身高马大的男人殊死搏斗了几乎一整夜后，这场搏斗抵得上在纽约时一个月的活动量了，更何况这还是在他刚刚出院几周后。来这里是为了"休假"，彻底放松。由于不习惯来复枪的长度，普雷斯科特身体一直被一种轻微但持续不断往前的重力拉着，这让他的神经更加紧张，即使这种拉扯实际上并没有阻碍他前进。他的腿像灌了铅一样沉重，腿上曾被维克纳子弹射中的地方在子弹被取出后好像留下了空隙，空隙好像很想念那颗子弹一样，让他感到不适。

有个东西突然出现在灯笼下的地上，几乎被松针盖住，如果不是他脚后跟往松针上放时突然停止，他整个脚几乎要把纸片压住。一顶带遮阳帽檐的帽子，看上去像是加油工或伐木工人的帽子，被放在地上。普雷斯科特把灯笼往下放，靠近方形纸片，看到上面好像是在情急之下用铅笔写下来的一二行字，在昏暗的灯光下看不清楚。

他把来复枪放在地上离他很近的地方，一条腿跪下，靠近纸片，仔细看是什么。他伸手去拿那张纸时,挑近的灯笼停了一下。

还没等他搞明白纸上到底写的是什么,诡计就开始了:这正是设计者需要的效果。

没有任何征兆,普雷斯科特头上椎管似的树枝突然伸展开,整个世界好像都掉在他的背上。因为重量过大,他整个脸撞进了土地,但松软的松针缓冲了鼻子冲下时的撞击力,冲撞的效果被减弱了很多。

他不再像刚才那样极度疲惫,自我保护的本能欲望几乎不需要记忆就能立马有所反应。

斗争非常激烈,而且几乎寂静无声。整个打斗过程中,普雷斯科特的嘴巴几乎没有发挥作用,他原本可以大声呼救,但在肉搏时他不习惯向他人求救,所以这一会儿他也根本没有想起来。当对手跳到你背上时,你就立马出手,朝那里攻击,而不是向你右边二十码远的地方寻求援助。如果你不能靠自己当场解决,怎么能指望他们在二十码外帮你解决?冥冥之中,他靠本能就知道这里面的逻辑。

这场肉搏和早些时候在苏珊的卧室里那场一样剧烈,但更加致命。这一次是背水一战,这场肉搏将一决雌雄,这一点他俩都非常清楚。第一次肉搏,还存在身份不被发现的可能性,还有逃脱的希望,而这场肉搏只有一个结果:一个死,另一个活。

两人都平躺在地上,接着开始在地上移动,看上去像只有两根轮辐的轮子，两根轮辐围着轮轴旋转，这场景让人毛骨悚然。来复枪就在轮子的边沿，像有生命一样不停地一动一动，原来有只手一次又一次地伸出去够它，同时又有另一只手一次又一次地阻止第一只手。

突然，那只邪恶的手出人意料地去抓灯笼，至少在他伸手去抓灯笼的那一刻，灯笼作为攻击对手武器的价值还没有被他们认识到，因此那只手毫无阻碍地抓到灯笼（这一改变太突然，对手完全没有料到），拉近一些后，快速地拍到对手那一半被盖住、一半露出来的脸上。

滚烫的玻璃碰到普雷斯科特的皮肤时，他立马喊叫起来，疼痛让他完全乱了阵脚，只顾用力往后撤，同时用手猛地推开灯笼。

重量从他的后背上移开。他翻过身，撅起身子，往来复枪的方向扑，但他还是迟了一步，对手已经先他一步这样做，并成功地拿到了枪。

卢瑟·本森伸手去够枪，抓起来，转了一下，他只需要转一下枪——搏斗结束了。普雷斯科特只差几英尺，就这样错过了，二十码外肯定更来不及。普雷斯科特只比对手落后一二秒，但这和落后两个小时没有任何区别。唯一重要的是——谁在枪托的那一头。

黑洞洞的枪膛正对着普雷斯科特的胸口，时刻准备着把它撕开，就像马戏表演时撕开那张薄如蝉翼的纸一样。

"现在——"卢瑟声音非常低，非常轻，甚至比落在他们身旁的松针还要轻柔。

又有几根松针落下来，接着两条腿从离地面很低的灯笼光线中移过来，站在他们两个旁边，和他俩一起形成一个三角形。这双腿有可能属于另外四个人中任何一个。低垂的树枝依然纵横交错，挡住了这双腿上面的脸——但有一支来复枪从纵横交错的树枝中伸过来——接着传来治安官本森的声音：

"放开他，卢，"他声调平平地命令道，"我的枪对着你呢。"

卢瑟并没有扭头看他，他淡然一笑。他冲着普雷斯科特淡然一笑，但并不是笑给他看。这是卢瑟胸有成竹，对自己的命运充满自信的一种表现。

"你不会用你的枪射击我，如果你把我放倒了，倒下的是你自己的身体，如果你用枪射击我，流的是你的血。"

树枝被拨开，本森的脸露了出来，拨开树枝的那只手又重新放回到枪上。

"我数到三，把你的枪从那个人身上移开。"

卢瑟又笑了一下，这次笑得像死一样痛苦。"这个人早可以走了。他毁了我一生。"

"一——"

"我把他放走后，你让我从头开始，重新回到码头。儿子对父亲提出这样的要求，一点都不为过。我只需要二十分钟时间，不，十五分钟,十分钟。"

"我没有儿子……二——"

卢瑟突然把来复枪扔得远远的,远到他们两个——普雷斯科特和他父亲本森——谁都够不到。"他可以活命了。现在我只想要你放走我的命。"

一只脚在地上支起来,接着腿跟随而上,身子也准备跟出去,往黑暗中移开,然后逃跑,逃到安全的地方。

"站起来,站着别动!"本森突然大声说,声音大得吓人,"不要再动!"

卢瑟的身子晃了晃,后背转了一下,接着弓起背,好像随时准备着逃跑。枪响了,刹那间,原本就晦暗的灯笼在枪膛里突然闪现的亮光映衬下显得更加晦暗,但很快又恢复到枪响之前的亮度。

这声枪响就像是拉开了这场农村林地大戏的最后一幕(不管从哪个角度看,都堪称一场大戏)。松针"噗噗簌簌"地落下来,几乎挡住视线。接着,卢瑟的身体重重地倒下去,就像一根木头,更像一堆黑乎乎、看不清形状的土堆,堆在灯笼照射不到的地方。接着,像是压轴戏一样,松针又一阵"噗噗簌簌"地掉落下来。

普雷斯科特不得不走过去,挑起灯笼,借着亮度已经升级了的灯笼光线,再次找到他。

卢瑟脸朝下趴着,全身上下只有两个部位在动:下巴和一只手的手指。他的嘴巴一张一翕,啃咬着地上的泥土,以减轻疼痛,一只手的手指张开合上，再张开，再合上，每张开合上一次都往泥土里面抓，在地上留下一条条沟痕。

普雷斯科特又气又不耐烦的声音突然传来："把米尔斯医生找过来，快！快点，你！他很痛苦，必须马上做点什么止住它。"

有人在树林里穿梭，但通往村里的这条路很长，况且，从村子再回到这里的路很有可能更长。

手指还在不停地张开，合上，就好像一只小动物试图从控制住它的手掌下逃脱，手指每次合上时都会在土地里留下数道沟痕。

普雷斯科特焦急而又无可奈何地弹着手指。"谁有威士忌？有的话，我可以把威士忌倒在他身上，至少可以减轻点痛苦。"

没有人带威士忌，因为到这儿来是为了执行任务，不是为了围观私行。

卢瑟努力忍着剧痛，轻声地呜咽着对普雷斯科特说："我的母亲去世时——那时我还是个孩子——他对我母亲保证说，他会好好照顾我。你问问他，他就是这样恪守诺言的吗？"

说完他又把脸扭得对着地，嘴巴一张一翕地抽搐着，嘴巴像是在啃咬地上的泥土。

"我原以为没有什么是我承受不了的，"普雷斯科特说，显然不是在对某个具体的人说，"但我受不了这个了。如果这儿没有任何麻醉——"

他没说完就蹲下身子，用一只手轻轻地托着卢瑟抽搐的下巴，把他的头抬起来一点。接着另一只手握成拳头，用尽全身力气，压住他的头部受伤一侧……疼痛减轻了很多。

米尔斯医生到达时，普雷斯科特依然处于既震惊又怜悯的复杂情感中。至少米尔斯医生可以在不加剧卢瑟痛苦的情况下检查一下他的伤口。

"他也许只能撑一个小时，"米尔斯医生检查完说，"也有可能二十四个小时，他有千分之一的可能活下去，但我希望他死去。"他急匆匆地又补了几句。

普雷斯科特迷惑不解地看着他。

"他的脊椎已经毁了，即使活下来，他顶多也只能像你刚才看到的那样扭动。他只能生活在熟石膏里，终生孤独地困在其中。"

那就是他应得的惩罚，普雷斯科特想。判决已经下达，处罚已经开始执行。绞刑。绞刑也可以折断脊椎。他接下来就要这样不流一滴血地被处以绞刑。身体已死，大脑活着，用以忏悔。再没有比这更严酷的法律了。

"他还是个孩子的时候，我就认识他了，"米尔斯医生一边准备皮下注射一边说，"我还是个孩子的时候，我就认识他父亲了。转过身去。"

"我以前见过皮下注射。"普雷斯科特对他说。

"如果我给他注射这个量，药效也许能持续一个小时；如果我给他注射这个量，药效有可能持续两个小时；如果我给他再多注射一点点——"

普雷斯科特转过身,他不想知道米尔斯医生要给卢瑟注射多少剂量。

米尔斯医生注射完后,有人叠起一件外套,枕在卢瑟头下,好让他躺得舒服一些。他们站在他周围,等着,尽管大家都不知道在等什么。不然,他们还能怎样?难道直接走开,把他一个人留在这里吗?把他抬到村子里去更是徒劳无功,米尔斯已经说了,他十有八九坚持不到这趟路的尽头。再说了,也没有东西可以抬他。村里唯一的医生已经在这里了,约瑟夫葡萄园没有医院。

他们只能这样站着,等着,眼睁睁看着他死去。男人看着别人奄奄一息时都表现得极其糟糕,女人在这方面要强多了。她们泪水涟涟,她们痛苦万分,她们苦苦哀求,她们还可以用手帕遮住脸,装出一副伤心欲绝的样子,不管怎样都能表达人之将死的悲戚。男人逊色多了,他们会感到惭愧,会坐立不安,尤其是当——就像现在这种情况下——奄奄一息的人是他们亲手杀的。

灯笼都被放到地上,照得周围的鸟眼枫树干显得异常苍白,也使得低垂的树枝看上去异常浓密。头上群星闪烁,像是天空的眼泪正在洒落。

本森弓着背一动不动地坐在一块大石头上,脸朝另一个方向,但他的背上长满了眼睛,没有别的,只有眼睛,一眨不眨地盯着他的儿子。你能感觉到,也能看到,那些眼睛正密切地注视着,默默地祈祷着，正为他感到伤心。他映在树干上的长长的背影抖了一下，但抖动的是照射着的灯笼，不是他，他就像他身子下面的石头一样，像他周围的树木一样，但他是有记忆的石头，是内心正在哭泣的树木。

普雷斯科特想，这对于双方——开枪者和中枪者——都残酷无比，像这样眼睁睁地等着它结束，比真枪实弹的射击本身更为残酷。至少当真枪实弹射击时，枪膛和子弹都是热的，而且在刹那间完成，而此刻的等待却越来越冷，无比漫长。

他们中的一个人靠在树上，身体中间部位稍弯曲着，看着脸前的地面，没有看任何其他地方。普雷斯科特看到他在衣服兜里摸索了一阵，掏出香烟，应该只是出于习惯，只是出于茫然。普雷斯科特想知道他接下来要做什么。

那人看了一下香烟，手拿着香烟一动不动，接着又看一眼，接着他把手慢慢地缩回去，让手指呈小型如愿骨的姿势，中间分开，接着又把手放下。

男人看着别人奄奄一息时都表现得极其蹩脚。

米尔斯医生一直耐心地蹲在卢瑟身旁。他也做不了别的什么，事实上，什么也做不了，只能蹲在他旁边，两只手毫无用处地吊在两个膝盖中间。

终于，他动了一下，直起腰，站了起来。他慢慢地走到本森身边，在他身后停下。本森先是往周围看了看，再往上看。

"他很快就要睡着了,"米尔斯医生对本森说,"上帝对我们真够好,创造了罂粟。他即将进入只通往一个方向的睡眠,再也不会在这场睡眠的另一头醒过来,"接着他又轻声补了一句,"他想和你道别。"

"他那样说了吗?"

"他不用说出来。他的眼睛看着我,然后再看你,接着又看我。这不是说得很明白吗?"

他们看到本森站起来,往他儿子躺着的地方走去,其他人都不谋而合地转过身,往不同的方向走,让他们父子二人单独相处。所有人,除了普雷斯科特。他原本也打算像其他人那样走到一边去,但当本森从他身边走过时,身子晃了一下,他伸出手,抓住普雷斯科特的胳膊。他想抓住他的胳膊稳住自己的身子,还是想让他留下来,普雷斯科特不确定。总之,他留下来了。

儿子抬起眼睛看着父亲,父亲低下头看着儿子,两人都默不作声,都想要找到合适的话语,像要说比其他任何时候都更有表现力的话。

本森在卢瑟身旁蹲下,缩短两人之间的距离。"卢,"他说,"卢。"

儿子努力地挤出一丝笑容,笑容里带着惭愧。"如果我对您笑,您会接受它吗?我能把它送给您,来重新开始咱们之间的情谊吗?还是您宁愿我什么都不给您?"

本森伸出手,轻轻地放在儿子的肩膀上。这就是他的回答,这回答表示接受。

"你为什么要杀害他们？你等于杀害了你自己，你也杀了我。"

卢瑟脸上的笑变成了迷惑不解，变成了试图理解时的表情。卢瑟开始说话，语速非常慢，像要睡着了一样，但说出的话非常完整。"突然，有一天，一个帷幕被拉上去，帷幕的另一边，有很多很多的钱。你只看到这些，你眼睛只看到闪闪发光的金子。金子和我之间只有几个人，但你看不见那几个人，你只看见钱。你把一个人推一边，就像挥开一只蚊子一样。人们称之为杀人，你可不那样称呼它，你只是把挡在你和钱之间的人推到一边。你的眼睛只盯着前面的钱，甚至都没有注意到那人是活着还是死了。没有恨，只有快、准、狠。接着，你把另一个人推到一边，接着，又一个，接着，他们都被推到了一边，你终于来到帷幕前。突然间，帷幕落下来，就像它被拉上去时那样突然。金子闪闪的亮光暗下来时，你再也不想要那些钱了，你也不知道你为什么会那样做，你已经奄奄一息了……父亲，我不知道我为什么想要那些钱，我已经不知道原因了，我没办法告诉你，我已经忘了。"

如果那金子对着其他人闪闪发光，普雷斯科特想，其他人也会像卢瑟一样想要得到它。等金子闪闪的亮光暗下来时，其他人也会一样忘记当初为什么想要它。当四处看时，只看到被"推到一边"的尸体横卧在自己走过的路上时，谁都会忘记原因，谁都会疑惑自己是怎么走到这一步的。

这能把人的眼睛照耀得什么都看不到的亮光是什么？这让人感到眩晕的亮光到底是什么？

"其中一个还是你曾经爱过的女孩，一个你曾经想要娶的姑娘。"他的父亲轻声提醒他。

"爱情根本没有帷幕后面的金色亮光强烈，我发现了，"卢瑟的眼睛冷漠地转向上面，转向普雷斯科特站的方向，"她想要的是他，我猜。她拒绝了我，所以我没有其他选择。"

本森深深地吸了一口气，很快他又恢复了平静。"是你杀了玛莎·科尔比吗？"

"是我。"

"哈克尼斯也是？"

"哈克尼斯也是。"

"斯宾纳？"

卢瑟不耐烦地把头扭了一下。"全部都是。所有的人。父亲，别再拷问了，我在这儿不是为了受审。"

"我必须一个一个地问，分开问。不是为了警察做记录，是为我自己，我以后要带着这些活着。不亲口问你，我哪个都不相信，直到你告诉我说是你干的。如果我有一个没问到，我就会一直不相信那人是你杀的，一直到死我都不相信。如果我认为其中一个人不是你杀的，那我就会怀疑其他几个人也不是你杀的。带着这样的疑惑活下去更难，更难，更难。"他没有说出来的那句话是：

因为是我亲手杀了你。

"没有时间撒谎了。"卢瑟疲惫地小声说。

"是你杀了庞申吗？"

这一次，卢瑟只是点了点头。

本森吃惊地说："可你当时都不在这儿！庞申是周五晚上被发现死亡的，而你是那个周日去教堂的时候才到这儿。"

卢瑟轻轻地摇了一下头，就好像一切都不重要了。

"他的意思是，他当时在这儿。"普雷斯科特解释道。

"我周五从波士顿过来，当天下午到哈克兹顿，在那儿等着坐六点的火车回到这儿。我在一个小餐馆里消磨时间时，看到珠儿·霍普金斯从窗外走过，但她没有看到我。从她拎着的箱子，我知道那天晚上她很有可能要住在别处，这样我就知道她家只有庞申和雅典娜。这让我想起来，我可以趁机去她家寻找地契。我只想要地契，只想亲手拿到地契。帷幕后面金色的光那时正闪闪发亮。我没有坐六点那趟火车，我找了一艘划艇，当晚晚些时候溜过来，穿过海峡，来到小岛上。可当我在阁楼上到处翻找时，老庞申听到动静后上来，我不得不把他'推到一边'。我只做了这个,把他'推到一边'。接着，他就躺在那里，已经死了。我用绳子伪装了自杀的现场。我在阁楼上时，刚好听到巴尔德斯利吹着口哨经过，这恰好给了我启发,让我想到这个点子,因为岛上谁都知道他会吹《扬基·杜德尔》。"他停下来喘口气，接着又说，"总之，我又用那个划艇划过海湾,把划艇还回去。第二天和那天晚上我一直待在哈克兹顿,直到周日,我就在那天去教堂前赶回来,然后再回家。"

"连可怜的巴尔德斯利也是?不会连他也是吧,卢?不会连他也是?"本森的声音里带着恳请,就好像这样就可以挽救点什么,不管是什么,也不管能挽救多少。

"是,也不是。"

本森耐心地看着卢瑟,一脸困惑。

"不是我让他夹在捕鼠器里的,是他自己夹住的。我发现他被夹住了,但我没有动手去帮他,所以我不知道是不是我杀了他。他被那个东西夹着,陷进那样的沙坑里,能坚持多久?是的,是我杀了他。"他最终下结论说,"我缩短了他死亡的时间,我加快了他死亡的速度。我没有碰他一根手指就杀了他。他翻过身了,但没办法翻回去。他的脸压在沙地上,越挣扎,他就越陷得深。沙不停地往他的鼻子和嘴巴里钻,把他的鼻子和嘴巴慢慢堵上。我围着他转,围着他转圈。每次我走过他的脸时,我注意到沙从我脚下滑过去,盖住他的嘴巴和鼻子,一次比一次严重。所以我就一直围着他走,围着他转。突然间,他就一动不动了。"

他把他活埋了,想到这个,普雷斯科特禁不住打了个寒战。

"他已经没用了,那个时候他对我来说是个危险,旁边这个人是导致他死亡的间接原因。这个人让大家知道巴尔德斯利吹口哨只吹前四句的调,而证人听到谋杀现场附近的口哨是吹整首歌,从而证明了他的清白。我当时也在场,还记得吧。不管怎样,我当时以为再也不需要杀人了。我以为那晚苏珊听到口哨声后,会立马逃命,把空房子留给我。没想到她居然坚守在房子里,我没想到一个女孩子会如此勇敢,甚至在我试图——试图——的时候,我都还禁不住羡慕她的勇敢。"

"你有可能会亲手杀死你爱的人。"本森愤慨地说。

"我并不是什么好人,是吗,父亲?"这话不是为了嘲讽,也不是成年人所知道的其他含义,而是,普雷斯科特想,是小孩子有时明知道答案是否定,却渴望得到大人的肯定时才会问的问题。

"你依然是我儿子。"本森唯一能回答的就是这个。

躺在地上的人对和自己说话的人做总结说:"您是个好人,父亲。您是个兢兢业业的警察,我想这就足够弥补咱们父子两个的人生缺憾了。对不起——没办法让您拥有一个更好的儿子。您的警徽和我,原本您对生活只有这两个希求。好吧,父亲——"他试图用笑容安慰他——"至少您的警徽依然铮亮。"

他的眼睛合上,一会儿又吃力地睁开。

"我要睡觉了,我想我不会再醒来。我知道,这将是最深沉的睡眠。父亲——"

"怎么了,儿子?"

"父亲,您能——握一下我的手吗?就一下,在我睡着之前。您不用原谅我,或宽恕我,只需要握一下我的手,就一次,这样我就不是孤零零一个人了。"

他们的手紧紧地握在一起,放在卢瑟的胸前。这时米尔斯医生走过来,用手拨了一下他的眼皮。

"他睡着了,"米尔斯医生轻声说,"长眠。"

本森站起来。他的两眼没有眼泪,他的脸上的表情依然坚毅,就好像他什么也没有感觉到。(男人在面对他人死去时都表现得很糟糕。)他把手伸到警徽上,摘下警徽,把它递给普雷斯科特,再也没有拿回去。接着,他转身离开,离开地上躺着人的地方,离开案子已经完结了的地方,往远处走了。普雷斯科特从他僵直的后背可以看出,再强大的力量也不能让他停下来,再强大的力量也不能把他拉回来。

普雷斯科特听到他轻声说:"我不想再做警察了。"

普雷斯科特沿着通往租住处的小巷慢慢地往前走。这条小巷,他在刚来的那天下午也走过。那天下午从这里走时意味着开始,而今天从这里走意味着结束,两者合二为一了。

孤零零一个人往前走,头上是苍白的星辰,挂在黎明将至的天空。

四周前?简直就像四年一样长。

大概是在这里,他遇见了隆·巴尔德斯利——是的,就是在这里——他一边削掉路边的野花,一边吹着《扬基·杜德尔》。("他们忙着吊呢。"）

大概是在这里——是的，就是这个地方——他第一次遇到苏珊。她眯着眼看着夕阳，胳膊下夹着折叠椅。男人和自己未来人生伴侣（他希望）打招呼时常用的开场白："呃，你是画家。"

他一边往前走，一边回想着之前的一幕幕，就好像他正在用可视的方式记录之前发生的一切：眼前的，地上的，还有他周围空气中的——雅典娜的围裙掀起来盖着脸，跌跌撞撞地冲下楼；两只荡悠的脚吊在她上方；点燃的灯油从地板的缝隙里渗出来。

他因为没能和苏珊约会而气恼地摔门。

他和隆站在一圈拿着火把的男人中间，一根绳子松松垮垮地挂在树枝上。"你是个大英雄——你带着枪过来。"

还有方块舞欢快的舞步，他结结实实地趴在地上，苏珊当着全村人的面哈哈大笑。"好玩吧，傻瓜？"

在苏珊湛蓝色的卧室里，有人卡住她的喉咙，而她的身体一点一点地往下倒。

紧握着的手放在一个逐渐停止跳动的心脏上方。

多么难忘的休假！

我最好还是回纽约吧，他想，从我的休假中解脱出来去那儿休假。

他推开珠儿·霍普金斯家从来没有真正安静过的大门，看到前廊上阴影处有什么东西在动。出于好奇，他想搞清楚是什么在动。

此刻，什么动静他都不需要再警惕了。

刚才那个东西往前廊的台阶移动，等移到廊柱下，普雷斯科特才看清是苏珊。苏珊下了台阶，朝他走过来，他们在大门口相遇。

"我以为你在睡觉。"他说。

"她们已经竭尽所能了，"她承认说，"但都没用。所以最后，不久前，我只好又起床，到这儿来等你。我想你现在已经全部结束了。"但她这样说时，听上去好像希望他不要由于太过劳累而无法再多坚持一会儿。

"我想我现在也睡不着，"他对她说，"我今晚看到了非常恐怖的一幕。"

"我想我知道你指的是什么。"她说着已经走出大门外。没有说一句话，就像不谋而合，两人已经肩并肩，沿着门前的路往前走，离开房子。"我们在屋里听到枪声了，声音不大，听上去很远，我当时就知道那枪声意味着什么。而且在你把我一个人留在这里的时候，我就已经——已经知道是谁了。你没有告诉我，但恰如让我知道他是谁了。"

因为某种奇怪的原因，他现在也没有用话语告诉她。如果她已经知道了，那她就知道了。他的沉默是因为牵涉到和她相关的某个人，那个人曾经爱过她，至少他说他爱过她的人。

"你想走一会儿吗？"尽管他俩已经在做他询问的事情——散步——了，可他的意思是说走远点，就他们两个。"走到村子外。"

"我也正想走一会儿呢,"她不带任何逢迎地说,"我想这就是我到楼下来的原因。散步是医治的良药。"

"没必要再紧张了,现在安全了,这个岛上再也没有死亡了。"

"我已经不害怕了。我想,接下来的人生里,我都不会再像今晚这样恐惧了,我想我不会了。可能会有点害怕,但不会像今晚这样被吓得魂不附体。"

"我也觉得。有点麻木了,就像——酒醉后的不适。"

"这是正常反应。"她补充道,"不如咱们去海边吧,海水总是干干净净的。"

他们走村子后面的小道,穿过小道,就是海岸。这不是近处的海岸,这里没有沙丘,这也不是他那天晚上找隆的地方,也不是凯西和罗伯走到生命尽头的地方。这是远处的海岸,这里的海拔有些升高,到处是石头和凹凸不平的地势,在这儿散步得不停地爬上爬下。他们手拉着手,停下来,站着休息,满脸倦意地看着对方笑,就好像在说:"晚上经历那么惊心动魄的事情,现在还到这样的地方散步,真是傻瓜!"——接着,他们又继续往前走。

海面上吹过来的风从他们身上掠过,两人都感觉很清爽。他们来之前就知道会这样。海风吹走了盘旋在大脑中的困惑——人为什么要杀害自己的同类,一个小时前那个刚刚死去的人还和他们一起踩在脚下同一个小岛上。海风让普雷斯科特再次感到一切都纯真清白——他找不到更合适的词语来形容它,此刻他又回到了充满美好幻想的二十岁，相信世界上每一个人，对于后来所了解的世事还一无所知。而她——相较而言，依然纯真——刚刚发生的一切对她肯定产生了巨大影响。

"你明天就要回去了吧？"她问。

"晚上的火车。明天晚上这个时候，我就已经躺在我熟悉的床上呼呼大睡了。我窗帘的正下方挂着一个闪亮的牌子，上面写着：'药物'。"

她哈哈大笑。"我想三四个星期后我也要回去了，回去买点衣服，再看看是否有人愿意展出我的画，再待上一段时间。我们可能会在那儿见面。"

"我想我们一定会，"他像是在对自己做出承诺一样，"不是可能。"但他没有对她说出这句话。

她看见他拿出手枪，用手指随意地拨弄着。

"又拿回来了。治安官手下的一个人在你卧室的地上发现了它，带回来给我了。"

"枪到底怎么了？"

"有人把子弹倒出来了。我给你的时候检查过，子弹装满了。卢瑟肯定是趁你出去画画的时候溜进去，找到它，卸掉子弹。他也不想在打斗时伤到自己。"

"可他当时为什么不直接把枪拿走？"

"那样做就不聪明了。那样你就事先知道将要发生什么了，你就有时间再找一把枪。他想赌一把,他相信你会相信我说的枪已经装满子弹的话,因此不会再检查一遍。"

她脑子里想着卢瑟,想了一会儿。普雷斯科特知道她在想着卢瑟,为他感到难过。有人承受痛苦,你为他感到难过。接着她又问:"为什么会是他?他是怎么陷进来的?我想你画的家谱图根本说明不了这个,他甚至都不在图上。"

"那张家谱图完美无缺地说明了,而且直到现在还是。他不在图上,那是因为把他和图连接起来的那条细线消失了。在他查看那些档案时,他把那张提供连接的纸抽走了。不是要藏起来,而是要确信握在自己手上。刚才搜查他的房间时我看到了。他和奥吉威家族并没有血缘上的关系,但法槌让他和他们之间建立起了关系。那张纸是收养证明。摩尔茜的孙女嫁给了一个叫威廉·格雷厄姆的人,我的家谱图上有这个。两人没有子嗣,图上也有这个。他们收养了一个孤儿,名叫埃德。我的图上没有画这个,因为收养证明被人拿走了。这个男孩和他的养父关系不好,他整个童年都是在被虐待中度过的,这些都没有写在纸上,是那个男孩亲口告诉我的。事实上,养父和养子之间的关系非常糟糕,糟糕到养子长大后决定改回之前的姓,也就是他亲生父母的姓,因为他不想带着他憎恨的那个人的姓过一辈子。他叫自己埃德·本森——而不是埃德·格雷厄姆。大概四十年后,他成为这里的治安官,但收养关系依然具有法律效力,从来没有被取消过。(怎么可能取消呢？只有当男孩长大成人后，养父取消他的继承权，但他的养母阻止了。）他出去到处闯荡，等他再回来时，他的养父、养母都早已不在人世。他成年后一直叫埃德·本森，到现在还叫埃德·本森。

"今晚在他家，我们搜查他儿子的东西时，他跟我讲了所有的事情。我听见一颗破碎的心在讲述，我再也不想听到了。从法律上讲，收养依然有效，改名字只是埃德·本森个人的事。卢瑟·本森是老奥吉威上校的一个合法继承人，是他曾外孙女的合法继承人，继承权和其他人一模一样。"

"但我还是不明白他这样做的动机。为什么卢瑟一定要杀了那四个人？他想得到土地都想疯了吗？为什么他想要拥有这个岛？他已经拥有这个岛的六分之一了，或者说他的父亲拥有六分之一。他想把这个岛卖给谁吗？可又有谁愿意出那么多钱买——"

"这就是关键所在，恰恰就在这里。"普雷斯科特打断她说，"你知道这涉及多少钱吗？你知道他这样做的最终目的是什么吗？你知道如果他是唯一继承人，他将得到多少钱吗？粗略估算（我只是自己猜测，根据购买的大概价格），五百万美元。"

"我才不信。"

"我跟你解释一下，你就信了。你刚才说卖给'谁'的时候，你用错词了。你说的'谁'是单数，指某一个人，没有哪个人愿意花那么多钱买这样一个上面只有稀稀拉拉几棵树的沙岛。但那个'谁'有很大的机会再把这个岛卖出去，再卖给其他一亿五千万个谁,那一亿五千万个谁化身为一个人,那就是他的政府,是他的国家。"

"我还是不明白——完全不明白,还是不明白。我现在明白五百万这个数额了,但为什么是这个岛?"

"我也不明白——不能完全明白。这原本是国家机密,是关于国家防御的机密,显然是一个离岸测试基地,是关于某种新型东西的测试,正在进行中。是什么呢?也许是洲际导弹,也许是新式飞机。他本人都不知道需要那些东西是为了什么,但他知道需要什么。他在华盛顿是做文案工作的,还记得吧?在高层的某个办公室做文案工作。他拿到了某些会议的会议记录——我想应该是'借到',然后复制,然后再把它们放回去。我在他房间看到一沓速记笔记。这个秘密原本非常安全,委员会的成员都不太清楚到底是什么,但他们的确知道上级的要求,因此他们详细讨论过这些要求,确定大概的金额。这样说吧,他'窃听'到的就是他们的讨论。

"约瑟夫葡萄园刚好符合出价,满足需求。它几乎拥有他们正在寻找的一切条件。他们想要一个岛,靠近东海岸,而不是太平洋,是介于波士顿和纽约之间的上东海岸,这样它就可以保护波士顿和纽约两个地方。但又不能太靠上,也不能离国界太近,否则就割断了连接缅因海湾的那些小岛。还不能离陆地太远,离得太远的话,不管他们要组装起来的是什么,都会需要跨海运输,那样就隔开南塔科特和其他葡萄园，像玛莎葡萄园。像这个岛一样，通过堤道和大陆连接起来，人口不能太密集，否则需要重新安置很多人，会引起太多公众关注。最后一点，岛的所有权要简单明了，不能太复杂，否则在理清所有权时，会造成不必要的延误。

"想想那天晚上咱们说的关于共同因素的话！约瑟夫葡萄园恰好满足所有的要求。比卢瑟·本森愚钝很多的人都会想到这个主意。我刚才说的这几点，全部都在他窃取的委员会会议记录里，我亲眼看到了。今晚他去世后，我们去他房间搜查时，从那一沓纸里发现一个剪报。报纸上提一下还是被允许的，只提一下不会有什么妨害。这则信息就印在冰冷的纸上。"

一则非常简短的新闻，简直就是一个小豆腐块，应该是从某个国会消息的专栏里剪下来的：

华盛顿特区——据悉，政府将出资五百万美元选取和购买基地用于军事防御，具体防御项目未做披露。基地地点尚未确定，但以森·纽维尔（马萨诸塞议员）为首的分委员会将在今夏末展开巡查……

苏珊把剪报还给他，不解地摇了摇头。"依然说不通啊！就算他们最后选了这个岛，他怎么能希望四五个小岛的共同拥有人在短短几周内接连暴毙，还神不知鬼不觉，都能逃过调查？他怎么能希望成功脱身呢？"

"他已经眼花缭乱了，他已经疯了。他躺在那儿的时候跟我们承认了这一点：'一个帷幕拉上去，你看到——'为了这么巨大的数额而冒险，常识已经没有任何意义了。为了五百万，他愿意去冒最大的险，不管结果是赢还是输。他不像你想得那么莽撞，"普雷斯科特的话让她感到吃惊，"从某种角度看，他的计谋非常巧妙。假设他愿意就只拿他的那一份，也就是五百万中的一百万，去获得他的那一份钱，你就不会想到为了让这笔巨款落到合理合法的位置，这一百万美元会滋生多少怀疑、会招致多少调查吗？华盛顿可不是幼儿园，你知道的，没有哪个世界之都是幼儿园。现在也不是建国之父们那个时代了。在那个时代，别忘了，可没有人会往他身上怀疑。你和我都知道内幕，因为我们现在已经知道了共同因素是什么，可其他人都不知道，甚至到现在还不知道。在他们看来，那些人之间没有任何关联，随便想想，然后就忘了，说不定还会怪他们自己。"

"但他还是需要提供他是小岛唯一拥有者的证明。作为证明，他需要提供地契——"

"很有可能他会坐着袖手旁观，等着他们去调查，找到所有地契，最后找到他，而不是他主动去找他们。很有可能，他还会装作大吃一惊，好像他也是第一次知道这个。不管怎样，你忽略了一件事，那就是，他们为了找到小岛拥有者，最终他们会找到的是他父亲，而不是他。"

"那就意味着，我之后，接着就是他父亲？"

"不，不会发生在小岛交易之前，"他平静地说，"也不会等到交易之后。如果会发生，应该是在交易很久以后，应该是他们把小岛全部清理干净，每个人都不得不搬走之后。到那时，知道这几起谋杀案的人全都消失了；到那时，如果本森治安官有很多要求，限制卢瑟把这笔钱据为己有，或者他活得太久，他很有可能会发生某种'意外'，但那是很久以后的事情了，不会是现在；到那时，这个老人就会派上用场，就像现在的虚假销售代理一样，还是个不会引起任何怀疑的销售代理。"

"我想，"普雷斯科特若有所思地说，"有一天，很久以前——也许他回这里过暑假时，无所事事，没有任何原因地，也许只是为了避雨或躲避炙烤的太阳——他来到我之前去过的发霉的档案馆，为了消磨时间，开始阅读那里的档案，发现我后来发现的那些东西，得知自己有可能和其他五个人一起共同拥有这个小岛，他是这个小岛六分之一的拥有者。我敢打赌，得知这个信息后他会笑，半带着讥讽地笑。那时他并不感兴趣，因为这个沙岛一文不值，一英亩一分钱都没人愿意买，所以六分之一的拥有权并不意味什么。

"但这个事实会一直留在他的大脑里，这就是最初的蓝图。

"接着，这件事发生了，同时还有其他一些事情。一生只有一次机会，只有五个人挡在中间。五个小人物，五个脆弱、微不足道的人：一个老人，一个人尽皆知的酒鬼，一个离群索居的寡妇，一个原本就丑闻缠身的女孩——再加上你。还有一个现成的弱智，不能自保，随时可以成为替罪羊。

"他边走边看，临时起意。咱们付出惨重代价后才知道，最后一刻的临时起意往往比提前精心制定的周密计划获得胜算的可能性还要大。提前制定的计划总是存在纰漏，但又无法预测。"

"是他给你发的电报，是吧？他什么都想到了，是不是？"

"五百万美元让人思维敏捷。"

两人同时想到这句话可以做卢瑟的墓志铭："五百万美元让人思维敏捷。"有时事情发展太快，一下子就失控了。

天亮了。天空开始发白，天空下的海水颜色随之变浅。他们找到一个地方，是个小海湾，一半被围起来的池塘。他们在那儿坐下，望着这每二十四小时发生一次的壮丽景观。

"上帝总是赐予我们崭新的一天。"他感慨道。光线照亮了他们的脸，他看着周围洁净的没有一点瑕疵的世界。"上帝好像永远有无穷无尽的崭新的一天，是吧？上帝一直都给我们崭新的一天，对我们真是太好了。"

"你简直像个诗人。"

"只是满怀感激。干我这一行的，知道黑夜有多黑。"

越来越亮的天空下，海水给它经过的一切都抹上珍珠般的颜色，夹杂着银白色、银灰色和粉色。尽管远处有海浪，但近处的石头把海水围起来，水面波澜不惊，只是随着海浪的起伏，水一层一层地叠加。他们同时弯腰往下看，能看到他们倒映在水中，水中的两个倒影摇摆不定，但摇摆的幅度和方向都如出一辙。

"你此刻的身份又是什么，"沉默良久，她问他，"勇敢坚毅、少言寡语的警探？忙下一个案子之前，再回顾一下刚刚结束的这起案子？"

"不是，"他答道，"忙下一个案子之前，还有一件事情要处理。我现在只是个男人，一个普普通通的男人。当这个男人和一个女孩子来到这么美丽的地方，他只想鼓起勇气——"

她把眼睛转向别处，但她好像知道他正在凝视着她。

"如果我吻你一下，你会生气吗？"他脱口而出。

她迅速转回头，一脸严肃地看着他。"肯定会！"她语气肯定地说，"如果我只值得你吻一次，那你还是到一边去吧，年轻的普雷斯科特先生！"

图书在版编目（CIP）数据

谋杀者小夜曲／（美）康奈尔·伍里奇著；刘敏霞
译． -- 上海：上海文艺出版社，2020(2021.4 重印)
(康奈尔·伍里奇黑色悬疑小说系列)
ISBN 978-7-5321-7662-5

Ⅰ．①谋… Ⅱ．①康… ②刘… Ⅲ．①长篇小说-美
国-现代 Ⅳ．① I712.45

中国版本图书馆 CIP 数据核字 (2020) 第 074461 号

谋杀者小夜曲

著　　者：[美]康奈尔·伍里奇
译　　者：刘敏霞
责任编辑：蔡美凤　杨怡君
装帧设计：周　睿
责任督印：张　凯

出　　版：上海文艺出版社
出　　品：上海故事会文化传媒有限公司
　　　　　(200020　上海市绍兴路74号　www.storychina.cn)
发　　行：上海文艺出版社发行中心
　　　　　(上海市绍兴路50号)
印　　刷：上海中华印刷有限公司
开　　本：889毫米x1194毫米　1/32　印张9.25
版　　次：2020年7月第1版　2021年4月第2次印刷
ＩＳＢＮ：978-7-5321-7662-5/I·6095
定　　价：35.00元

版权所有·不准翻印

上海故事会文化传媒有限公司 出品 (00961) www.storychina.cn

想看更多精彩故事？
扫码下载故事会APP

上海故事会文化传媒有限公司所有图书可办理邮购，免收邮费(挂号除外)
汇款地址：上海市绍兴路74号(200020)，　收款人：上海故事会文化传媒有限公司出版发行部
联系电话：021-64338113
如发现本书有质量问题，请与印刷厂质量科联系 T：021-60829062